奥斯卡
经典文库

[002]

A Room with a View

看得见风景的房间

(英)爱德华·摩根·福斯特●著　叶紫莹●译　何亮●丛书主编

首都师范大学出版社
CAPITAL NORMAL UNIVERSITY PRESS

图书在版编目(CIP)数据

看得见风景的房间/(英)福斯特著；叶紫莹译．—北京：首都师范大学出版社，2014.8

(奥斯卡经典文库)

ISBN 978-7-5656-2045-4

Ⅰ.①看… Ⅱ.①福… ②叶… Ⅲ.①长篇小说—英国—现代 Ⅳ.①I561.45

中国版本图书馆CIP数据核字(2014)第207159号

KANDEJIAN FENGJING DE FANGJIAN

看得见风景的房间

(英)爱德华·摩根·福斯特 著 叶紫莹 译

责任编辑 刘志勇

首都师范大学出版社出版发行

地 址 北京西三环北路105号

邮 编 100048

电 话 68418523(总编室) 68982468(发行部)

网 址 www.cnupn.com.cn

三河市博文印刷有限公司

全国新华书店发行

版 次 2014年10月第1版

印 次 2014年10月第1次印刷

开 本 880mm×1230mm 1/32

印 张 8.625 插页 8

字 数 188千

定 价 28.00元

帅气的乔治和温柔的露西相遇

露西和夏绿蒂及女作家在郊游

订婚后的露西回眸

颇有淑女风范的夏绿蒂

外表严肃内里宽容的神父和刻板的夏绿蒂

充满智慧又桀骜不驯的乔治父亲

总序：电影的文学性决定其艺术性

不是每个人都拥有将文字转换成影像的能力，曾有人将剧作者分成两类：一种是“通过他的文字，读剧本的人看到戏在演。”还有一种是“自己写时头脑里不演，别人读时也看不到戏——那样的剧本实是字冢。”为什么会这样，有一类人在忙于经营文字的表面，而另一类人深谙禅宗里的一句偈“指月亮的手不是月亮”。他们尽量在通过文字（指月亮的手），让你看到戏（月亮）。

小说对文字的经营，更多的是让你在阅读时，内视里不断地上演着你想象中的那故事的场景和人物，并不断地唤起你对故事情节进程的判断，这种想象着的判断被印证或被否定是小说吸引你的一个重要原因，也是作者能够邀你进入到他的文字中与你博弈的门径。当读者的判断踩空了时，他会期待着你有什么高明的华彩乐段来说服他，打动他，让他兴奋，赞美。现实主义的小说是这样，先锋的小说也是这样，准确的新鲜感，什么时候都是迷人的。

有一种说法是天下的故事已经讲完了，现代人要做的是改变讲故事的方式，而方式是常换常新的。我曾经在北欧的某个剧场看过一版把国家变成公司，穿着现代西服演的《哈姆莱特》，也看过骑摩托车版的电影《罗密欧与朱丽叶》，当然还有变成《狮子王》的动画片。总之，除了不断地改变方式外，文学经典的另一个特征，是它像一个肥沃的营养基地一样，永远在滋养着戏剧，影视，舞蹈，甚至是音乐。

我没有做过统计，是不是20世纪以传世的文学作品改编成电影的比例比当下要多，如果这样的比较不好得出有意义的结论的话，我想换一种说法——是不是更具文学性的影片会穿越时间，走得更远，占领的时间更长。你可能会反问，真是电影的文学性决定了它的经典性吗？我认为是这样。当商业片越来越与这个炫彩的时代相契合时，“剧场效果”这个词对电影来说，变得至关重要。曾有一段时期认为所谓的剧场效果就是“声光电”的科技组合，其实你看看更多的卖座影片，就会发现没那么简单。我们发现了如果两百个人在剧场同时大笑时，也是剧场效果（他一个人在家看时可能不会那么被感染）；精彩的表演和台词也是剧场效果；最终“剧场效果”一定会归到“文学性”上来，因为最终你会发现最大的剧场效果是人心，是那种心心相印，然而这却是那些失去“文学性”的电影无法达到的境界。

《奥斯卡经典文库》将改编成电影的原著，如此大量地集中展示给读者，同时请一些业内人士做有效的解读，这不仅是一个大工程，也是一件有意义的事。从文字到影像；从借助个人想象的阅读，到具体化的明确的立体呈现；从繁复的枝蔓的叙说，到“滴水映太阳”的以小见大；各种各样的改编方式，在进行一些细致的分析后，不仅会得到改编写作的收益，对剧本原创也是极有帮助的，是件好事。

——资深编剧　邹静之

主编的话：跟随文学人物走进各种各样的命运险境

能参与《奥斯卡经典文库》丛书的编辑工作，我感到特别的荣幸和高兴。说实话，这套丛书的编辑过程不仅给我，也给我们整个编辑团队带来了莫大的兴奋感。

兴奋之一：这是国内首次以大型丛书的形式出版经典电影的文学原著，这无疑是奉献给广大读者的一场阅读盛宴，我们相信无论何种口味的读者，都会从这套丛书里找到自己的最爱，甚至找到陪伴自己一生的精神伴侣。

兴奋之二：我们选择的书目全部是奥斯卡奖得奖或者提名的电影原著。奥斯卡本身就是全球最值得大众信赖的品牌之一，在奥斯卡异常严格的选拔标准下，这一批电影原著小说的艺术质量，还有部分原著是第一次出中文版本，我们之前也并未读过，但读过之后，深为震撼——世界一流的小说确实能带给人直击心灵而又妙不可言的独特感受。

兴奋之三：这套丛书让我们重新认识了文学原著和电影作品之间的互动关系。有的作品我们只看过小说，没有看过电影；而有的作品我们只看过电影，没有看过小说（后一种情况更多一些）。于是在编辑的过程中，我们重新补课，将同一故事的两种艺术形式尽量都补看完整。补完课才发现，文学与电影之间的关系真是太有趣了——电影或者因为时长所限、或者因为视听特性的发扬、或者因为求新求变，通常都要对原来的文学作品做出取舍和改动，电影编剧和导演如何取舍如何改动，背后其实都隐藏着电影创作者的深入思考。而很多文学名著又被不同的电影创作者多次改编，这些不同的电影版本所体现出来的电影创作者的不同趣味、不同表达以及独特个性，每每让我们生发出一种“又发现了一片新大陆”的感觉。我们作为读者和观众，往往会为哪一个电影版本改得更好而争论得面红耳赤——而对于那些两种艺术形式都没看过的朋友来说，我个人的建议，最好先读小说，充分展开自己的想象世界之后，再去看电影，收获绝对不一样。

兴奋之四：比起编剧和导演对文学作品的改编，演员、明星们对文学人物的演绎无疑更能引起大家的好奇和关注，在看完小说之后，带着悠闲而挑剔的眼光，再去评论、比较电影里的明星的表现，甚至去评论、比较不同版本的明星的表现，这给我们带来了数不清的快乐时光。

因为部分原著小说和电影也是我们第一次接触，以上所呈现的，都是我们在编辑过程中非常真实的感受。我们也非常期望我们的工作能带给广大读者同样的兴奋和快乐。《奥斯卡经典文库》为您精心挑选的这些非常优秀的原著小说，完全值得您腾出一点业余时间，全身心投入其中，跟随着那些精彩的文学人物走进各种各样的命运险境，去迎接那些意想不到的感动和震撼。

——北影老师　何亮

导读：风景之外

对于风景的向往，常常成为旅途的起始，而对于人的留恋，又往往是我们驻足的缘由。

1908年发表的《看得见风景的房间》是E.M.福斯特的第三部作品，而就如他自己所说，这部作品在意大利的部分却是早已形成，这大概源于他大学毕业之后的那趟意大利和希腊的旅行，而英国的部分则是在他出版了两部长篇之后补写完成的。

故事由一段旅程开启，最终又回到故地重游结束，其中浪漫，甜蜜，且洋溢着某种对生命蓬勃的热爱实属E.M.福斯特的作品中最为乐观的一部。他以喜剧的手法，描绘了蓝天下的爱与自由，音乐与艺术，宗教的无力与阶层的虚伪；他时而调侃地嘲讽英国僵硬的社会秩序，时而又不忘对比意大利的异域之美和风角这片规矩格致的收敛之地，以一位众人都不太尊崇的老人来最终点燃女主角的心灵之火，使她最终突破禁锢，忠于自我地作出了人生的选择。而更为重要的，对于当下我们的生活而言，这本书不仅提供了一个久远的爱情故事，还绘出一幅意蕴万千的英国风情画，关于女人的要义，关于绅士的标准，统统都流露在严密的语句之间，在你并未觉察时补上了风俗人文的旧课。

文字是有味觉的，小说的文字远远并非止于表达一个完整的故事，而更为重要的是形成作家自我的旋律。没有惊心动魄的纠葛，也毫无故意卖弄的玄虚，有的只是一脉柔和缓行的优雅春水，带着几分英国人骨头里的谨慎温度，又时不时溢出一些意大利风中的浓烈热意，就像一首从窗外不知名的遥远处传来的歌曲，久久不散。这是E. M. 福斯特带给我们的独特美感，在当下浮躁快节奏的文学空气中恐怕是要绝迹的了。

作为一位只有六部长篇小说的伟大作者（在二十世纪初期大多评论家对他期待甚高），E. M. 福斯特的四部长篇都被改编为电影作品，除开大卫. 里恩（David. Lean）改编的《印度之行》，其余三部均被詹姆斯. 伊沃里（James Ivory）囊入手中。1986年的《看得见风景的房间》，1987年的《莫里斯》，1992年的《霍华德庄园》，这位在美国出生的导演对E. M. 福斯特笔下的英国柔软优雅的浪漫风情表现出全然的欢喜与忠实，在电影语言及演员表演的掌控上也最大意义地展现了原本小说中文字的况味，这在电影改编的范例中也算十分难得，也因此，《看得见风景的房间》与《霍华德庄园》都获得了当年奥斯卡最佳导演的提名，并不约而同地获得了奥斯卡最佳改编剧本的奖项，而《莫里斯》也荣获了第四十四届威尼斯银狮奖。

E. M. 福斯特曾经说，故事所能做的就是叙述时间中的生活。其实在我看来这本书里最为有意思的一个部分，便是在小说结尾之后，作者的那篇手记。这并非是出于一个读者对于人物命运的关注，而是一个作者在他的生命中，对于自己曾经描述过的一切如此地热爱与忠诚，以至于在五十年后他依然在脑海中谱写他们的命运，而那个关于贝多芬是比利时人的小情节又像是另一种意味深长的永恒。

——北影老师　罗诗

2014年8月

目　录

1. 贝尔托利尼（Bertolini）公寓

“露西（Lucy），房东太太真是太没有道理了！本来承诺给我两间相连的朝南房间，还能看得见风景。可现在，房间外面就是院子，还朝北，两间相隔还那么远！”巴特利特（Bartlete）小姐一脸不快地抱怨说。

“还有房东太太那一口伦敦的乡下话。”露西烦恼地接话道，“坐在这里，仿佛身在伦敦。”她一边和巴特利特小姐说话，一边冷冷地打量着桌子两边的英国人。两者之间摆着一排白色瓶装的清水和琥珀色的葡萄酒，墙上悬挂着装在厚宽边镜框里的已故女王和已故诗人的头像，还有英国国教的通告。这张通告是由牛津大学硕士卡斯波特·伊格副牧师（Rev. Cuthbert Eager）签的，是墙上除了头像照之外唯一的装饰。

“夏绿蒂，难道你不觉得我们在伦敦吗？真的是好疲倦啊。”

“这肉肯定是先在汤里煮过的。”巴特利特小姐突然放下了叉子。

“哎，我很想看看阿诺河（Arno）[1]！房东太太明明答应给咱们的房间可以看到阿诺河的！房东太太真不讲道理，言而无信！”露西自顾自地说。

“房间安排在哪儿都无所谓了，关键是要你能看到风景。”巴特利特小姐叹了口气说。

露西听到巴特利特小姐的话，不由得有所愧疚。“夏绿蒂，你别对我这么好，我会不安的。你也得看到阿诺河，等前面有空房间了……”

露西的话还没说完，就被巴特利特打断了。“你就住进去。”

这次旅行的一部分费用是由露西的母亲提供的。所以，一路上巴特利特小姐念念不忘，已经无数次在恰到好处的时候提起过。

“不，你住下。”

“你住。”巴特利特坚定地说，“不然，你的母亲不会原谅我的。”

“她不原谅的人是我。”露西的声音提高了几分贝。

两位女士的胸口起伏，都有些激动，甚至带有略微的怒气。她们之间的争论听上去是在为对方着想，却各自怀有不同的想法，而不为对方所理解。

由于她俩的声音比较大，引起了周围旅客的注意，有人在相互交换眼神。这时，有一个缺乏教养的男士出现了——

[1] 位于意大利中部的一支河流，本书的故事背景佛罗伦萨就是坐落在这条河流的北岸。——译者注

人们在国外旅行，确实有可能碰上缺乏教养的人。

这个缺乏教养的男士，隔着一张桌子，微微欠着身体，插入她们的谈话，说：“我住的房间，可以看到风景。”

巴特利特小姐十分意外。一般情况下，在一家供应食物的公寓里，陌生人之间总是会先细心观察一番，观察的过程为一至两天，才会开口交谈。若是待的时间短，通常在女士离开了，才会发现她是值得交往的对象。

正因如此，巴特利特小姐看都没看一眼，就觉得这个男人绝非绅士。

而出于礼貌，巴特利特小姐只好望向说话的男士。只见他的皮肤白皙而松弛，下巴上没有一根胡须，剃得光溜溜的，看上去是个体型健硕的老人。他有一双大大的眼睛，此时正目不转睛地盯着巴特利特小姐看，目光很温和，甚至带有这个年纪的老人不会有的天真。

巴特利特小姐没有琢磨这位老人的目光，因为她的眼神只是匆匆掠过。以她的世故之心猜想：大概这位男士想在她们加入当地的社交圈之前，提前认识她们。

这种感觉很别扭。于是，她捏着嗓子说：“风景，啊，能看到风景多高兴啊！”

“他是我儿子，名叫乔治（George），他的房间也能看到风景。”

巴特利特小姐冷淡地“哦”了一声，同时向露西小姐使眼色，阻止她开口说话。

“我的意思是，你们俩可以住我们的房间，我们交换。”老人认真地说。

周围有修养的人对这位老人的话表示十分吃惊，对巴特利特小姐和露西小姐投去了同情的眼神。

“非常感谢您，但这样很不合适。”巴特利特小姐尽量显得很平静的样子。

“为什么呢?”老人不解地问。他的两只手不知不觉握成了拳头，此时用力地按在桌子上。

“因为不可能，谢谢您。”巴特利特小姐直截了当地说。

“我们不愿意……”露西小姐想要解释，却被她的表姐又一次用眼神制止住，便吞下了余下的话。

“但是，为什么呢?”老人仍然执着地询问，“男人和女人不一样，不喜欢看风景。”他的两只拳头在桌面上敲击，看上去就像是调皮的男孩子。“儿子，你来说。”

“显然，那两间房间，就应该由两位女士住。”

乔治的声音不大，语气淡淡的，目光也没朝两位女士这边看。但听上去，他的声音充满了忧伤和疑惑。这种感觉顿时感染了露西。不过，露西明白，她和表姐已经卷入了被人们称为“好一种风波”的状态中。她还隐隐感觉，只要这些没有教养的旅客一说话，就会增加矛盾，发展到后来，和什么风景啊、房间啊毫无关系。从而招来一个又一个不同的问题，实在是头痛。

就在露西小姐陷入迷迷糊糊的遐想之中的时候，那个老人正在不停地盘问巴特利特小姐，看上去态度很是粗鲁。为什么不换房间?什么原因?只要半个小时，就能解决的问题，为什么一直不同意?

巴特利特小姐在社交场合的言谈完全已经游刃有余，但面对这样粗鲁的老人，却是毫无办法。可以这么说，在没有教养的人面前，无论怎么暗示，他都是不会觉察到的。此时，巴特利特小姐满脸通红，带着恼怒的表情向四周扫视，仿佛在对周围的人说：“难道你们都没有修养?”

坐在她们附近的，是两位漂亮的披着披肩的女士，她们很敏锐地捕捉到了巴特利特小姐的眼神，仿佛在回应："我们是很有教养的，不要拿粗鲁的人和我们相提并论。"

"宝贝儿，咱们吃饭吧。"巴特利特小姐拿起叉子，碰碰盘子里刚被指责过的那块肉，极力使自己安静下来。

露西小声地对表姐说："好吧，吃饭，明天咱们换家公寓，这里太差劲了。"

她的话音未落，人们都把目光投向屋子的尽头。只见门帘被掀开，一位身材肥胖而魁梧的牧师出现在大家的眼前。他快步向前走，随意走到一张桌子前坐下，没等桌边的人反应过来，就迟到一事，敏捷且礼貌地向大家表示了歉意。

显然，露西对于社交礼仪还没有完全掌握好，她见到这番情景，竟有些手忙脚乱，急急地站起身，慌张地大声说："毕比先生（Mr·Beebe）来了！我太高兴了！夏绿蒂，房间再差，我们也要住在这里。"

相对而言，巴特利特小姐则显得平静许多。她淡淡地说："毕比先生您好。大概您已经把我们忘记了——巴特利特小姐和霍尼彻奇小姐。复活节的时候，您在圣彼得教区协助那里的牧师，我们正好在顿桥井（Tunbridge wells）①。"

这位牧师看上去完全不记得这两位小姐，虽然她们对他的印象颇深。出于礼貌，他还是露出微笑，来到露西邀请他坐下的位置旁。

"看到你，毕比先生，我特别高兴。"露西处于精神极度亢奋之中。如果表姐允许的话，即便是她和侍者聊天也是很

---

① 由于顿桥井有矿泉，所以渐渐形成了避暑胜地，它位于英格兰的东南部肯特郡。——译者注

乐意的。[①]“这个世界还真小。还有夏街，让所有的一切变得更有意思。”

巴特利特小姐接话说：“霍尼彻奇小姐就住在夏街，刚才我们还在聊天，她告诉我说，毕比先生您接任了夏街教区长的职位。”

“上个星期母亲写信告诉我的。她不知道您去顿桥井时，我就见过您。不过，我回信告诉母亲了。”

“的确是这样。”毕比牧师回答，“明年的六月份，我就会去夏街上任了，能被派任到这样美丽的地区，真是很幸运的事。”

“太高兴了。我家的房子叫风角（Windy Corner）。”露西兴奋地说。

毕比牧师向露西鞠了一躬。

“我和母亲都住在那里，弟弟也是。就是我家离教堂太远了。”

“露西，让毕比先生好好吃饭。”巴特利特小姐小声提醒道。

“我正在吃，饭菜非常的美味。”

毕比牧师终于回忆起曾经听露西弹过钢琴，他喜欢和露西说话，虽然巴特利特小姐对他的印象很深。他边吃饭，边询问露西熟悉佛罗伦萨吗？露西诚实地回答是第一次来到这里。他最擅长的就是为新来的人解说这座城市，关于这个，已经得到众人的赞美了。

“一定要去周边的乡村啊。”他解说完毕后，补充了一句，

---

① 在19世纪的英国，阶级隔阂还十分鲜明。一个大家闺秀是不会随意和陌生人聊天的。——编者注

“等到晴天，坐车到菲耶索莱（Fiesole）[1] 和赛迪尼诺（Settignano）附近转一转，感受一下美妙的风景。”

牧师刚说完，只听另一张餐桌上响起一个声音：“毕比先生，到了晴天的下午，一定要先去普拉托（Prato）[2] 走一走。”

巴特利特小姐将嘴凑近到表妹的耳朵边，悄悄地说：“我们走运了呀，这位女士真够聪明的。”

接下来，周围的人士都在热心地为她们介绍观光的信息。人们告诉她们应该先去哪里，然后去哪里，什么地方最美丽。该如何出行，面对乞丐时该如何对付，如何购买当地特色的纪念品，还有大家是多么的喜欢这片土地。

人们七嘴八舌地向她们提供着各类信息，显然，已经欣然接受了她们。当她们抬起头来，无论往哪里看，都有热情的笑容向她们投来，还有人亲切地打招呼。这些人之中，声音最大、最热情的就是刚才那位聪明的女士，她还在大声地介绍：“普拉托太美了！一定要去普拉托！那里看上去很邋遢，但是很可爱！我特别喜欢那里，我就喜欢远离所谓的体面生活。”

听到这句话，叫乔治的年轻人看了一眼这位聪明的女士，然后，带着像在思考的表情面对着眼前的盘子。谁都看得出来，他和他的父亲属于不被欢迎的人。

当露西在社交上取得了进展时，不知为什么，她希望这对父子能有和自己一样的好运。看到他们被冷落，她的愉快

---

① 菲耶索莱是佛罗伦萨的一个小镇。——译者注

② 普拉托是意大利中北部城市，位于亚平宁山脉西北麓，临比森齐奥河，东南部距佛罗萨 16 公里。——编者注

心情自然受到了影响。当她站起身来准备离开时，带着微微的不安与紧张，向这对父子轻轻鞠了一躬。

当时父亲正在低头吃饭，没有看到露西的动作。儿子看到了，他没有鞠躬，只是微微地扬扬眉毛，露出一丝笑容，表示自己看到了。他大概是想通过微笑来表达内心的情绪。

露西鞠完躬，想追上她的表姐。而她的表姐早已经穿过门帘，消失得无影无踪。这种门帘很厚实，要是无意中打在脸上，感到它沉甸甸的，微微有些疼。此时，在她们跟前站着的是不靠谱的房东太太，她在向客人们鞠躬，道晚安。她的儿子恩纳利和女儿维多利亚（Victorian）站在母亲身边，也不时地鞠躬，道晚安。这位满口伦敦土话的太太想要以这样的方式来表达南方人的礼貌与风度。而更令人惊奇的是，这里是会客室，它竟然想和布鲁姆斯波里区（Bloomsbury）①的公寓在舒适程度上一试高低。真的以为这里是意大利吗？

此时，巴特利特小姐坐在一把扶手椅上。这把椅子塞满了靠垫与坐垫，十分舒适。无论是形状还是颜色，看上去都像是一只番茄。巴特利特小姐正在和毕比先生交谈，说着说着，她的脑袋开始缓慢地而有规律地前后晃动，像是要把什么无形的障碍推倒似的。“我们刚来的第一晚，就遇到了特别的情况，非常感谢您。”

毕比先生耸了耸肩膀，表示很遗憾。

“您知道坐在我们对面餐桌的那个老人叫什么吗？”

“是埃莫森（Emerson）先生。”

“他是您的朋友？”巴特利特小姐试探地问。

“我们之间关系很好，和膳宿公寓里的其他人一样的。”

---

① 布鲁姆斯波里区是伦敦的高级文化区域。——译者注

“哦，是这样。”

巴特利特小姐噤口不谈了。但毕比先生略加追问，她便又接着说了下去。

“事情是这样的。”巴特利特小姐继续刚才的话题说：“我的表妹露西小姐，要是接受一个完全陌生的路人的恩惠，实在是一件不好的事。他的言行举止看上去不像个上等人，我这样做，是为了大家。”

毕比先生听完，回答说：“你这么做是非常自然的。”顿了一下，他又补充说，“话虽如此，不过接受也没有什么不妥的。”

“的确是没有什么不妥，但我们不想欠人情。”

“他这个人挺古怪的。”毕比先生犹疑了一下，接着说，“他不会要你感激他，这个人要是说有什么优点的话，那就是心口如一。口里说的，一定就是心里想的。他没觉得自己的房间有哪点好，既然你们喜欢就让给你们，再没有别的想法。他根本没有想到，这么做会使你们欠下了他的人情。咱们要理解敢于说真话的人，至少我就没勇气做到他那样。”

露西听了很高兴，她甜甜地笑道：“我一直都盼望他有个好心肠，大家都有一副好心肠。”

“在我看来，他是个好心肠的人，但是没有礼貌这一点，又使人讨厌。只要稍微重要的问题，我和他都有分歧。我希望你和他也有意见分歧。不过，对于他这样的人，仅仅是分歧罢了，别的再没什么。他是个直爽的人，根本不懂得说话要委婉，想什么就说什么。我们差一点就要向房东太太抱怨这些，幸好最后忍住了。我很为自己的控制力表示满意。”

“哦。”巴特利特小姐听完毕比先生的话，沉思了一下问，“难道他是个社会主义者？”

毕比先生没有答言，但是表情看上去，大概是肯定了巴特利特小姐的问题。

“并且把他的儿子也培养成了社会主义者?”

“我没和乔治怎么交谈过，他不爱说话。外表看着倒是不错，挺有脑子的。当然，他的一举一动都和他父亲差不多，也很有可能是社会主义者。”

“现在我放心了。你觉得我应该接受他们的建议换房间?你是不是在想我这个人太多疑了啊?”

“没有，你的反应十分正常。”毕比先生礼貌地回答。

“哦，要是这样，我应该为刚才的行为向他们道歉吧?”

“那倒是不用的。”毕比先生显得有点不耐烦，话一说完，就站起来向吸烟室走去。

他刚从视线中消失，巴特利特小姐就立刻对她的表妹说：“我就那么招人讨厌吗?他对那个年轻人印象蛮好的。你刚才也不帮我说话，我巴不得整个晚上都是你在和他聊天。”

“他是个好人。”露西说，“在我的印象中，他就是这样的热心肠，在每个人的身上都能发现优点。从来没有人拿他当古板的牧师来看。”

“露西呀……”巴特利特小姐无奈地看着她的表妹。

“亲爱的表姐，你说咱们所见的牧师哪有他这样的，笑起来和普通人没什么两样。”

“哎，你可真有意思。我突然想起你的母亲来，不知道她对毕比先生的话是否同意。”

“我猜她会的，弟弟也会。”

“嗯，风角的每个人都会同意的。风角的人比较前卫，我倒是更喜欢顿桥井。”

“是的。”过了半晌，露西才闷闷地说。

露西的心里升腾起一种奇怪的感觉。不知是因为她自己，还是因为毕比先生，还是因为巴特利特小姐，或是因为风角，又或者是因为顿桥井，她想不明白。她想确定一下这种奇怪的感觉从何而来，是否就是因为不赞同的原因？

就在这时，巴特利特小姐又开口了，“你是不是觉得我很闷？”

露西听了这话，心想：我太自私了，还很刻薄。夏绿蒂本来就处境不好，我再不多注意她的感受，实在是太不应该了。

此时，走过来一位个头不高，面容可亲的老太太，亲切地询问她们，自己是否可以坐在毕比先生刚才坐的位置上。

“当然可以。”巴特利特小姐慢慢地说。

老太太一坐下，就开始滔滔不绝地谈论意大利。她是和姐姐一起来意大利游玩的，这里带给了她们许多惊险的经历。她的姐姐身体状况好了很多，但是到了晚上一定要把窗子关上，早上还要把暖瓶里的开水倒光了。

老太太不停地说话，把握着说话的节奏，两个姑娘认真倾听着。相对而言，比起屋子的另一头正在热烈议论的归尔甫党人（Guelfi）① 和吉伯林党人（Gnibellinni）② 的争论好听多了。她还说遇到了一件很特别的事情。在威尼斯（Venice）的时候，她们竟然在屋子里发现了跳蚤，这简直是一场巨大的灾难。更可怕的是，那不是偶然发生的。

“你在这里，绝对不会发生这样的事，房东太太完全是依

---

① 中世纪意大利拥护教皇，反对罗马帝国皇帝的一支党派。——译者注

② 中世纪意大利反对教皇，拥护罗马帝国皇帝的一支党派。——译者注

照伦敦的做派。”

“我害怕上床睡觉，这里有一股难闻的味道。”露西皱着眉头说。

“并且只能看到院子。”老太太同情地叹了口气，“埃莫森先生说话委婉一些就好了，也不至于让你们难堪。那时我都替你们难过。”

“他也是好意……”

“这个自然。”巴特利特小姐说，“我是为了表妹，才推却了他们。刚才还和毕比先生谈论这件事呢。”

“你考虑得对。”老太太将声音压低，两个人低下脑袋窃窃私语，说为了保护年轻的姑娘，无论怎么谨慎都不过分的。

露西被冷落在一边，她极力做出毫不在意的样子，使自己不像个傻瓜。她从来没有感觉到家人为她有多谨慎过，一点儿也没有。也许，是她没有注意到吧。

“埃莫森先生我也不是很熟悉，他的行为举止的确是不够得体。不过，不知你有没有注意过，有的人举止显得不文雅，这倒是挺美妙的。”

“美妙和文雅不是一样的意思吗?”巴特利特小姐疑惑地问。

“大家都这么想吧。”老太太含含糊糊地说道。

她没有就此话题继续说下去。就在此时，毕比先生神采奕奕地出现在大家面前。

“巴特利特小姐，房子的问题解决了。”离得老远，他就迫不及待地大声说，“在吸烟室，埃莫森先生和我提起此事。我因为提前和你沟通过，心里有底，就和他聊了聊，问他是不是还可以交换房子，他答应了，让我来问问你的意思。”

“夏绿蒂，看来咱们一定要接受这两套房间了，老人的心地真好。”露西的眼睛发亮，看上去很是兴奋。

巴特利特小姐没有说话。

毕比先生沉默了片刻，说：“我为我的多事向你道歉。”

毕比先生非常不高兴，说完此话，转身就走。

这时，巴特利特小姐才吐口说：“露西，与你的意愿相比，我的想法是微不足道的。无论你想在佛罗伦萨怎么玩，都是合情合理的，我都不能加以干涉。如果没有你，我根本来不了。如果你想让那两位先生腾出房间，我表示同意。毕比先生，请你转告埃莫森先生，我愿意换房。还有，请你将他请过来，我好向埃莫森先生道谢。”

她说这段话的时候，音调提得很高，以至于整个屋子都听得清楚，就连正在热烈讨论的归尔甫党人和吉伯林党人的话题都停下来了。

毕比先生在心里暗骂了一句：牵扯上了所有的女性。但口里什么都没说，只向她鞠了一躬，带着她的嘱托再次向吸烟室走去。

“露西，这件事就交给我处理吧。我不想你牵扯进来，请你答应我的请求。”巴特利特小姐用乞求的眼神望着露西说。

露西还没有来得及回答，只见毕比先生再次走了回来，神色有些紧张。

“埃莫森现在暂时不能来，他的儿子乔治先生来了。”

乔治走到她们面前，低着头，这样让她们觉得自己好像坐在地板上似的，她们坐的椅子实在太低了。

“我的父亲去洗澡了，没法过来。如果你们有什么要说的，我可以带话给他。”

巴特利特小姐没有想到这个年轻人会提到“洗澡”一事，她的嘴再犀利刻薄，此刻也说不出话来。

无形之中，乔治先生取得了一次小阶段的胜利，而他自己并不知晓。这一点，毕比先生看了很高兴，露西小姐在心底也暗自开怀。

乔治先生前脚刚走，巴特利特小姐立刻就说：“把房间让给我们，他一定很生父亲的气，得多努力才忍住了怒火啊。”

“再有半个小时，你们的房间就准备好了。”毕比先生对两位小姐说。说完，他就回到自己的房间，写日记去了。

坐在一旁的个头不高的老太太突然开口说：“天哪！”说完这一句，紧接着打了个寒战，好像有寒风猛然刮进了屋里。“先生们有时不会注意到……”

她只说了半句，就止住了。而巴特利特小姐听懂了她的意思。于是，两个人的谈话可以继续了，而她们聊的就是先生们没有注意到的内容。

露西没有加入她们的谈话，她没有听懂老太太半句话的意思，融入不到她们的话题中去，就拿起一本贝德科的《意大利北部旅行指南》来看，把佛罗伦萨历史上重要的日期都记了下来。她想好了，第二天一定要把时间安排得满满的，好好玩一下。

露西有滋有味地翻看着旅行指南，巴特利特小姐从椅子上站起身，叹着气道：“露西，你坐好了，我去指挥换房间。”

“你真的自己去做就行？”

“当然了，这是我的事情啊。”

“我想去帮忙。”

“不用的。”

夏绿蒂就是这样的人，永远精力十足，永远为他人着想，没有一点私心。这一次来到意大利，她比过去的表现还要强烈，露西是这么想的。她挺有反抗的精神，觉得接受埃莫森父子的房间这件事，完全可以做得再周到一些。

夏绿蒂走进房间时，心里并没有兴奋的感觉。

“我想和你说一下，为什么我住在大房间。”巴特利特小姐说，“本来我是打算让你住大房间的。但是考虑到是那个年轻人住的，而你的母亲不会喜欢你住在那里。”

露西一时没有弄明白她的表姐究竟想要表达什么意思。

“既然打算接受他们的好意，那么欠埃莫森的人情比起欠他的儿子要好得多。我很了解人情世故，能猜到事情可能往哪里发展。幸好有毕比先生做保证人，他们应该不敢有什么特别的举动。”

“妈妈不会在意这些的。”露西感到她的表姐还有什么话没有说出口。

巴特利特小姐轻轻叹了口气，接着向露西道晚安，把她整个搂进怀里，想要一直完全地保护好她。露西有种被完全包围的感觉，几乎透不过气来。

待露西回到自己的房间，连忙将窗子打开，大口呼吸着窗外清新的空气。脑子里想着下午遇到的老人，就是他，使自己能够在房间里看到阿诺河畔闪烁着的漂亮灯光，圣米尼亚托教堂（the Cypresses of San Miniato）边上的松柏，还有亚平宁山脉的一片丘陵，以及冉冉升起的皎洁的月亮……

巴特利特小姐在自己的房间里先是将门闩紧，接着，在房间里来回走了几圈，察看几个柜子，还琢磨着房间有没有地下室或者地下通道什么的。当她转悠到洗手间，只见洗脸盆的上面别着一张纸条，纸条上画了一个大大的问号。

“为什么要在这里别一张画着问号的纸条呢?”巴特利特小姐陷入了思考。借着烛光，她认真地观察。看着看着，这个问号变得咄咄逼人，像是在向巴特利特小姐挑战，蕴含着不吉祥的征兆。巴特利特小姐有一股冲动，她很想将它一把撕掉，幸而想到她没有权利这么做，这张纸条，一定是属于乔治先生的。想了想，她将纸条从墙上取了下来，小心翼翼地夹在两张吸墨水纸之间，以便能保持干爽。终于，她完成了对整个房间的巡查。之后，习惯性地叹了口气，这才上床睡觉。

2. 去圣克罗彻（Santa Croce）[①]

在佛罗伦萨的清晨醒来，定会神清气爽。一睁开眼睛，首先看到的是洒满阳光的房间。红色的地砖铺满地面，看起来大方整洁。天花板是五彩的花纹，上面画有长着一对翅膀的老鹰头狮子身的粉色小怪兽，和有着蓝色翅膀的小天使，飞翔在一堆小提琴与双簧管之间。

如果伸出双手，把窗户打开，再用钩子别上固定好。可能会由于不熟悉这里，导致不小心将手指划了一下。露西将身体前倾，慢慢地探出去，会惊奇地发现，满眼都是热烈的阳光。正前方的山峦连绵不绝，映入眼帘的是一片片翠绿色的树林，舒适至极，一座大理石砌就的教堂就在山脚下。窗户下是流水潺潺的阿诺河，河水拍打着堤岸，叮咚作响，像

---

① 指圣米尼亚托教堂，位于佛罗伦萨东南方的圣克罗彻小山。——译者注

是一首永不停息的乐曲。

在阿诺河边，有一些男人在干活。他们有的抡着铁锹，有的双手握着筛子，在沙滩边上忙碌着。河边有条小船，船上的人不知在忙些什么，距离得有些远，所以看不清楚。有辆电车在窗下掠过，电车里只坐着一位乘客，而站台上的人却是拥挤的，都是意大利人。小孩子们想要吊在电车的后面，售票员向孩子们吐口水，试图让他们松手。这时，有一些士兵出现在视线里。他们的个头都不高，眉清目秀，背着用动物皮毛做的背包，因为用得太久，看起来又脏又破。他们穿的大衣明显大了许多，松松垮垮地套在身上。有几位军官走在士兵的不远处，步伐很笨拙，一脸凶相，像个蠢人。走在士兵前面的几个小男孩，顽皮地跟着乐队的音乐节拍在翻跟头。电车就在这么一群人当中，慢慢地往前开，就好像一只笨重的毛毛虫掉落到一群蚂蚁当中似的。突然间，一个小男孩不知被什么绊倒了，同时，有几只白色的公牛从旁边的拱廊窜了出来。这要不是有位卖扣子钩的老人出了个主意，恐怕现在这条路还一直拥堵不堪。

时间是宝贵的，但经常就在一些不值得一提的小事上，悄悄地流逝了。有的人来意大利研究乔托（Giotto）① 的壁画，有的人来审视罗马教皇的那段腐朽而庞大的政权，但当他们回家后，可能记得的只有蔚蓝色的天空，还有天空下的男男女女，再没有别的。

所以，巴特利特小姐的做法是很正确的。她轻轻地敲门，然后推开房门，走进去。一眼看到正在窗口向外张望的露西，

---

① 是意大利文艺复兴时期的画家、建筑学家和雕塑家。——译者注

便皱着眉头埋怨她没有锁好房门，并且没有穿戴整齐，就俯身向窗外张望。还忙着催促露西，动作要快一些，要不时间全都用在准备上了，将一天白白地荒废。

而等露西准备停当，巴特利特小姐已经吃完了早餐，正在和昨晚那位聪明的女士高声攀谈。

接下来的谈话，正是我们所熟悉的方式。巴特利特小姐感到有些累，说不如上午就在屋里休息，适应适应这里的环境，除非是露西想要出去。

露西是想要出去，这明明是来到佛罗伦萨的第一天呀！当然，她也可以自己一个人出去的，可巴特利特小姐不会答应让她自己一个人出去，她会陪着露西小姐到任何地方。不，不！露西小姐一定要陪着表姐在屋里。啊，不！不能这样。就这样定下，好吧。

正当两个人争执的时候，那位聪明的女士开口说话了。

“要是格伦迪太太（Mrs. Grundy）让你感到为难了，不必放在心上，她是位好心人。霍尼彻奇小姐（Miss Honeychwch）是个英国女人，很有风度的，意大利人明白这个。我有位朋友巴隆切里伯爵（Contessa Baroncelli）夫人有两个女儿正在上学，要是女佣没有时间送她们去，就吩咐女儿戴上水手帽，自己走去。当两个女孩子把头发扎在脑后的时候，所有的人都把她们当作了英国人。”

见此情景，那位聪明的女士说她将在这里度过一个漫长的上午，很荣幸能带着露西出去转转。

“后面有一条肮脏的小路，但是它也很可爱，或许因为你的好运，能给咱们带来奇遇呢。”

露西听了十分开心，忙说这样的安排实在是太好了。她马上翻开旅游指南，查看圣克罗彻所在的位置。

“哎呀，露西小姐，你快把这本旅游指南放下吧，尽是些粗浅的内容。至于它的作者，大概连真正的意大利都没有看见过。没有细心地观察，怎么可能了解真正的意大利?”

露西被这位女士的话所吸引。她匆匆地吃完早饭，高兴地跟随着这位新朋友离开了旅馆。啊，意大利，我来了！那位操着一口浓重伦敦话的房东太太和她做的事情全都见鬼去吧！

拉维西小姐（Miss Lavish）——就是那位聪明的女士，她带着露西小姐顺着河滨大道缓缓地往前走。温暖的阳光照耀着她们，舒服极了。只是阵阵吹过来的风，拍打在脸上，有些微微的疼。那座但丁（Dante）曾经停留过的感恩桥(Ponte alle Grazie)，还有圣米尼亚托教堂雄伟的建筑，亲吻过一位杀人犯的十字架——霍尼彻奇小姐对这个故事①的印象很深。拉维西小姐溜进了小白牛出没的拱道上，跑了几步，突然间停了下来，大声地说：“啊，这就是佛罗伦萨的味道！我告诉你，每个城市都有它特别的气味。”

“这种味道好闻吗?”露西小姐皱着眉头问。她受母亲的影响，有一点儿洁癖。

拉维西小姐看出露西小姐的意思，她解释说：“人们来到这里游玩不是来享受的，而是寻找大自然的生活气息。早上好!”她一边说，一边向周围走过的人热情地打招呼，“你看，那辆运酒车多么可爱啊！司机还直往咱们这边瞧，多可爱的人哪!”

---

① 传说中，青年圣乔瓦尼·瓜尔贝托毅然放弃了为兄长复仇，一个超级大的十字架为了表示对他的奖励，便向他倾斜，亲吻了他的脸颊。这座十字架目前保存在金圣三一教堂里。——译者注

拉维西小姐行色匆匆地穿过佛罗伦萨的几条街道，她的动作敏捷灵活，就好像是一只顽皮的小猫咪。只不过，没有小猫咪的姿势那么优雅。

“露西小姐，早上好！请你相信一位老太婆说的话：对待地位不如你的人客气一些，永远不会后悔的。这是一句至理名言。我也是个激进派，怎么样，你觉得吃惊吧?”

“我一点儿也不吃惊，真的!”露西小姐喊道。“我们一家都是激进派，彻底激进派哦。我的父亲始终投格莱斯顿的票呢，一直到他对爱尔兰实施了超级糟糕的政策。”

“好了，我了解了，可你们现在已经向敌人倾斜了啊。”

“哎，别提了。现在的爱尔兰没有什么问题了，要是父亲现在还活着的话，肯定还会继续投激进党的票。告诉你吧，上次选举时，我家前门的玻璃被人砸碎了。我弟弟弗雷迪说肯定是保守党干的，我妈妈说他胡说，猜是流浪汉干的。”

“这么可耻，是在工业区吗?”

“不是，是在萨理郡（Surrey hills）①。”

拉维西认真地倾听露西说话，脚下的步伐越放越慢。

“那里我很熟悉，景色非常宜人。那里的人很和善啊，对了，你认识哈里·奥特维（Harry Otway）爵士吗？那个真正的激进派。”

“很熟悉的。”

“慈善家巴特奥斯太太呢?”

“她呀，租了我们家一块地。她很有意思!”

“你家在萨里郡有很多产业吗?”

---

① 萨理郡位于伦敦的南部的山区，往南走就是维尔德，从前被大面积的森林覆盖，现在为农业区。——译者注

“没有啦。”露西担心别人认为她势利，“只有三十亩地，就是一片园子，从山坡一直蔓延至坡下，还有一部分田。”

拉维西倒是没有露西想象中的厌恶。她说露西家里的产业和她的姑妈在萨克福郡的房产差不多。就在这时，她们暂停了有关意大利的话题，而转移到产业上来。他们一起回忆某路易莎夫人的姓氏，谈起她在夏街租了一栋房子，可是很奇怪，她却并不喜欢那栋房子。当拉维西想起了路易莎夫人的姓氏时，她突然叫道：“天哪，上帝保佑，咱们迷路了！”

她们来到圣克罗彻的确花了不少时间，从所住的公寓平台的窗户望过去，可以很清晰地看到远处的钟鼓楼。因为拉维西表示对佛罗伦萨的地形了如指掌，所以露西毫不犹豫地跟随她的脚步前行。

“啊，迷路了！迷路了！咱们聊政治的时候，拐错弯了。保守派要是看到了得怎么讥笑咱们啊。咱们怎么办？两个孤身无助的女子，置身于完全陌生的地方，天哪！我管这样的经历叫冒险。”

露西一心想着去看圣克罗彻，就说要不要问问路人，那也不失为一个好办法。

“胆小鬼才这么想。你不许看旅游指南，把它给我。咱们走到哪里就是哪里。”拉维西坚决否认道。

于是，她们茫然地向前走去。穿过了几条暗灰色的街道，很是狭窄，也没有任何景色，简单枯燥。在佛罗伦萨的东部，大部分都是这样的街道。露西早就忘记了路易莎夫人为什么不满这件事，可自己的内心也充盈了不满的情绪。

意大利就那样出现了，令人沉醉。站在领报圣母广场，看到赤陶制作的婴儿雕塑[1]，栩栩如生地站在那里，任何廉价的复制品都无法使它们失去光芒。他们终年站在那里，穿着人们施舍给他们的衣服，洁白的四肢展示在眼前，圣洁的双臂高高地伸向天空。露西从没见过如此美丽的一幕，她看得入迷了。而拉维西却尖叫着，声音中满是沮丧。她将露西从婴儿雕塑前拉走，抱怨说她们至少走错了一英里地。

早餐到现在已经消化得差不多了，她们从路边的小店里买了些热栗子糊吃。之所以买热栗子糊，是因为它看上去像是典型的意大利食品。它的味道很特别，有一点点像头油，还有种说不清楚的味道。吃完了热栗子糊，她们似乎顿时恢复了些许力气，一会儿工夫就走到了另外一座广场。这座广场很大，尘土飞扬，对面伫立着一幢高大的建筑，黑色与白色相间，显得很是难看。这时，拉维西郑重其事地向露西介绍，这就是圣克罗彻教堂，咱们的冒险生涯结束了。

“等一下，让那两个人先走，要不我就得和他们打招呼了，我最不喜欢的就是应酬。真是讨厌，他们竟然也进了教堂！哎，这些出国的英国人。”

“昨晚吃饭的时候，我们坐在他们的对面。还把房间让给了我们，真是好心人。”

“你看他们的身材多滑稽！”拉维西笑了，“好像两头母牛走在意大利的土地上。我这么说是有点过分，不过真的想在多佛建一个考点，只要是不及格的游客，都给打回去。”

“那你想给我们出什么考题？”

---

① 广场从前有一家幼儿医院，医院的拱廊上有十四座赤陶制的圆形雕塑，是意大利的雕塑家德拉·罗比亚（Della Bobbias）所作，雕塑是一个在襁褓中的婴儿。——译者注

拉维西小姐将手搭在露西的手臂上，表情愉悦。像是在表示无论什么考题对方都会考满分的。她俩就这样边走边聊，来到了教堂的石阶前。刚要进去，拉维西小姐突然将双臂举过头顶，一声大喊，“那有本地特点爱唠叨的人来了！我得过去和他说话!”

话音未落，人已经消失在广场的尽头。身上的军绿色披风在风中拂动，她快步如飞，待追上了一位白胡子的老人，笑着在他的手臂上掐了一下。

露西在原地等了她十分钟，慢慢有些不耐烦。四周有几个乞丐，她觉得很不安。风很大，有沙子吹进了眼睛。她想：一个年轻的姑娘不应该独自在公众场所里徘徊的。于是，她慢慢地走下台阶，向广场走去，想要寻找拉维西小姐。可这位小姐实在是太活泼了。就在快要被露西撞到的时候，她和那个有本地特点的老头儿，边走边热烈地聊天，拐进了一条路，很快就消失了。

露西找不到拉维西，气哭了。除了因为拉维西将她给甩了之外，也因为她带走了旅游指南。现在，她怎么回家呢？怎么离开圣克罗彻呢？美好的一上午就这么白白地消逝了，而这可能是一生中唯一的机会来到佛罗伦萨。

几分钟之前，她还在显得很有教养地谈天说地，相信自己是脱俗的。而现在，她神情沮丧地走进教堂，心里装着一百个委屈，甚至忘记了这座教堂是由方剂各会修士（Franciscans）还是多明额会（Dominicans）修建的。

这座教堂是多么了不起的建筑啊。可看上去很像一座仓库。里面很冷。她看到了乔托的壁画，壁画的厚重质感完全感染了她，使她体会到了恰到好处的感觉。可是，哪些才是乔托的作品呀？她孤傲地走来走去的，不愿意对这些说不出作者和时代的作品表现出兴趣，也没有人和她说铺在教堂中殿和十字形状耳堂的那些墓石哪一块是真正优美的，哪一块是罗斯金先生①所喜欢的。

这个时候，意大利的无穷魅力已经让露西着迷了。她没有请教谁，竟也乐在其中，并且经过苦想，弄明白了意大利文的告示——那是禁止将狗带进教堂的告示；请大家出于健康的目的，并且对这座教堂的尊重，不要随地吐痰的告示。

她还认真地观察各位游客，他们的鼻子就像他们手里拿着的旅游指南的封面那样红，这就可以看出圣克罗彻有多冷了！她还目睹了三位天主教徒的凄惨生活——两名男孩子和一名女孩子，他们一开始相互用圣水将对方弄湿，随后走到马基雅维利（Machiavellis）的纪念碑前，水珠从他们的身上往下滴落。与此同时，他们变得十分神圣。他们用缓慢的步伐向纪念碑走去，等到了纪念碑的跟前，先是用手指，后来用手帕，最后用头颅碰碰那座石碑。这样的行为，反复地重复多次。

这到底意味着什么意思？看过几遍，露西明白了。他们将马基雅维利当作了圣徒，所以频繁地和他的圣陵接触，希望以此获得美德。但是，对他们的惩罚接二连三地到来。年纪最小的男孩子绊倒在罗斯金先生最为赞赏的那块墓石上，双脚缠在一位躺着的主教的脸上。露西虽然是一位基督教徒，见此情景仍飞快地冲上前去。但为时已晚，那个男孩子已经摔倒在主教向上的脚趾上了。

---

① 罗斯金，英国作家、评论家。在他访问佛罗伦萨时的第一天就来到了圣克罗彻教堂，之后在《在佛罗伦萨度过的早晨》一文中提到并且赞美了这些墓石。——译者注

“这令人讨厌的大主教!”老埃莫森的声音传来，他也在第一时间冲上前去。“这个人生前如此冷酷，死后还这样无情。小朋友，快到外面的阳光下玩，在太阳下亲吻你的小手，那才是你该待的地方呀！真让人接受不了的主教!”

男孩听了，却莫名其妙地对着那个扶他起来，为他拍去灰尘，爱抚受伤的位置，口里劝说他不要迷信的人狂叫起来。

“你看吧，一个男孩子跌倒了，不仅冻得直发抖，还给吓坏了！除了这些，教堂还能给予人们什么呢?”

男孩子的腿像是被熔化了的蜡烛。只要老埃莫森先生和露西将他扶起，他就会大叫一声又倒下。幸好有一位前来做祈祷的意大利女士，凭着母性特有的直觉，想办法让男孩子不再倒下去，脊背也挺直了，他站立着，过了一会儿才离去。嘴巴里不知在嘀咕着什么，显得十分激动的样子。

“您真是一位聪明的人，贡献绝对比起世界上所有的文物加起来还要大。”老埃莫森先生感慨地说，“虽然我和您的信仰不同，但真心信任给别人带去快乐的人。世间的一切都没有……”

说到这里，他停住了，像是在努力寻找一个合适的字眼来表达。

“这都没什么。”① 这位意大利的女士说完，又继续开始祈祷。

“我很怀疑她是否能听懂英语。”露西说。

她被老埃莫森先生所感动，不像从前那样瞧不上埃莫森父子了。她要对他们彬彬有礼，不再拘于礼节。如果赶上恰当的时候，还会对那两间不错的房间说上几句好话，用来冲

① 原文为 Niente，意大利语。——译者注

淡巴特利特小姐的客套话。

“刚才那位女士都听得懂的。”老埃莫森先生说，“你在这里做什么呢？是来参观教堂的吗？参观完了吗？”

“没有呢！”被老埃莫森先生一问，露西回忆起自己的委屈。“我是和拉维西小姐一起来的。她说好了为我讲解的，可是刚走到大门口，她就跑开了！我等了半天，只好自己进来了。”

“你为什么不能这样呢？”老埃莫森先生问。

“你为什么不能自己走进来呀？”这时，当儿子的也接过话头说。这是他第一次对露西说话。

“拉维西把我的旅游指南也拿走了！”

“旅游指南吗？”老埃莫森先生问道，“很高兴让你感到可惜的是失去了旅游指南。丢了旅游指南是很可惜的，很可惜。”

露西觉得很奇怪。她猜测到这中间一定有什么误会，可能会将她引导到未知的地方去。

“如果你没有了旅游指南，不如就跟着我们走吧。”儿子这样说。

难道他们就是这样引导她的？露西觉得要保持尊严。

“很是感谢，但我不敢这么想。希望你们不要以为我是故意凑过来的，我的确是想来搀扶那个男孩子。另外，我要向你们道谢。感谢你们好心将房间让给我们住，希望这件事没给你们带来很多的不方便。”

“亲爱的姑娘，你是在重复大人说的话吗？”老埃莫森先生带着温和的表情说，“你装作爱生气的样子，而事实并不是这样的。好了，别提不高兴的话了。告诉我，你想看教堂的哪一部分？我们带你去体会真正美妙的乐趣。”

天哪，这简直是太无理了！这个时候，她是应该生气的。可是要发脾气和忍住不发脾气一样的难。露西作为一个姑娘家是不能发脾气的，老埃莫森先生是位老人，露西是位姑娘家，姑娘家是不能对老人生气的。而他的儿子是个年轻人，要是想发火可以对他发。再或者，当着老人的面，表示出生气了。这么想着，所以露西看着他回答：

“我希望自己不爱生气。我想看乔托的壁画，如果可以的话，请告诉我哪些是他的作品。”

做儿子的点了点头，他在前面带路，向佩鲁齐小堂而去。脸上洋溢着既满足又忧愁的神情，露西觉得自己像一名小学生答对了习题，而他就是出题的教师。

小堂挤满了前来观看壁画的人们。人群中传来一位讲解员的声音，在指导着人们要通过精神的通感来理解乔托，而不是通过外在的质感来膜拜乔托。

“大家记住了。”讲解员说，“关于这座圣克罗彻教堂，它是在中世纪的文艺复兴时期之前，怀着对中世纪艺术风格的满腔热情而建造的。请大家仔细观看，乔托的这些壁画因为修复反而被毁掉了，也没有被解剖学和透视学设下的陷阱所干涉。还有什么比这壁画更雄伟，悲壮和美丽的呢？有关知识与技巧，对一个有感情的人起到的作用实在是太小太小了！”

“你说得不对！”老埃莫森先生大喊，他的嗓音在小堂里显得很嘹亮。“这些话都不用去听，说什么信仰，其实就是工匠们没有拿到应有的报酬。再看那些壁画，看上去一点儿都不真实。那个穿蓝色衣服的胖子，他肯定和我差不多胖，却能像一只气球一样升上天空。”

他指的是“圣约翰升天”。在小堂，讲解员结结巴巴地继续讲着，听众们下意识地挪动了一下位置，露西也是同样的动作。她相信自己不该和他们一起，不该混进他们的中间。但他们用一种无形的魔力将她镇住了。他们看上去如此的认真又古怪，露西想不起怎么做才显得举止行为得体。

“快说呀，是不是有这样的事？”

乔治慢慢地回答说：“若是真有这样的事，应该是这样发生的。”

“你上不了天的。”他的父亲这么对他说，“你和我，咱们俩将会死在养育我们的土地上。而且我们的名字很快就会消失，再没有人记得，就好像我们所做的事情都会消失一样。”

“有的人只看得到空荡荡的坟墓了，却看不到圣徒的升天。如果这世界真的有这样的事，就应该是这样的。”

“不好意思，这个小堂太小了，两批人在一起不方便，我们走了，不再妨碍你们。”有个听上去冷冰冰的声音说。

这位讲解员是位牧师，他的听众大概都是辖区里的教友。他们的手里不仅都拿着旅游指南，还虔诚地捧读着祈祷书。他们随着牧师整齐地排着队，缓缓地走出小堂。这些人之中，有在贝尔托里尼住宿公寓里看到的两位身材瘦弱的老小姐——特丽莎（Teresa）小姐和凯瑟琳（Catherine）小姐。

“别走啊！”老埃莫森先生喊道，“这里的地方大着呢，大家都站得下，别走啊！”

这支默默的队伍没有人答话，转眼就消失了。很快，他们听到了在隔壁的小堂里，传来讲解员的声音，他在讲圣·弗朗西斯（St. Francis）的一生。

“乔治，我还以为刚才的牧师是布里克斯顿教区的副牧师呢。”

乔治没有说话，他径直走到隔壁的小堂，回来时答道：“可能就是他，我记不清楚了。”

“既然这样，我还是想和他打个招呼，提醒一下我是谁。他就是那位伊格先生（Mr. Eager）吗？为什么突然就走了呢。是不是咱们说话的声音太大了，影响到他了啊？真烦！我要回去向他道歉。你看行不行？这样他可能就会回来了。”

“他不可能回来的。”乔治闷闷地说。

老埃莫森先生非常的后悔，神情沮丧，终于忍不住还是跑到隔壁的小堂里，向拉斯波特·伊格副牧师道歉。露西没有注意这些，她将注意力完全放在一扇弦月窗的上面。这时，她听到隔壁的讲解再一次地被打断了，然后是老人急切的高声，还有对方短促而愤怒的声音。那当儿子的把这一切都当作是悲剧，他在认真倾听。

“我的父亲无论和谁打交道，都会产生这样的结果。”乔治对露西说，“他每次都尽量表达自己的好意。”

“真希望大家都这样。”露西的笑容有些僵硬。

“因为我们以为这样做能使自己的性格完善，而他这么做完全是出于爱他们。而最后的结果是他们不是感到生气，就是感到害怕。”

“他们真是愚蠢。”露西的心里充满了对老埃莫森先生的同情。“其实，在表达自己好心的时候，还是要注意方式和方法。”

“哦，方式和方法！”年轻人将头颅高高地昂起。看上去露西的回答错了。她将目光全部放在这个年轻人的身上，他在小堂里急促地转来转去的。作为一名年轻人来说，他的皮肤略显粗糙。而当阴影打在他的面庞上，又显得十分的严肃。在阴影中，这张脸庞突然间显露出莫名的柔情。露西在脑海中想象在罗马时看到他，西斯廷（Sistine）的天花板（在罗马的西斯廷教堂里，米开朗琪罗为那里的天花板作画，绘有二十个裸体的男青年。现在，露西把乔治想象成那其中的一个。）上面，他抱着许多的橡果，远远看上去身体很强壮，充满了动感。但是，在露西的眼里，他是灰色的，只有到了夜幕降临才会去除的颜色。这种感觉来得很快，去得也很快，转眼间就消失了。她很少有过这样微妙感觉的体验，只有静静地观察思考才会突然产生的感觉。待老埃莫森先生走回来的时候，这种感觉已经消失了。她可以和大家流利地交流，她所熟悉的交流方式就是这个。

“被人斥责了吧?”儿子冷静地问。

“我们扫了他们的兴，他们不肯回来了。”老埃莫森先生难过地说。

“……待人要有同情心……要会发现别人的优点……大家都是兄弟的理想生活。”隔壁小堂里断断续续地传来牧师的声音，他仍在认真地讲解圣·弗朗西斯。

“别让你扫兴了。”老埃莫森先生对露西说，“你去参观过圣徒了吗?”

“去了，都很美丽啊。你知道哪些墓石是罗斯金先生（Mr. Ruskin）在作品里赞美过的?”

他回答说不知道，但可以猜猜。乔治不愿意走，这使露西感到很轻松。她和老人在教堂里开心地散起步来。这个地方虽然看上去像是座谷仓，但收藏了相当多的珍品。他们边走边避开乞丐，还有那些导游，还遇到一位牵着小狗的老太太。此外，时不时有神父小心地穿过拥挤的游客去主持弥撒。老埃莫森先生根本没有注意这些，他焦虑地望着讲解员，认为是自己破坏了他的讲解。

接着，他转过头去问儿子："她为什么总看着那幅壁画呀？我看不出有什么特别。"

"我喜欢乔托。"露西说，"关于他的那些壁画有着浑厚而天成的质感的说法实在是太精彩了。虽然在我的心目中，德拉·罗比亚的赤陶婴儿雕塑更令我欣赏。"

"你说得完全有道理。一个婴儿可以抵得一打的圣徒。我的宝贝儿就是整个天堂，可他却生活在地狱之中。"

露西再一次感到这样说话实在是太费劲了。

"就是在地狱里，太不快乐了。"老人又重复了一遍。

"哦，天！"露西喊道。

"他长得如此的强壮，有力，为什么却不快乐呢？还可以给予他什么？想想他一点没有受到用上帝的名义来使人相互敌视的侵害，我以为他受到这样的教育，长大一定是十分幸福的。"

露西自然称不上是神学家，但仍然感到这个老头说的话太过愚蠢了，对宗教有种极大的偏见。她想到要是母亲知道，一定不会让她与之交谈，夏绿蒂肯定也会反对她这么做。

"可是我们拿他怎么办呢？"老头发愁地说，"他来意大利就是度假的呀。可是他却在——就和刚才摔跤的男孩子一样的，好好玩着却给摔疼了。你刚才说什么来着？"

露西不置可否。

老头又继续说："得了，你别内心不安了。我又不是要你喜欢上我的孩子，不过我希望你能理解他，毕竟你们的年纪差不多。我知道你很讲道理的，只要你肯放开自己，一定能够帮到我。他认识的女孩子太少了，你也有时间。你会不会在这里待上几周呢？你的思想容易被影响而变得混乱，将你自己放开吧，如花儿一样绽放。如果昨晚的事可以做出正确的判断，将自己放开吧。把你那些混乱不堪的想法都拿出来，在太阳底下晒晒，想办法搞清楚什么意思。理解了乔治，你就可以了解你自己，对你还是对他，都是有好处的。”

露西瞠目结舌地说不出话来，不知怎么回答才好。

“我只是感到他有问题，但是为什么会有这样的问题，却是不知道。”

“那到底是什么问题?”露西小心翼翼地询问他，她猜到会是一个相当严重的大问题。

“好久的毛病了，就是不大适应。”

“不适应什么啊?”露西还是不明白。

“对世界上所有的事情全不适应，就这样。”

“天啊，老埃莫森先生，您到底想要表达什么?”

老人嘴里发出的声调和平时一样，露西没有意识到他在背诵诗句：“从远处，傍晚和清晨，风儿从各处而来，生命编织的一切向我这里吹来：我来到这个世界上[①]。我和乔治都知道是这么回事，但为什么却让他备感痛苦呢？我们知道是从风里来的，必定要到风里去。知道这个世上的所有生灵都是平静中的一个纠结、一个小点。可为什么我们这么的不快乐啊？我们应该尽情地热爱工作，相信爱，尽情地体会幸福。我一点都不相信这世界上有什么烦恼。”

露西点点头，表示赞同。

“那就让乔治和你一个想法吧，让他认识到在问号的旁边，总是会有肯定的答案的，一个很短暂的肯定答案，只要肯相信，总会有的!”

露西听到这里突然笑出了声。无论是谁，听到这里都会

---

① 选自英国诗人霍斯曼的《西罗·普君少年》一诗。——译者注

笑的。一个年轻人情绪低落，是因为对社会难以适应。因为在生活中有纠结，有一个小点，或者还有一阵风，或者是肯定，和其他的什么东西！

“很不好意思！”露西大声地说，“你是以为我缺少感情吗？不过，要说起来……”说到这里停顿了一下，她就像个成熟稳重的太太，“你的儿子需要找一些事情来做，充实自己。他没什么爱好吗？我也有烦恼，但只要一弹钢琴，什么烦恼就都忘记了。像是集邮，对我弟弟就十分的管用。也许你的儿子对意大利感到腻烦了，你们也可以去阿尔卑斯山或者有湖泊的地方玩。”

老人的脸色很不好看，他伸出了手，轻轻地触碰了一下她。她并没有感到恐慌，还以为自己说的话起到了作用，老人在向自己表示感谢。说实话，现在他不再让她感到慌张，这是位好心眼的老人，只是有点傻。她的心情很好，和一小时前没有丢失旅游指南时一样的好。就在这时，那位可爱的乔治先生正大步朝着她和父亲走来。露西看着他，感到既可怜又可笑，当他走近了他们，脸庞被一团阴影遮住了。他打招呼：“巴特利特小姐。”

露西正专注地想着事情，听到这声称呼，忽然间返回了人间，她大声地问：“在哪里？哪里呀？”

“在……”

“我知道了，刚才讲解队伍里喜欢说别人闲话的艾伦小姐……”露西说到这里，没有再往下说。

“真是个可怜的女孩子！”老埃莫森先生感叹地说，“真是个可怜的女孩子！”

“可怜的女孩子？我不知道你为什么这么说。首先，我觉得自己十分幸运，放心吧，我过得很开心，很愉快。请不要把时间浪费在为我难过上面。世界上的烦恼已经很多了，不用再去编造一些烦恼而庸人自扰，对吧？我非常感谢两位的好心，真是一个快乐的上午！再见！我的表姐要来了。圣克罗彻真是一座非常出色的教堂。”

她的心又站到表姐那一边去了。

3. 音乐，紫罗兰，还有“S”

露西发现平常的生活的确是有些乱七八糟的。但是，不管怎么乱，只要一打开钢琴，整个世界就平静下来了。这个时候的她，不再待人温顺，也不唯命是听。她不再反叛，也不受人奴役。在音乐这座王国里，与凡尘俗世截然不同。它完全接纳那些被教养、智慧和文化所抛弃的人。无论多么平凡的人，只要弹上钢琴，那一瞬间，也会品尝到一种有如飞升上天的感觉。而我们举头仰望着他，惊异于他竟能够如此迅速地超越了我们，暗自还会揣摩：只要他把内心的幻想用语言表达出来，将各种经验变成行动，我们会多么敬仰他、拥护他。可能他根本做不到，也没有去做，或者说很难做到。露西就没有尝试去做过。

她不是一位才华出众的演奏家。她演奏的音乐并没有达到流畅自然的地步，她所能弹的正确音符也没有像她这般年纪的人应该弹出的那么多。她的个性也不是热情而奔放的。

在夏日的黄昏，打开窗户，让夕阳一点点照射进来，再坐到钢琴前，弹奏些凄惨悲凉的曲子。弹奏中，也有些热情，但这份热情难以界定，游走在爱或恨或妒忌之间，融入在很空泛的演奏风格之中。她喜欢表现胜利的这一种类型，是什么胜利、怎么取得的胜利并不重要，这是日常的语言所无法表达的了。只是，贝多芬的几首奏鸣曲写得十分悲怆。当然，至于如何表达它的悲怆是演奏者的事情。所以，露西决定将它表现出胜利的一面。

有一天下午，下着滂沱大雨，这样的天气，人们可以做些喜欢做的事。午饭之后，露西坐在贝尔托里尼公寓里，打开了罩着套子的钢琴。有几个人停留着没有走，不住地称赞她弹奏得好。不过，见露西没有回答，便分头离开，回到自己的房间里去，写写日记，或者上床睡觉了。

露西没有注意到老埃莫森先生在寻找他的儿子，巴特利特小姐在寻找拉维西小姐，而拉维西小姐在寻找她的烟盒。露西和所有的演奏家一样，只要是坐在钢琴前，整颗心就完全陶醉了：这些钢琴键爱抚着她的手指，不仅仅通过音乐，更通过手指的触觉，被激发起了情欲。

毕比先生默默地坐在窗子前，没有人注意。他正在想霍尼彻奇小姐身上那种完全不符合逻辑的个性，还想起在顿桥井与她相遇的情景，那时他就意识到了霍尼彻奇小姐的这一特点。那次是上层社交名流款待下层社会人士的活动，座位上满满地坐着毕恭毕敬的人们。本教区的太太、小姐还有绅士们在教区牧师的主持下，又是唱歌又是朗诵的，还模仿拔香槟酒瓶塞的动作。

其中预定的一场节目是“霍尼彻奇小姐的钢琴独奏：贝多芬奏鸣曲”，毕比先生在猜度是《阿黛莱德》还是《雅典的废墟》里的奏鸣曲。而此时，他平静的内心被《作品第111号》开头的几个小节给打乱了。在她弹奏引子的过程里，他只觉得琢磨不透，一直到了节奏加快才明白了演奏者的意思。当听到犹如咆哮般的开头那段主题，终于明白了这段演奏实属非同寻常。在预告就要结束的和弦里，他听出了宣告胜利的有铁锤重击般的声音。这时，他庆幸她只演奏了第一乐章，他实在是无法全神贯注地听完十六分之九拍的跌宕起伏、错综复杂的曲子。就在这时，听众纷纷站立起来，都鼓着掌，毕恭毕敬的。而正是毕比先生带头贺彩的。

“这个女孩子是谁呀?”他询问这个教区的牧师。

“是一位教友的表亲。我觉得她挑选的这首曲子太不恰当了。一般情况下，贝多芬所表达的情绪是直截了当、简洁明了的，而她选择这样的曲子表演实在是太过任性了。如果说这首曲子能给人带来什么的话，那就是烦心。”

“请把我介绍给她。”

“那她一定非常的高兴。她和巴特利特小姐对你的布道十分的赞赏。”

“我的布道？她竟然听过我的布道?”毕比先生问。

待到将她介绍给毕比先生的时候，他明白了。霍尼彻奇小姐从琴凳上站了起来，有着一头浓密的黑发和一张十分秀气的脸蛋，尚未成熟的气质，是个面色略显苍白的年轻姑娘。她喜欢听音乐会，喜欢住在表姐的家里，喜欢冰咖啡还有蛋白酥皮饼。他一点也不怀疑霍尼彻奇小姐喜欢他的布道。在离开顿桥井时，他曾对牧师说：当露西小姐合上钢琴的盖子，飘飘然地向他走来时，他对她本人也是这么说的。

“如果霍尼彻奇小姐对待生活和对待弹琴采取同样的态度的话，那将是十分令人激动的。对于我们还是她本人来说都是。”

露西是这么回答的：“啊，多有意思呀！也有人对妈妈这么说过。她说她相信我不会一直在生活中弹奏着二重奏。”

“霍尼彻奇太太不喜欢音乐？”

“她无所谓了。不过，她不赞成对任何事情激动，她觉得我对音乐的态度很荒谬。她还认为……其他的我说不好。有一回，你要知道，我喜欢自己的演奏胜过任何人的演奏。就这一点，她就感到不能原谅。我不是说自己弹得有多好，只是……”

“是的。”他很奇怪，为什么她要费心地解释这些话。

“音乐吗……”露西在努力地想可以概括的语言。她无法诉说完整，心不在焉地观望着窗外的雨景。在南方，整个世界都乱套了。这座在欧洲而言最优雅的城市，变成了一个个肮脏的衣服堆。街道与河流都在流淌着浑浊的黄水，桥是肮脏的灰色，连绵的群山是肮脏的紫色。拉维西小姐和巴特利特小姐正藏身在这连绵的群山中间，她们选择了这天下午去看加卢塔[①]（Torre del Gallo）。

“音乐怎么了？”毕比先生还在等待露西的回答。

“夏绿蒂就要成落汤鸡了，好可怜。”露西回答说。

这天的出游完全符合巴特利特小姐的性格特点，即使她又冷又累又饿地走回来，仍然不失为一个天使。裙子已经皱巴得无法看，一本旅游指南被水浸得又湿又软，喉咙发痒，不时地咳嗽着。而在另外一天，当大家都在欢唱，空气就像

---

① 加卢塔建于14世纪，是用建造者的名字来命名的。据说伽利略曾在上面做过几次重要的天文方面的观察。站在塔顶，可以俯视佛罗伦萨和阿诺河河谷的全景。——译者注

是流淌的美酒时，她却不肯离开会客室，说自己已经老了，不适合与一位活泼的姑娘做伴出行。

“拉维西小姐把你的表姐带错路了，相信是想让她看到雨景中的意大利。”

“拉维西小姐实在是太独出心裁了。”露西口里喃喃地回答。这是一句标准的贝尔托里尼公寓里的应酬话。拉维西小姐独出心裁，这一点毕比先生可不敢相信，当然，人们会认为这是牧师先生的思想比较狭隘的关系。正是因为这样，还有其他的原因，所以毕比先生保持了沉默。

露西用一种很敬佩的口气询问：“拉维西小姐是在写一本书吗?”

“听说是这样的。”

“书里写的是什么呀?”

“是长篇小说。”毕比先生回答，“有关意大利的现代故事。我想你还是请凯瑟琳·艾伦小姐来讲解吧，她比起我认识的任何一个人都善于辞令。”

“我还是希望由拉维西小姐本人告诉我，我们是刚认识的好朋友。不过，那天在圣克罗彻她不该拿着我的旅游指南消失。夏绿蒂见我一个人孤零零地站在那里十分的生气，所以，我对拉维西小姐忍不住也有点生气。”

“不管怎么样，她俩已经和好了。”

毕比先生对巴特利特小姐和拉维西小姐这两位性格完全不同的小姐能够成为朋友很感兴趣。她俩总是在一起，倒显得露西小姐落了单。他认为自己很了解拉维西小姐，而巴特利特小姐流露出来的古怪性格，却说不出什么原因。也许是来到意大利使她不再一本正经地做个保护人的样子？这身份正是他在顿桥井分派给她的。他一直很喜欢研究独身的女士。

独身女士是研究的专题，而他的牧师身份给了他充分的机会。

即使是像露西小姐这样的漂亮姑娘，但是由于一些深层次的原因，毕比先生对待女性的态度也很冷淡。他愿意选择对她们只有兴趣，而不想神魂颠倒。

露西重复了三遍，说夏绿蒂好可怜，成了落汤鸡。由于雨水，阿诺河的水位上涨得很快，将河滩上马车轮子的痕迹冲刷得很干净。而在西南方向的天空有一片暗黄色的迷雾，若不是表示天气将会更加糟糕的话，那就是意味着转晴。她打开窗户向外看去，一阵冷风随之吹进房间，刚巧凯瑟琳·艾伦在同一时间走进了房间，她发出了一声哀鸣。

“亲爱的霍尼彻奇小姐，你这样是会感冒的！旁边还有毕比先生呢。谁能想到意大利竟然是这个样子？我的姐姐还在怀里抱着热水罐。设施一点儿都不舒服，伙食也很不好。”

她侧着身体向她们走去，坐下之后，略微有些扭捏。她就是这样的，只要是在场只有一个男士或者只有一位男士和一位女士时，就感到十分不自然。

“霍尼彻奇小姐，我听到了你优美的琴声。虽然我是在自己的房间里，房门是关上的。紧紧关着的。在这个国家里，每个人都没有隐私的观念，这就像是传染病一样的。”

露西回答得十分得体。毕比先生却无法把自己在摩德纳（Modena）的奇遇告诉女士们。当时，他正在洗澡呢，收拾房间的侍女闯进浴室，不仅没有道歉，反而笑着说：“没有什么，反正我的年纪不小了。”他只能这么对她们说：“艾伦小姐，我非常赞同你的意见。意大利人实在是太讨厌了。他们到处去打听，任何细小的事情都不放过，我们自己也不知道想做什么，他们就先知道了。我们必须得听从他们的摆布。他们知道我们心里想的是什么，能提前说出我们的想法。从赶马车的车夫一直到乔托……他们把我们心里想的全都暴露出来，我很讨厌这个。在内心深处，他们是多么的肤浅！一点儿都不懂得什么是精神生活！前些天，贝尔托里尼太太对我诉苦：‘哎，毕比先生啊，你不知道为了孩子们的教育，我受了多少的罪。他不答应让一个什么都不懂的意大利人来教我的小维多利亚（Victorian)!’她说的可是太对了!”

艾伦小姐没有听明白。不过，猜是毕比先生用善意的语言在嘲笑她。她的姐姐对毕比先生有些失望。还以为这个两鬓有着暗红色络腮胡子的秃顶牧师应该具备令人称道的优秀品质。当然，谁也想不到这样一具有着军人风度的身体里竟然蕴含着宽容与同情以及丰富的幽默感。

她带着满意的情绪，将身体侧转过来，真相终于大白了。只见艾伦小姐从座位的下面抽出一只用炮铜制作的烟盒。上面的名字 E. L 印成了蓝绿色。

“它是拉维西的。”毕比先生说，“拉维西是个好女孩，但我希望她抽烟斗。”

艾伦小姐又惊讶又高兴地说：“哎呀，毕比先生！其实啊，她吸烟是顶糟糕的，但是并不是你想象中的那样。在有一次塌方事故中，她的心血全都被毁掉了，她别提有多绝望了，从此之后就开始吸烟。当然，这个理由听上去，还是情有可原吧。”

“她一生的心血是什么?”露西好奇地问。

毕比先生很得意地往后靠了靠，努力使自己坐得舒服一些，好倾听艾伦小姐讲话。于是，艾伦小姐是这样说的：“心血就是一部长篇小说，据我了解，那说不上是一部好的小说。有才华的人经常挥霍他们的才华，这点来说，实在是太可悲了。但是呢，他们又经常重蹈覆辙，没有办法。不管怎么说吧，她差不多完成了那部小说，正出去买墨水，就把它放在了阿马尔菲的卡普契尼饭店，一座耶稣受难的神龛里。然后她就说，‘请给我一些墨水。’大家都知道，意大利人别提有多磨蹭了。就在这个时候，只听‘轰’的一声，神龛倒在海滩，那部小说就完了。而她怎么都回忆不起自己都写了什么。自从这件事之后，她就大病了一场，从那时开始吸烟。这是个很大的秘密，但是我很开心地告诉你们，她现在正在写另外一部长篇小说。前些天，她对特丽莎和波尔小姐（Miss Pole）讲，她已经收集了意大利本地所有的乡土资料——因为这部小说写的就是现代时期的意大利。而丢失的那一部写的是历史时期的意大利。当然，她都是先有构思才开始写的，从她刚到佩鲁吉亚（Perugia）[①] 时，得到了一些灵感，之后就来到这里了。我讲的这些，你们可不要对别人说啊！她所经历的这一切，别提情绪有多高了！这让我想到：其实，每个人的身上都有值得赞美的地方，即使这些地方你并不是很欣赏。”

艾伦小姐讲话的时候虽然有些违心，但她毕竟很仁厚。一种看上去十分微妙的怜悯的情绪在操控着她，使得前后不一致的话语显得动听起来。让人感觉这些是多么的美妙。就好像是大地在萧索的秋天里，树林之中，有时升腾起阵阵香气，好像是春天来到了。她感到说的话实在是太体贴了，就忙着为自己的体贴做些解释。

“我虽然是这么说的，但她还是——我也不想这么说她，她有点不守妇道了。就是当埃莫森先生父子在场的时候，她

① 是意大利中部的一个城市，位于佛罗伦萨的东南部。——译者注

的行为就显得很不一般。”

艾伦小姐接着讲了一件事。毕比先生很了解她，知道有男士在场的关系，她不会把话讲完。想到这里，毕比先生露出一丝的微笑。

“霍尼彻奇小姐，不知道你有没有注意到波尔小姐。她有一头黄头发，很爱喝柠檬水。老埃莫森先生说话很特别。”

毕比先生是个在社交上很圆滑的人，听到这里，就出去叫人准备了一些茶水。而艾伦小姐低声与露西小姐交谈着。

“老埃莫森先生提醒过波尔小姐，叫她小心胃，他说那是酸性的东西。当然，他的用意完全是好心。但我忍不住笑出声来，主要是太突然了。特丽莎就说，这件事并不好笑。主要是拉维西小姐提起那个 S[①] 给吸引了，她说自己喜欢接触不同阶层的人，还喜欢说话直接的人。她坚认他们是做旅行推销员的，当时她使用了‘drumer’[②] 这个词语。在吃晚饭的时候，她一直想要证明咱们的伟大国家英国，不是依靠别的，而是经商。特丽莎听了很生气，连干酪还没有上桌，就离开了。一边走一边说，‘拉维西小姐，这一位可以驳倒你，他可比我强多了！’说着，指着旁边的丁尼生勋爵（Olord Tennyson）的画像。而拉维西小姐回话说，‘呵，这些古时维多利亚时代的人们啊！’你听听，她这个口气！‘呵，这些古时维多利亚时代的人们啊！’我姐姐已经走远了，我觉得必须得说几句。我说：‘拉维西小姐，我就是一个古维多利亚时代的人。不管怎么样，女王当时不想去爱尔兰，但还是去了。’我一定要告诉你，她听了我说的话，一个字都说不出

① 胃的第一个字母就是 S。——译者注

② 美国俚语。——译者注

来。可不巧的是，让老埃莫森先生听到了这些话。他就用很深沉的声音说：‘说得不错，就是因为她的爱尔兰之行，才使我非常尊敬这个女人。这个女人！’我转述的语言太差了，不过你应该可以想到我们给卷进了多么糟糕的纠纷里去。就怪一开始提到了S，到现在，事情还是没有结束呢。吃完晚饭后，拉维西小姐竟然走到我的跟前说，‘艾伦小姐，我要去吸烟室和那两位先生聊一聊，你也一起去吧。’不用说，这样的邀请我自然是一口拒绝了。可她竟很无礼地说，我去聊一聊会开拓我的思想。说她有四个兄弟，除了其中的一个在军队服役之外，都在大学里上班，他们都非常愿意和旅行推销员交谈。”

说到这里，毕比先生已经回来了。他插嘴说：“我来继续说下面的事吧。拉维西小姐劝告艾伦小姐和我，还有在房间里的每一个人都去。最后呢，她说我还是自己去吧。她就去了。五分钟之后，她默默地回来了。手里拿着一块绿色绒面的板子，独自玩起了通五关。”

“到底怎么了啊？”露西好奇地询问。

“谁也不知道发生了什么，永远不会有人知道。拉维西小姐永远不会讲出来的。而老埃莫森先生觉得这事根本不值得一提。”

“毕比先生——这位老埃莫森先生，他是好人吗？是不是好人啊？我很想知道。”毕比先生听了大笑，说她自己完全可以为自己解答这个问题。

“不能，这实在是太难解答了。他有的时候显得很傻气，可我倒无所谓。艾伦小姐，你觉得呢，他的人怎么样？”

矮小身材的老太太不满地摇摇头，叹了口气。毕比先生觉得这样的谈话很有意思，就拿话来刺激她。

“艾伦小姐，我觉得那次紫罗兰事件，你会把他当作好人的。”

“紫罗兰事件？天哪！谁告诉你的？怎么把消息传出去的？膳宿公寓真是个传播谣言的场所！我永远忘不了伊格先生在圣克罗彻教堂讲解时，他们的所作所为！唉，可怜的霍尼彻奇小姐啊！那天他们实在是太过糟糕了！现在我已经改变了主意，不喜欢埃莫森先生父子，他们不是好人。”

毕比先生冷淡地微笑。他曾经很客气地想把埃莫森先生父子拉进贝尔托里尼的社交圈子里，但是失败了。他差不多是至今唯一仍对他们表示好感的人。拉维西小姐这位智力超群的小姐，却也公然表示出敌对的情绪。现在，又加上了这两位艾伦小姐，她们都拥有着良好的教养。巴特利特小姐因为房间的缘故欠了他们的人情，表示很苦恼，她对他们的态度也不是友好的。露西小姐却不一样。她曾经用含糊的口气讲过在圣克罗彻教堂发生过的事，据他猜测是埃莫森先生父子曾经联合起来收买她的心。从他们的角度，来向她描绘这个世界，使得她对他们的悲哀和喜悦充满兴趣。这么做太无礼了。他宁肯失败，也不希望让一位姑娘来维护他们的事业。说了这么多，还是他对他们并不了解。膳宿公寓里发生过的事情，早晚都会烟消云散，但是露西小姐可是他在教区里的教友啊！

露西分神去观察天气情况，最后说她还是觉得埃莫森先生父子是好人。这不是说她是现在才对他们有什么新的发现，要知道在晚餐时他们的座位已经发生变动了。

“他们经常拦着你，要你陪着他们出去，是这样的吗？亲爱的。”矮小身材的艾伦小姐问。

“只是一次。夏绿蒂特别不高兴，就说了一些话——当然都是客气的话了。”

“她做得很对。他们不懂咱们说话的规矩。他们应该去找和他们一个层次的人。”

毕比先生说他们找过比他们层次低的人。他们不再想做出努力，如果这次算是努力的话，现在这位父亲也像儿子一样的沉默了。毕比先生想，在他们离开这里之前，可以欢度一天，或者是出去玩一天，就让露西在别的女孩子的保护下，对他们表示出好感。毕比先生就是想为人们提供最为美好的回忆。

他们随意地聊着天，天色渐渐地黑了。空气变得很是清新，树木还有远处群山的颜色变得纯净。阿诺河从原先浑浊的黄，开始变得清澈。空中的云间，出现了几抹蓝绿色，还有几摊带着水汽的光线照射在大地上，圣米尼亚托教堂的墙上有些水珠在滴落，这些水珠在夕阳中，发出闪闪的亮光。

“现在出去比较晚了，每家画廊都关门了。”艾伦小姐松了口气。

“我还是想要出去一下。”露西说，“我想坐坐环城电车，就站在驾驶员旁边的平台上，到城里转转。”

在场的其他两位同伴觉得不安起来。毕比先生觉得巴特利特小姐不在跟前，他有保护露西的义务。就问：“希望我能够陪你去。不过太不巧了，我有几封信需要写。要是你一定要自己出去，走着去不好吗?”

“亲爱的，你知道意大利人是怎么样的。”艾伦小姐说。

“也许碰到一个人，他可以完全看透我的心思。”

但他们还是表示不赞成。于是，露西向毕比先生做出了让步，说只想在附近散散步，去游客们常去的几条街。

他们从窗子望着她出去，毕比先生说：“唉，她真的不应该出去啊，她自己也知道，这一切全是因为贝多芬弹得多了。”

4. 弹钢琴的露西

毕比先生说得对，露西是只有在弹奏完钢琴之后，才明白自己想要的是什么。她没有完全体会出牧师先生绝妙词汇背后的言语，也没有听出来艾伦小姐叽叽喳喳言谈后面的暗示。谈话进行得太长了，她只想能发生一些不平凡的事情，并且相信，只要她站在被风雨吹打的电车平台上，就一定能遇到不平凡的事情。

但她知道不能这么做，毕竟她是一位大家闺秀。但这是为什么啊？为什么大家闺秀就不能做那些不平凡的事情呢？夏绿蒂有一次为她解释过。这也不是说女人不如男人，而是女人与男人本质的不同。作为女人就是要鼓励男人完成使命，而不是自己去完成。一位女士，要凭借聪慧以及良好的名声，间接地取得成功。但要是她直接走上“前线”，就会受到指责，被别人看不起，到最后谁也不会理她。古人曾经用诗歌说明过这一点。

在中世纪里，有许多的女士是不朽的。龙，没有了，骑士，也没有了，但她仍然在我们身边停留。她在维多利亚时代的城堡里有着统治地位，也是维多利亚时代许多歌曲里的女王。可是，非常的可惜。她坠落了，她心底也出现过各种稀奇古怪的欲望。她也迷恋过狂风，波澜壮阔的大海。她看到这一个王国，是多么的美好，充满了金钱和战争——四周一片金灿灿的外壳，中间有着熊熊的火焰，不断地旋转着，向高空渐渐地升去。男人们鼓励她向前走去，在这个王国的表面活动，和其他男人在一起愉快地生活，他们都很开心，这并不是因为他们具有男子气概，是因为他们是活生生的人。这场游戏结束之前，她想放弃这个“永恒的女人”这一个让大家敬畏的称呼，作为一个生命很短暂的人，也该要离去了。

露西不是中世纪的女士，那只是一个理想中的人，是别人教育她时，需要抬头仰望的理想中人。她也没有反抗过，时常会有某些约束让她不开心。现在，她就要去触动这些约束，或许以后她会感到后悔。但就在这天的下午，她觉得非常的烦躁，特别想做出那些对她有良好祝愿的人不赞同的事。既然不可以坐电车，她就走到了阿利纳里①的商店里去。

她在那里买了一幅波提切利（Botticelli）② 的《维纳斯的诞生》的复制品。维纳斯的形象让人觉得很遗憾，她将整幅画都给破坏了，其他方面倒是还不错。巴特利特小姐曾经劝过露西，不要买。（这幅艺术作品，很遗憾，画的是裸体。）另外还有乔尔乔内（Giorgione）③ 的《暴风雨》，无名氏画的

① 阿利纳里是当时意大利一位有关艺术图片和复制图片的商人，他的零售商店离贝尔托里尼公寓大概四分之三英里。——译者注

② 波提切利是意大利文艺复兴时期的画家。——译者注

③ 乔尔·乔内是意大利文艺复兴时期威尼斯派的画家。——译者注

《小神像》。再加上西斯廷教堂里的壁画，还有一座格斗士擦汗的青铜雕像。买了这些后，她觉得心里平静了许多。接下来，她又买了安杰利科（Angelico）[①] 的《圣母加冕》，乔托的《圣约翰升天》，还有德拉·罗比亚的婴儿陶雕，和几幅基多·雷尼（Guido Reni）[②]，由于她的审美观很正统，所以几乎把所有的名家都接受了。

这些东西虽然花了她将近七里拉，但自由的大门还是没有打开。她体会到了自己的不满，能体会到不满，对于她来说是件很新鲜的事。她想到："世界上美好的东西的确是很多，如果我能碰到该多好啊。"这样来看，霍尼彻奇太太一直不赞成音乐，说她的女儿每次弹完钢琴之后，总是很大的火气，还不合实际，脾气烦躁，这就是没有可奇怪的了。

"最后我什么都没有遇到。"她边走边想。走到了主权广场（Piazza Signora），冷冷地观望着看上去已经十分熟悉的那些美妙的雕像。在渐暗的暮色里，那尊海神像好像是一个幻影。一半是神，另一半是鬼。由他坐镇的喷泉如梦幻一般地将水珠溅落在在它附近徘徊的男人和风流哥们的身体上。那个洞穴有三个入口处，在凉廊的旁边，放着许多神像，看上去很阴森，一直放在那里，望着入口处进出的人们。这是一个充满梦幻的时刻，也就是说，这个时刻，一切不熟悉的东西都变幻得真实。如果换做一个年纪较大的人，在这里一定会因自己的见识和经历十分丰富而感到很满足。但是，露西希望自己能发现更多的东西。

她若有所思地望着王宫的塔楼。它就像一根毛糙糙的金

---

① 意大利文艺复兴时期的僧侣画家。——译者注

② 意大利画家的圣母肖像。——译者注

色的大柱子，从黑暗的下层升起。这样看上去，又不再是一座塔楼，不由土地来支撑，而是高不可及的珍宝，在平静的孔中颤动着。它的光芒使她就像是中了催眠术一般，当她把目光向地上看去，并且开始要往回走时，这些光芒仍在眼前跳动。

紧接着，发生了一件事。

在凉廊前，有两个意大利人为一笔借款吵了起来。“五里拉。”他们嚷嚷着说，“五里拉!”说着说着，竟动起了武力。其中一人向对方的胸脯轻轻打了一拳。那人皱了皱眉头，往露西看了一眼，好像对她很有兴趣，想把什么事情告诉她。当他刚要张嘴说话，一股鲜红的血水从嘴边流出来，从光滑的下巴向下流淌。

就这样，一群人从迷蒙的暮色之中走来，挡住了她和眼前这奇怪人物之间的视线，把流血的男人抬到了喷泉旁边。乔治·埃莫森先生正好站在几米之外，目光越过了那个人站的地方，凝视着露西。越过一样东西去看人，那是一种很奇怪的感觉就在露西发现了他的时候，他的形象已经变得模糊，宫殿也变得模糊，这些东西和人物在她的头顶摇晃着，又轻又慢地倒落在她的身上，没有丝毫的声响。随后，天空也跟着倒塌了。

她暗暗地想：我这是怎么了?

乔治·埃莫森先生还在看着她，不过这次没有越过什么东西。她埋怨过生活太过于枯燥，没有激情，现在看吧，有一个人的身体被捅了一刀，另一个人将她抱在了怀里。

他们坐在吴菲齐美术馆（Vffizi Arcade）拱廊前的台阶上。应该是他将她抱来的。她开口说话，他便站了起来，拍拭了膝盖上的灰尘。

她又一次问："我到底怎么了?"

"你刚才晕过去了。"

"哦，很抱歉。"

"现在感觉如何?"

"很好，全好了。"她边点头边微笑。

"那现在回去吧，在这里也没意思。"

他将手伸出来，想要将她拉起来。她假装没有看到。喷泉边的叫喊声还在不停地回响，始终没有停止。这个世界是苍白的，早已失去了原来的意义。

"你太好了，我摔倒时有可能会受伤。但现在已经好了。我可以一个人回去的，谢谢你了。"

而他的手依然伸着，没有缩回。

"哎呀，我的画片呢!"露西突然尖叫。

"什么画片啊?"

"是我在阿利纳里商店买的画片。一定是刚才丢在广场了。"她小心地望着他，说，"你可不可以再做件好事，帮我把画片拿回来?"

他答应了，转身就去做好事。而待他刚将身体转过一边，她便狡猾地站了起来，准备偷偷地沿着拱廊向阿诺河那边跑。

"霍尼彻奇小姐!"他大喊。

她只好停下了脚步，一只手在胸前按着。

"你不要动，坐这里。你不能自己回家。"

"我可以的，非常谢谢你。"

"不，不行的。要是你觉得自己行，为什么要偷偷地跑开呢?"

"但是，我宁愿……"

“那我就不帮你拿画片去了。”

“我想自己待着。”

他很严肃地，用命令的口气吩咐她说：“刚才那人已经死了，很可能早就死了。你坐在这里，哪也不许去，休息好了再走。”她听了觉得不知所措，只好听从了他的话。“我回来之前，你哪里都不要去。”临走前，他还在叮嘱。

她坐在那里，看到远处有一些人戴着黑色的帽子①，好像在梦中见到的一样。那高大的塔楼不再有夕阳的余晖，而把自己融化在大地之中。待埃莫森先生从广场回来的时候，她怎么对他说呢？“哎，我这是怎么了？”她又回忆起那个念头，回忆起那个将要死亡的男人与她一起跨越了精神的界线。

埃莫森先生回来了，她便谈起谋杀案。真是奇怪，这倒是成了容易谈论的话题。她谈到了意大利人的个性，几乎是不停地谈论这个五分钟之前让她晕过去的事件。她的体质本来是很强壮的，所以很快克服了对流血的恐惧感。她不再需要他，便自己站了起来，虽然心里好像有鸟在拍着飞似的，但是依然向阿诺河河边走去，步伐十分稳健。有个马车夫看到他们，打了声招呼，被他们一口拒绝了。

“你说，刚才那个杀人犯竟然想要吻他——意大利人这么的奇怪！还有，他还去警察局自首了，毕比先生说意大利人什么都知道，可我却觉得他们最幼稚了。昨天我和表姐去皮蒂美术馆时——喂，那是什么啊？”

只见他将一些东西丢在了河里。

“你丢掉的是什么？”

---

① 这些人是宗教团体组织“善行兄弟会”的成员。——译者注

“我不要的东西。”他的话语里没带着好气。

“埃莫森先生!”露西厉声道。

“干什么?”

“那些画片呢?”

埃莫森先生不吭声。

“我有理由相信刚才你扔掉的就是我的画片。”

“我刚才不知道拿它们怎么办。”他很大声地说，像是一个着急的小男孩。她的心里头一次对他有种热乎乎的感觉。“画片上面都是血。你看看！我很高兴把这些话告诉了你。刚才说话的时候，我一直在想应该怎么处理这些画片。”他用手指着河的下游。“画片已经冲走了。”流淌的河水在桥下卷起了一道道的旋涡。“我的确对这些画片很介意。有的时候一个人真的很傻，我看，也许还是让它们冲到海里去吧——我也说不好，也许是想说这些画片让我害怕。”紧接着，这个少年慢慢地成为一名男子汉。“因为有一件很重大的事情发生，我一定要正视它，脑袋千万不能糊涂，这也不全是因为死了一个人的缘故。”

露西涌上了一种必须不让他说下去的直觉。

“这件事已经这样发生了。”他继续重复道，“我决定要追究，弄清楚到底是怎么回事。”

“埃莫森先生……”

他将身体转向露西，紧皱着眉头，好像在寻找一种很抽象的东西，而被她打扰了。

“在我们进去之前，我想要求你一件事。”

这时，他们已经离膳宿公寓很近。她停下了脚步，将双肘抵住堤岸的护墙。他同时也做了同样的动作。有时，两个人的动作与姿势完全一样，是很奇妙的。这也是揭示着永恒友谊的一种方式。她移动了一下双肘，说：

“我的行为太可笑了。”

他想的是自己的心事。

“我一辈子都没有像今天这样感到羞愧过，简直想象不出为什么会这样。”

“我也差一点就晕倒了。”他说。但是，她可以感到她的态度使他反感。

“我应该向你道歉。”

“啊，这没什么的。”

“还有——其实这是我真正想说的话——你知道大家说起闲话来有多么的无聊，尤其是太太小姐们，我害怕——你能听懂我的意思？”

“不好意思，没有听懂。”

“我是说，你不要对任何人谈起这件事，就是刚发生的，我这件愚蠢的事情，行吗？”

“你的事情？哦，我知道了，好的，好的。”

“非常的感谢，还有，你能不能……”

她不能再深入地解释她的请求了。他们面前的河水流得很急，在渐渐降临的夜色中，已经变成了黑色。他将那些画片丢到了河里，然后告诉她这么做的原因。她突然感到要他表现出骑士的风格是完全不可能的。他不会散布流言蜚语来伤害她。他很可靠，很聪明的，还有一片热心肠。他的心里应该对她有很高的评价。但他的确缺乏骑士风度，他的各种想法与行为一样，不会因为害怕而有什么改变。对他说“还有，你能不能……”是希望他让自己把这句话说完的，就像那幅美丽的画片[1]上的骑士一样，避开了目光，不去看赤裸裸的她，是徒劳的。她曾躺在他的怀里，他一定记得这件事，就好像他记得她在阿利纳里商店购买的那些画片有血迹一样。这并不完全是一个人死了的事，活人也因此受到了影响。他们进入了这样一种境地——其中性格起到了极大的作用。另外，还有童年已经进入了充满着岔道的青春期。

“好吧，我很感谢你。”她又重复了一遍，“这些事情发展得很快，以后人们会又回到以前的生活中去。”

“我才不要这样。”

有着焦急的情绪使得她忍不住向他发难。

他的回答却是令人迷惑不解：“很可能我会生活下去。”

“埃莫森先生，这是为什么呢？你这是什么意思啊？”

“我是说，想要生活下去。”

她的双肘放在护墙上，继续深深地凝视着阿诺河，滔滔的江水声传入她的耳中，似乎有着一种意想不到的美妙旋律。

---

① 这里的画片指的是英国拉斐尔前派画家约翰·米莱斯的名画《游侠骑士》，此画上的女子遭到抢劫，被赤裸裸地绑在了树上。是骑士路过，解救了她。——译者注

5. 在一次郊游中，发生的各种事情

家中的人经常这么说“你无法捉摸夏绿蒂·巴特利特会在下一步做什么”，她对露西出游时的遭遇感到十分高兴，看上去很通情达理，说露西简单描绘的经过已经足够，并且很恰当地赞扬了乔治·埃莫森先生的好意。其实，她和拉维西小姐也有了一番奇遇。回膳宿公寓的路上，她们在税务所被拦住了。那里年轻的税务官很无理，而且闲得难受。竟然想搜她们的网兜，说看看有没有什么食品①。发生这样的事，自然是十分扫兴的。幸好拉维西小姐见识多广，可以应付各种不同的人。

是福也好，是祸也罢，现在，这会儿只有露西自己来对付她的难题了。不管是在广场上，还是在堤岸上，没有一个

① 意大利在很多城镇设有关卡，对游客携带的食品上税。——译者注

朋友看到过她。毕比先生在吃饭的时候注意到了她惊恐的眼神，又一次对自己叨咕说“贝多芬弹多了的缘故”这句话。不过，他只是以为她准备要去冒险，想不到她已经有过了一番奇遇。这种孤独的感觉使她很压抑，她习惯了自己的想法能够得到别人的肯定，或者就算是反驳也好。现在呢，却不知道自己的想法对还是不对，这实在是太可怕的了。

第二天吃早饭时，她决定采取行动。一共准备了两种方案，她要从中选择一个。毕比先生要陪着埃莫森先生父子和几位美国的太太小姐们，走路去加卢塔。巴特利特小姐和霍尼彻奇小姐是否参加？夏绿蒂为自己推辞了，前一天的下午她就去过了，还因此淋了雨。不过，她认为对露西来说这倒是个不错的主意，因为露西最不喜欢买东西、兑钱币、取信件和其他的一些杂务，而这一切，巴特利特小姐必须要在上午完成，她是可以自己完成的。

“不！夏绿蒂！”露西姑娘大声地说，明显她动了真感情。“毕比先生好心地邀请我们一起去，我当然要和你一起走，我更愿意这样。”

“好吧好吧，亲爱的。”巴特利特小姐说，她很高兴，脸色泛着微红，这下倒是让露西感到很羞愧，两颊绯红。她对待夏绿蒂的态度，就和平常一样，是多么的不好啊！不过，现在她改变了，这个上午一定要好好地对待她。

于是，她挽起了表姐的手，两个人沿着河滨大道朝前走。那天清晨，阿诺河的水流、声响和颜色就好像是一头狮子。巴特利特小姐坚持站在护墙边，弯腰观看河水。接着，她说了一句经常说的话，“我真的很希望弗雷迪和你的妈妈也能看到这些！”

露西觉得有些紧张。夏绿蒂这人很讨厌，她正站在自己曾经停留过的地方。

“看啊，露西！你在盼着能看到去加卢塔的那些人。我很担心你会对做出的选择感到后悔。”

虽然这个选择是挺残酷的，但露西真的一点儿都不后悔。昨天是个糊涂账——很稀奇古怪，这样的事情不是随便就能用笔写下来的。即便这样，她也有一种感觉，和夏绿蒂一起去买东西，比和乔治·埃莫森一起登加卢塔要可取得多。她既然无法解开谜团，那么就要小心地不再走近，这样，她就可以真诚地对巴特利特小姐说的话表示出异议。

虽然她避开了命运中主要的演员，但是那场景却依然很不幸地存在着。夏绿蒂听从命运的安排，领着露西从河边一直走到了主权广场。她以前不相信那些石块、凉廊、喷泉，还有王宫的塔楼会有这么多的意义。而在这一瞬间，她明白了鬼的本性。

现在正站在上次那人被害的地方的人不是鬼，是拉维西小姐。她的手里拿着一份晨报，老远就活泼地向她们打招呼。头一天那场可怕的惨剧触发了她的灵感，她决定根据这一思路构思一部小说。

“啊，我祝贺你！”巴特利特小姐说，“你经历过昨天的那些失望，是非常的幸运！”

“哈哈！霍尼彻奇小姐，过来，我可幸运了！好吧，你把看到的一切都告诉我吧！”

露西将花阳伞在地面上戳戳。

“你大概不想说？”

“对不起——要是我不用说，你也能写出来的话，我还是不说了。”

那两位年长的女士相互交换了一下眼色，那并不是赞许的眼色，这让一个姑娘感到很难受，这是正常的。

“说对不起的人应该是我。”拉维西小姐说，“我们这些文人都是脸皮很厚的，相信潜藏在人们内心深处的秘密，没有我们不想刺探的。”

她兴冲冲地大步向喷泉走去，又很快走了回来，实地观察了一番。紧接着说，她八点钟就到了广场，一直都在收集资料。可大部分都不适用，当然，作家是可以改写加工的。那两个男人竟然为了五里拉的钞票争吵。她会用一位年轻的姑娘来代替五里拉的钞票，这样可以把悲剧升华，并且还可以编出绝妙的情节。

“那女主人公的名字叫什么呢?”巴特利特小姐问。

“利奥诺拉。”拉维西小姐说，她自己的名字是埃莉诺①。

“我很希望她是个好姑娘。”

这一个美好的愿望一定不会被忽略的。

“是什么样的情节呢?”

“是这样的：谈恋爱，谋杀，诱拐，还有复仇。在晨起阳光的照耀下，喷泉的水珠飞溅在暴徒的身上，这时，故事就展开了。希望你能原谅我的唠唠叨叨。”拉维西小姐结束谈话时说，“和有着同情心的人聊天真舍不得停下来。当然了，只是一个简单的提纲，还要添加很多有乡土色彩的和与佛罗伦萨有关以及周边地区的描写，还想加入一些幽默的角色。另外，要警告你们对那个英国游客的态度，我可打算对他们不客气。”

“哈！你的心眼真坏!”巴特利特小姐叫嚷道，“我肯定你说的就是埃莫森父子!”

---

① 利奥诺拉是埃莉诺的意大利文简称。——译者注

拉维西小姐很狡猾地笑了。

“承认在意大利这里，我的同情没有停留在自己的同胞那里。吸引我的是不被重视的意大利人，我会尽自己的能力，来描绘意大利人的生活。我会重复并且坚持下去，我认为像昨天发生的那一类的事情，不会因为发生在小人物的身上而减少它的悲剧性。”

拉维西小姐说完这些，是一阵长久的沉默。之后，这两位表姐妹衷心地祝福她的努力，一定会获得成功，就慢慢地穿过广场，离开了。

“在我的心目中，她就是绝顶聪明的女人。”巴特利特小姐说，“我觉得她最后说的那句话特别好，那部作品一定是一部很精彩的小说。”

露西表示同意。现在她的最大心愿就是别被写到这部小说里。今天上午她的感觉很灵敏，猜测拉维西小姐有想法让她扮演一位天真而烂漫的女孩子。

“她呀，很解放，从‘解放’最好的意义那点来理解。”巴特利特小姐慢慢地说，“只有没有深度的人，才会对她大惊小怪的。我们昨天聊了很久，她说相信正义，还有真理和人性，她对女性的命运有着很高的评价——啊，伊格先生，太荣幸了！真没想到在这儿碰到你，真的很高兴！”

“对我来说，倒不是没想到。”副牧师彬彬有礼地说，“我观察你和霍尼彻奇小姐已经好久了。”

“刚才我们在和拉维西小姐说话呢。”

副牧师的眉头轻轻地皱起。

“我看到了，你们在说话？走开，我没有时间！”最后那一句意大利话是对微笑着向她们走近的一位售卖全景照片的小贩说的。“我正想冒昧地问你们，是否愿意在这周和我一起坐马车到山里走走？我们可以从菲耶索莱那里上山，然后从塞莱涅诺回来。那条路有一个地方可以下来，往山坡走一走，逛一会儿。从那里看佛罗伦萨，实在是太漂亮了——比从菲耶索莱那里看到的陈旧的风景好看多了！那里是阿莱西奥·巴尔多威内蒂[①]（Alessio Baldovinetti）喜欢画的景色，他对山水画有着特别的认识，又的确做得很好。但是，现在谁还去看他的画呢？唉，这个世界太让人难以理解了。”

巴特利特小姐妹有听说过阿莱西奥·巴尔多威内蒂的名字，但她了解伊格先生不是一位普通的副牧师。他是居住在佛罗伦萨并且将佛罗伦萨当作自己家乡的外地人中的一员。他认识那些从来不带旅游指南的人，他们在午餐后要午睡，还坐马车到膳宿公寓的游客从来不知道的地方兜风，并且通过某些关系参观对外人不开放的画廊。有的人还租赁了带家具的房间，有的干脆住在菲耶索莱山坡上，就是那些文艺复兴时期盖的别墅里。他们不常露面，他们读书，写文章，还搞一些调查，交流心得体会，因此对佛罗伦萨十分熟悉，可谓是一清二楚。

所以，被副牧师邀请是很自豪的事情。他经常把自己羊群[②]中的不同的人联系起来，曾经发布过声明，他的做法是在他的流动性很大的羊群中挑选一些看得起的人，让他们在长期居住者的牧地多待上几个小时。比如在文艺复兴时期的别墅里喝茶之类的。不过，关于这点，他根本没有提。但要是真有这事，露西一定是十分开心的！

---

① 意大利文艺复兴时期的画家，常以风景来作为作画的背景，而选择地点独特。——译者注

② 牧师通常把教区里的所有教徒当作自己的羊群，他是照看羊群的牧羊人。——译者注

要是这件事发生在几天以前，露西的确是这么想的。但是，现在生活中的各种事情正在重新洗牌。和伊格先生还有巴特利特小姐坐着马车到山里兜风——就算是有参加别墅里的茶会为高潮段，那也不是最大的开心事了。夏绿蒂看上去兴高采烈的，而她只是淡淡地应和了一句。只当听说毕比先生也参加的时候，感谢的语气才变得真诚一些。

“这么看，我们是四个档[①]啊。”副牧师说，“在现在这种忙碌紧张的日子里，大家都很需要乡村，以及乡村带给我们的启示：纯净。走了，快走了！啊，这个城市，虽然很美丽，但毕竟是个城市呀!”

她们表示出绝对的同意。

“我听说了，就在这个广场，昨天发生了一起很恶劣的惨案。对于热爱但丁和萨奥那罗拉[②]的佛罗伦萨人来说，这是一种玷污的行为，带有不祥预兆的耻辱。”

“是让人有种耻辱的感觉。”巴特利特小姐接话说，“当发生这件惨案的时候，霍尼彻奇小姐正好经过，她对此感到惨不忍睹。”她很自豪地向露西望去。

“你那会儿怎么到这里来了?”副牧师很关怀的样子，好像是个父亲。

听到副牧师的问题，巴特利特小姐丢失已久的责任感突然间涌了上来。

“伊格先生，不要责怪她，是我没有陪伴她的缘故。”

“这么说，是你自己到这里来的，霍尼彻奇小姐?”从他

① 这里指的是两男两女，所以为四个档。原文为法语 partie carree. ——译者注

② 意大利修道士，在1493年领导佛罗伦萨人起义，被教皇判处了火刑。——译者注

的语气里听出既有责怪也有同情，同时还有想听她讲讲那些折磨人的情节是不是可以接受的。他那张黝黑的英俊的脸庞，此时带着悲伤的表情在等待她的回答。

“其实是这样的。”

“膳宿公寓里的一位熟悉的好心人陪她回家的。”巴特利特小姐巧妙地将保护者的性别和身份掩饰了。

“那也是一场可怕的经历。我相信你们从来都没有——惨案当时不会就发生在你们身边吧?”

露西注意到今天的许多事情中，这点不是很突出：发生了流血的惨案，体面的人都像食尸恶鬼一样的，仔细咀嚼回味。而乔治·埃莫森却对这个话题表现得十分单纯。她回答道：“他应该是死在了喷泉的旁边。”

“那你和那朋友……”

“我们在凉廊那儿。”

“哦，那你们可以避免看到悲惨的情景。你们肯定没看到那些恶心的图片，黄色报刊把他们当作社会公害，他知道我是定居在这里的，还不停地纠缠，一定要我买那些俗气的风景照片。”

这些出售照片的小贩，一定是和露西结成了联盟——意大利永远是与青春结成联盟的。他很突然地把照相本子塞到巴特利特小姐和伊格先生的面前，用一沓沓亮闪闪的教堂照片、名画画片，还有风景照片，将他们的手绑在一起。

“实在太过分了，你!”副牧师愤怒地呼喊着，他狠狠地拍打安杰利科画的一个天使，照片被拍破了，小贩口里发出一串尖叫。看样子这本画册比想象中的要贵得多。

“我可以买下来。”巴特利特小姐说。

“别理他!”伊格先生凶恶地说，他们加快步子离开了广场。

而意大利人才不是随便就能打发的，尤其是他觉得委屈的时候。卖画人对伊格先生的折磨达到一个新的层面，空气中回荡着他的恐吓与痛哭，他向露西央求，能不能为他说说情？他是个穷人，有一家人需要养活，就连面包都要上税的。他站在那里，叽里咕噜地连续说了好久，终于得到了赔偿。但仍不满足，一直将他们脑海里的所有想法，统统地扫光，这才扬长而去。

接下来的活动是购物。在副牧师的指引下，他们买了好多难看的礼物，还有纪念品。比如用金光闪闪的面点做的华丽的小镜框，用栎木雕刻的小画框，一本犊皮纸做的吸墨纸，一幅用相同材料制作的但丁画像，还有一些是廉价的别针，家里女仆在下一个圣诞节拿到的礼物根本分不清楚它们是不是真货：各种徽章，小器皿，还有纹路的碟子，棕色的艺术图片，厄洛斯①和普赛克②的石膏像座，圣·彼得③像，诸如此类的。这些小物件，要是在伦敦购买，完全可以省下不少钱的。

这个很有收获的上午，却没有给露西留下什么愉快的印象。不知道怎么回事，拉维西小姐和伊格先生都让她感到很害怕。更奇怪的是，正是因为感到了害怕，她不再像以前那么的尊敬他们了。现在她对拉维西小姐是个伟大的艺术家很怀疑。从前，她认为伊格先生是一位很神圣很有修养的人，现在也不那么坚信了。他们现在遇到了考验，她发现他们一

---

① 希腊神话里的爱神。——译者注

② 希腊神话中以少女形象出现的，与厄洛斯相恋。——译者注

③ 是渔夫的守护神。——译者注

点都不够格。而夏绿蒂——夏绿蒂还是从前那样。你大概会对她很好，但是永远不会爱上她。

“他是一个劳工的儿子，这绝对没错。他年轻的时候做过工人之类的工作，后来为社会主义的报纸写稿子，我是在布里克斯顿认识他的。”

他们在聊埃莫森父子。

“现在人们上升的真快！”巴特利特小姐长叹了一口气，一边用手指摸着一座比萨斜塔的模型。

“一般情况，人们对他取得的成功都充满了同情。而教育和提高社会地位的想法，这中间也不全是见不得人的。有些工人，人们愿意他们住在这里，虽然他们不会有什么出息。”

“现在他是新闻记者？”巴特利特小姐问。

“不是，他只是有了一门不错的亲事。”他意味深长地说，说完便叹了口气。

“哦，他有妻子的呀。”

“已经死了，巴特利特小姐。我不明白，到现在一直不明白他的脸皮那么的厚，竟敢上前和我攀交情。他和霍尼彻奇小姐在一起的时候，我故意不理他。让他知道自己只配被冷落！”

“你说什么？”露西脸红了，嚷嚷道。

“在揭露他。”伊格先生说。

他想改变话题，但是刚才的话题已经取得了一些戏剧性的效果，引起了听众的兴趣，这是他没有想到的。巴特利特小姐充满了天生的好奇，露西虽然不想再见到埃莫森父子，但也不想只为一句话就去谴责他们。

“你是说，他没有宗教信仰？这个我们早就知道了。”

“亲爱的露西——”巴特利特小姐温和地用目光阻止她不该插嘴。

“要是你知道了全部真相，才是要大吃一惊的！那个年轻人，那时他还是个很天真的小孩子，我就不说了。他的教育和受父亲影响的品格，决定了他会发展成什么样的人，这点只有上帝才知道。”

“这件事，也许我们不听的好。”巴特利特小姐说。

“坦白地讲，”伊格先生说，“是这样的，所以我不讲了。”

露西的叛逆性格促使她将话脱口而出。“其实你只讲了一点。”

“我本来也没想多讲的。”他冷淡地回应。

伊格先生用愤怒的眼神看着这位姑娘，这位姑娘也用同样的眼神看着他。她从柜台前转过身来，面对着他，胸口不断地起伏。他望着她那光洁的前额，还有突然抿紧的嘴巴。她竟不相信他，这点太让他受不了。

“是杀人！如果你想知道！”他充满着愤怒地喊道，“他把自己的妻子杀死了！”

“怎么杀的？”她问。

“不管是什么原因，的确是他杀了。那天，在圣克罗彻教堂时，他们有没有说我的坏话？”

“没有，一句也没有讲，伊格先生——连一个字都没有讲。”

“哦，我还以为他们会向你诽谤我。不过，你现在为他们辩护完全是因为他们的个人魅力。”

“我没为他们辩护，他们和我没关系。”露西的勇气突然没了，又回到老一套的思想中去。

“你为什么就认为她在为他们辩护？”巴特利特小姐不高兴地说。旁边的售货员可能在听他们说话。

“她会马上发现为他们辩护是很难的，因为在上帝的眼皮底下，他把自己的妻子给杀害了！”

把上帝也给拉了进来，实在是不同寻常的。不过，这只不过是副牧师为了修饰那句唐突的话。接下来，是一阵短暂的沉默，原来是彼此印象良好的，现在却弄得很尴尬。于是，巴特利特小姐赶紧把斜塔买了下来，疾步向街道走去。

“我一定得走了。”副牧师掏出怀表，看了一下，闭上了眼睛。

巴特利特小姐很感谢他的盛情，对将要坐马车去游玩一事说了些热情的话。

“坐马车去游玩？哦，那么就是已经决定了吗？”

这使露西恢复了以往的状态，经过努力之后，伊格先生也恢复了以前自信的心态。

“什么游玩不游玩的，讨厌！”他刚走，姑娘就叫嚷起来。“不就是我们和毕比先生说好的那次吗？有什么大惊小怪的。为什么他要用这么可笑的态度来邀请我们？倒也不如我们邀请他好了。我们不都是自己出那份钱吗？”

起初巴特利特小姐想说几句同情埃莫森父子的话，现在听露西这么说，引发了她原来没想到的念头。

“要是真的这样，亲爱的——要是我们和毕比先生，还有伊格先生一起游玩真的和毕比先生说的是同一次的话，我敢说，结果一定是一团糟。”

“为什么呢？”

“因为毕比先生还邀请了埃莉诺·拉维西一起去啊。”

“那就是说还得需要一辆马车。”

“还有更加糟糕的事呢！伊格先生不喜欢埃莉诺，这点她自己也知道。所以必须要先把情况和他说清楚了，对于他来说，她一点都不符合习俗。”

她们这会儿走到了英国银行的报刊室。露西站在屋子中央的桌子旁边，没有注意到《笨拙》和《写真》。她的脑海里翻腾着仍是那些问题。不管怎么样，至少要想办法把它们放一起阐述一下。熟悉的那个世界四分五裂了，现在冒出了佛罗伦萨这个很有魔力的世界。在这里，人们想的和做的都充满力气。谋杀，指挥谋杀，有一个女士紧紧地拉住一个男士，而对另一个男士却很粗暴。这是城市的大街所司空见惯的吗？佛罗伦萨美丽的一面，除了展示给世人观赏的一面，也许还有能唤起美好或者邪恶的魔力，还有别的吗？

快乐的夏绿蒂虽然经常被无关紧要的事情所困扰，但是真有重要事情的时候，她倒是不在意了。她可以巧妙地推测出来事情会发展到什么程度，巧妙得令人拍手称快。但当她接近了目标的时候，却又当作视而不见！比如现在，她蜷缩在一个角落，想从挂在脖子上潜藏得很严密的布袋（就好像是马脖子上系的草料袋）里面取出了一张流通证件①人家告诉她，这是在意大利旅行携带金钱的唯一办法，而只有在英国银行的四壁内才能用。

她一边摸着它，一边说，“是毕比先生忘记了告诉伊格先生，还是伊格先生告诉咱们的时候忘记了呢，还是他们都决定不再邀请埃莉诺——可这是不可能的啊——不管怎么样，咱们还是先做好准备。他们真心想要邀请的人是你，请我只是为面子。你和他们两位先生一起走，我和埃莉诺坐在后面。我们坐一匹马拉的就可以了。可是，这些有多难啊。”

“是挺难的。”姑娘说，口气十分严肃，听上去充满了

---

① 是现代旅行支票的前身，有伦敦银行签发的信用卡，持有者可以在旅行期间到国外的银行兑现。——译者注

同情。

“你觉得怎么样?”巴特利特小姐询问。因为刚才很激动，脸涨得红红的，她伸手将衣服扣好了。

“我也不知道自己怎么想的，不知道想要什么。”

“露西啊！真心希望佛罗伦萨没有使你厌倦。只要你开口，你知道的，我会陪你到海角天涯。”

“谢谢你！夏绿蒂。”露西说，然后对她的说法进行了思考。

写字台有一封她的信，是弟弟写来的。内容讲的是体育运动和生物学。另外一封是母亲写的，十分有趣，也只有母亲才会把信写得这么有趣。信里讲买到番红花，本以为买的是黄色，谁知竟然开出了紫色的花朵。还谈到新来的在客厅服务的女仆，她竟然用柠檬香精去浇蕨类植物。此外谈到了一侧相连的小房子破坏了夏街的风景，让哈里·奥特维爵士很伤心。她想起在家里的那种自由自在的生活，多么的愉快啊。在家里想做什么就做什么，而且从来不会出什么事。

走过松林的路，干净整洁的客厅，还有苏克塞斯郡威尔德地区美丽的景色——这些都很清楚地在眼前出现，而又像是画廊里的一幅幅图画，带着伤感的调子，好像是一位浪迹天涯的游子，回到故里，再次观赏这些名画时的感觉。

“家里有什么消息?”巴特利特小姐问。

“维斯太太带着儿子去罗马了。”露西说了最不感兴趣的消息。

“你认识维斯他们家吗?”

“哦，认识时间不长。主权广场怎么都玩不够呢。”

“他们家的人很好。很聪明，是我认为的真正的聪明，你不想去罗马吗?”

“太想去了!”

主权广场是完全由石块铺成的，所以并不灿烂夺目。广场上也没有花和草，没有壁画，没有大理石砌成的墙，没有漂亮的红砖。因为奇异的巧合，除了我们相信每个地方都有属于它的守护神——那些让广场看上去不是那么肃穆的雕像，给人的印象既不是童年的天真，也不是青春的迷惘，而是在青年时期的成就。柏修斯①和朱迪恩②，海格力斯③与瑟斯纳尔德④，他们都尝过艰辛，都是神，但在经历过苦难之后，已经不是从前的神。在这儿，不仅是在大自然中，一位英雄也可能会遇到一位女神，或者是一位女英雄遇到一位男神。

“夏绿蒂!”姑娘叫嚷起来，“我有一个想法，明天咱们离开这里去罗马——就直接去维斯他们住的旅馆，你说怎么样?因为我想到自己想要什么了，我在佛罗伦萨待腻了，刚才是你说要去海角天涯的！那咱们就去吧!”

巴特利特小姐的反应和露西一样的兴奋，她回应道：

“嘿，你这个调皮鬼！那么，咱们坐马车兜风这件事怎么办呢?”

她们俩走过了有萧瑟美感的广场，边走边笑着议论这个不切实际的想法。

---

① 希腊神话中宙斯和达纳厄所生的儿子，他把女妖怪美杜莎杀死了。——译者注

② 天主教徒的《圣经》里的犹太女子，她有着舍己为人的高贵精神。——译者注

③ 是罗马神话中宙斯的儿子，力大无穷，称为大力神。——译者注

④ 在这个广场上有个悲悼的女子雕像，形象十分生动。——译者注

6. 一行七人坐马车去游赏山景，由意大利人来驾驶马车

那是个很令人难忘的一天。是法厄同[1]赶车送这一群人去菲耶索莱。这个年轻人兴冲冲地赶着马车，不顾一切地将马往石坡上赶。毕比先生顿时认出了他。不管是信仰至上的时代还是怀疑真理的时代，对他都没有影响。他就是在托斯卡纳区赶马车的法厄同。

在路上的时候，他请求让普西芬尼（Persephone）[2] 来搭车，说是他的妹妹——普西芬尼的身材很修长，皮肤苍白。因为春天到了，她要回母亲的家。因为光线很强，还不适应，便用手遮住了眼睛。伊格先生不想让她上车，说这看来虽然

---

① 为希腊神话里太阳神的儿子，要求父亲让他驾驶一天马车。——译者注

② 希腊神话里宙斯和谷物女神德墨忒尔的女儿，后来做了阴曹的王后。——译者注

是小事，但是以后会很麻烦，做人一定要谨慎，以免上当。可是女人们都在为她说情，向她说明了情况之后，女神准许她上来，坐在了男神身边。

法厄同立刻把左边的缰绳套在她的头上，这样就可以搂着她的腰赶车了，而她无所谓的样子。伊格先生背对着马，所以没有看到这个不文雅的举动，他在继续和露西谈天。马车上另外两个客人是老埃莫森先生和拉维西小姐。之前发生了一件十分可怕的事情：毕比先生没有和伊格先生商量，就将邀请来玩的人增加了一倍之多。巴特利特小姐和拉维西小姐一直都在计划着马车上怎么坐，但到了马车上，她们却慌乱了，于是，拉维西小姐和露西一起上了第一辆马车，而巴特利特小姐却和乔治·埃莫森、毕比先生坐在后面的马车里。

这位可怜的副牧师，他安排的四人出游行变成了现在这样，真的是很难忍受的。要是他曾经想过会在一座文艺复兴时期的别墅里举办茶会，现在肯定是不可能的了。露西和巴特利特小姐都有一定的风度，而毕比先生虽然有些捉摸不透，但毕竟是个很有才华的男士。但是，一个不称职的所谓作家和一个在上帝心中杀了自己妻子的记者，他无论如何都不会把他们带到别墅里的。

露西穿了一件洁白色的裙子，笔直地坐在这堆动不动就情绪爆发的人中间，心情十分紧张，她在聚精会神地听伊格先生说话，与拉维西小姐之间的沟通很拘谨，又在提防着老埃莫森先生——幸好到目前为止，他都一直在睡觉，大概是中午吃得太饱了，春天又容易犯困的缘故。她把这次的游玩看作是命运的安排。如果不是这次游玩，她就可以成功地避开乔治·埃莫森了。他曾经公开地说过想要继续他们之间的亲密交往。她一口回绝了，并不是因为不喜欢他，而是她自己对所发生的事没有头绪，而又猜测他可能对此却了如指掌。这件事使她很害怕。

因为已经发生的事情，那发生在阿诺河边，不是凉廊，看到了死亡惊慌失措，本来是可以谅解的。但后来又要讨论，从讨论再到沉默，再由沉默到同情，这个错误不是在感情上令人吃惊的事，而是气质上的问题。当时，他们一起凝望着眼前的河水，相同的冲动促使他们一起回家，没有看对方一眼，没有说一句话。她觉得的确是有可以指责的地方存在。最开始，干了坏事的感觉还很轻微。她差一点儿就和那群人一起去加卢塔。而当她每次回避了乔治，就想再次回避他。现在呢，老天作弄，竟然通过表姐和两位牧师，必须要等她和他一起出游玩一次，才能离开佛罗伦萨。

现在，伊格先生彬彬有礼地和她说话：他们以前的小口角早就消失不见了。

“霍尼彻奇小姐，你是为了研究艺术而来旅游的吗？”

“哎呀，不是的啊，我就是来玩的。”

“这样啊。”伊格先生说，“那你真的是出来旅游的？要是你不觉得我很无礼的话，像我这样长期住在这里的人来说，有时很可怜你们这些游客——就好像是商品一样的传来传去，从威尼斯传到佛罗伦萨，又从佛罗伦萨传到罗马，和动物一样地挤在膳宿公寓或者旅馆，除了旅游指南中提到的，别的一无所知。唯一的愿望是‘快点完事’，然后好去别的地方。结果是把城镇啊河流啊宫殿什么的，统统搅和在一起，完全是一笔糊涂账。在《笨拙》周刊上的美国姑娘，她说：‘爸爸呀，我们在罗马看到了什么呢？’她的爸爸回答说：‘嗯，罗马就是咱们看到小黄狗的地方吧。’这就是你们的旅游！哈哈！”

“我同意。”拉维西小姐接话说，她已经无数次地想要打断他尖刻的俏皮话。“盎格鲁·撒克逊游客所有的狭隘与肤浅本来就是个威胁。”

“是这样的。现在佛罗伦萨的英国社区里，霍尼彻奇小姐——那很有规模的，当然，情况也不完全一样的，像是一些人是为做生意，但大部分人都是学生。海伦·拉弗斯托克夫人正在忙着研究安杰利科。我说起她来，是因为咱们一会儿正好路过她家的别墅。不对，你得站起来才看得到——别，不要站起来，会摔倒的。她对自家那道浓密的篱笆十分自豪。里面嘛，当然很幽静了，几乎像是回到了六百年之前。有些评论家说她家的花园就是《十日谈》里的那个地点，这个说法给这栋别墅增添了不少的神秘色彩，是不是？”

“是呀！”拉维西小姐大声道，“你告诉我，那个与第七天的场景一样的地点在哪里？”

而伊格先生仍在继续对霍尼彻奇小姐讲右边住的是著名的某某人士，他是一个优秀的美国人，很难得的人才！——另外还有其他的重要的人物住在山下稍远一点的地方。“你知道他在《中世纪野史》丛书写的专题吧？现在他正在写《杰米斯图斯·普莱桑》[①] 一书。有的时候，我在他们家美丽的庭院里喝茶，能听到墙外有载着游客的电车经过。那些很愚蠢的游客，就在既热又脏的季节里，说要一小时游完菲耶索莱，这样就可以说他们去过那里了。但我觉得——觉得他们太不留心身边的景色了。”

他说这些话的时候，车夫座位上的两个人正在打情骂俏，太不像话了。露西心中一阵嫉妒。想就算他们做出了轻佻的

---

① 是拜占庭哲学家、人文主义学家。——译者注

举动，可以这样为所欲为也是能取悦于他们开心的。很有可能，这次游玩最开心的就是他们了。马车猛烈地颠簸，很快就穿过了菲耶索莱广场，走上了通向塞蒂涅诺的大路。

“慢点！慢点啊！”伊格先生喊，他将手伸过了头顶，很文气地挥舞。

“没关系呀，先生，没关系的。”马车夫边口里低声哼唱，边挥动着马鞭，向前驱赶。

伊格先生和拉维西小姐正在就阿莱西奥·巴尔多威内蒂这个话题而争论。他是文艺复兴的起因还是一种表现？另外一辆马车早就被甩得远远的，而这辆马车不断地增加速度，越来越快地向前奔跑。埃莫森先生睡得很熟，他魁梧的身体像机器一般地有节奏地撞击着副牧师。

“慢点！慢点！”副牧师喊，他的眼睛望着露西，眼神流露出殉道者的表情。

突然，马车意外地往前倾斜，将他拉回座位，他很生气地转过了身。就在这里，法厄同正在努力想与普西芬尼接吻，试了好久，这会儿才刚刚成功。

接下来出现的场面，据巴特利特小姐后来说，是十分不愉快的。马车被迫停了下来，还搂在一起的这对新恋人被迫在怒喝声中分开。马车夫被罚失去了小费，女的被哄下了车。

“她是我的妹妹呀。”马车夫可怜巴巴地望着车里的人说。

伊格先生说：“你在撒谎。”法厄同低下了头，他这样子并不是因为伊格先生指控他的话，而是在于态度。就在这时，因为马车突然间停了下来，埃莫森先生被震荡而醒，他说这对恋人不应该分开，竟然还拍拍他们的肩膀表示赞赏。而拉维西小姐虽然不愿意与他结为同盟，但是觉得一定要支持这样不受传统束缚的放荡不羁的生活态度。

“我当然跟着他们了。”她喊道，“但我敢说不会得到多少支持的。在一生之中，我对传统的习俗向来都是持抵制的态度，这样的事情就是奇遇。”

“我们不能屈服的。”伊格先生说，“我就知道他会来这一套。把我们当库克旅行社的游客了。”

“必须不能!”拉维西小姐说，但她的热情看上去减弱了许多。

另外一辆马车停在了后面，毕比先生大声地说：“他们受到了警告，行为一定会检点了。”

“让他们走吧。”埃莫森先生对副牧师说，他对副牧师一点儿也不敬畏，“我们遇到的快乐的事情就那么多吗？就连车夫偶然发生的一些事一定要驱除？有一对恋人为我们赶车——这件事就连国王都会妒忌的。再说了，我们把他们拆散了，就是我知道的最地道的渎圣罪了。”

这个时候，巴特利特小姐的声音响了起来，她说看热闹的人已经围过来了。如果说伊格先生的意志很坚决，倒不如说他太能争辩，所以要让大家听听他的意见。这会儿，他又在和马车夫说话，意大利人说意大利语就好像是汹涌流淌的洪水，时而如瀑布，冲击着巨大的石块，充满着动感。而到了伊格先生的嘴里，却像是带着酸气吱吱响的泉水，声音渐渐升高，速度渐渐加快，又越来越尖，忽然间，又是一声响，停止了。

当炫耀结束后，车夫对露西说：“小姐。”他怎么想起来向露西求助的？

“小姐。”普西芬尼用动听的声音说。她指着另外一辆马车，问为什么？

两位姑娘对视了一刻，这时，普西芬尼从马车夫的座位爬了下来。

“好，我们胜利了！”伊格先生使劲地拍拍手。这时，马车启动了。

“这并不是胜利，而是失败。”埃莫森先生说，“你把一对沉浸在欢乐之中的情人拆散了。”

伊格先生闭上了眼睛。他不得不坐在埃莫森先生身边，但不想和他说话。而这位老先生刚刚睡醒了，精神很好，对于这件事十分激动。他强迫露西同意他的观点，还大声地要他的儿子支持他。

“我们想买金钱买不到的东西，他讨价还价同意了赶车送我们过去，现在他还在赶车，我们没有权利管束他的心灵。”

拉维西小姐皱着眉头，当你觉得一个典型的英国人说出了与性格不符的话，的确让人难堪得很。

“他驾驶马车的技术一点儿都不好。”她说，“尽颠簸了。”

“我不这么认为，车子多稳啊。哈哈！现在却让我们在颠簸。你觉得奇怪吗？他想把我们摔出车外，他完全有理由这么做呀。要是我迷信，就会感到害怕，伤害年轻人不对，你听过洛伦佐德·梅迪奇①（Lorenzo de Medici）吗？”

拉维西小姐很生气。

“我是听说过，你说的人是洛伦佐，是被封作乌尔比诺公爵的洛伦佐，还是个头很矮、大家把他称作洛伦齐诺的洛伦佐？”

“我也不知道，老天才知道。我说的是个诗人。他写过一首诗——昨天才听说的，是这样写的：‘别和春天作对。’”

伊格先生从来不会放掉任何一个炫耀博学的机会。

---

① 中世纪佛罗伦萨的统治者，写过许多出色的诗歌。——译者注

“Non fate Guerra al Maggio,”他的口里喃喃自语，“确切是说‘别向五月宣战’①”

“可我们已经向五月宣战了呀，你们看!”他指着阿诺河的河谷，在抽芽的缝隙中，看到就在下面的最远处。“五十里的景色，我们专门上山欣赏，你觉得大自然的春意与人的春意有什么不一样吗？而我们就是这样，赞美前者却鄙视后者，认为有违体统，可是一样的规律对大自然和人都起着一样的作用，始终不变的，为什么却为这个感到羞耻呢?”

没人愿意听他继续讲。过了一会儿，伊格先生做手势让马车停下来，然后带领这些人在山间慢慢地走。不远处有一片凹地，好像圆形的剧场，还有层层的台阶和被薄薄的雾笼罩着的橄榄树，走过凹地，就是菲耶索莱那片高地，这条山路顺着崎岖的地势向前，一直延伸到山岬之中。这个山岬很是荒凉，又阴暗潮湿，长满了密密的灌木，间或有几棵大树。差不多五百年前，是这座山岬吸引了阿莱西奥。还有巴尔多威内蒂，他是位很勤奋却无名气的大师，来到了山岬，也许是为了做业务。也许是尝试登山的乐趣。他高高地站立着，看到阿诺河河谷美丽的景色，还有远方的佛罗伦萨，这些最后都成了画笔下的景色，虽然画得并不怎么样。但是，到底是站在哪里？伊格先生亟须解决的就是这个问题。拉维西小姐的性格是只要难题她都很愿意参与，所以变得和伊格先生一样带劲。

但是在脑海里放上几幅阿莱西奥·巴尔多威内蒂的画并不是一件简单的事，就算没有忘了临走前多看几眼，但是到

① 此处引用是错误的，本意是“不要在五月宣战”，并且此诗是洛伦佐的朋友波利齐亚诺写的。——译者注

了河谷，迷雾自然增加了几分难度。这些人从草丛中跳来跳去的，很想大家都待在一起，同时也很想分开行动。到最后，他们分成了几个小组。露西跟着巴特利特小姐与拉维西小姐一起；埃莫森父子回去与马车夫费劲地聊着天；那两位牧师呢，被大家认为有共同的语言，所以被丢到一起了。

两位年纪大些的女士很快就露出了真面目。她们开始时交谈的声音很小，但还是可以听得很清楚，这些露西都已经习惯了。她们谈的并非是阿莱西奥·巴尔多威内蒂，而是一路坐马车兜风时发生的事。巴特利特小姐曾经问乔治·埃莫森先生是做什么职业的？他回答说是“铁路”。她很后悔去问他，谁能想到他会这么回答，早知道就不问了。幸好毕比先生很机敏地将话题一转，但她希望那个年轻人没有因为她的问话而觉得受伤。

“铁路。”拉维西小姐气喘吁吁地说，“啊呀，我气都喘不过来了！肯定是铁路了！”说着话，她实在忍不住笑出了声。“他简直就像个茶房一样的，还是东南铁路上的！”

“艾琳诺，你快别说了！”巴特利特小姐拉了拉拉维西小姐，“小声点，他们会听到的——埃莫森父子俩……”

“可我还是想说，让我说下去吧。一个茶房……”

“埃莉诺……”巴特利特小姐很无奈。

“我觉得不会有问题的。”露西见表姐的样子，过来插嘴道，“埃莫森父子听不到的，就算是听到，他们也不在乎。”

露西这么说，拉维西小姐听了很不高兴。

“原来霍尼彻奇小姐在听我们说话吗？”她很生气地说，“去！走开！淘气的小姑娘！”

“啊，露西，我想你应该和伊格先生他们一起。”

“我找不到他们了，也不想去找。”

“伊格先生肯定会生气的，这次游玩都是为了你嘛。”

“请你不要这么说，我愿意和你们待在一起。”

“别这样啊，露西，我也是这么想的。”拉维西小姐说，“这就好像是学校组织的活动，要把小伙子和姑娘分开，露西小姐，你一定要走开。我们想谈一谈一些不适合你听的话。”

姑娘很倔。她在佛罗伦萨的时间不多了，她和自己不感兴趣的人在一起时，才觉得舒坦。拉维西小姐就是其中的一位。而现在，夏绿蒂也成了这样的人。露西多希望她们不会注意到自己。现在，她俩听到了她说的话很生气，看样子一定要把她赶走了。

“真的好累啊。”巴特利特小姐说，“我真希望费雷迪和你妈妈都在这儿。”对于巴特利特小姐来说，无私的感觉已经替代了热情的作用。露西的心思也没在观赏景色上面，只有她到达了罗马之后，才有心思去玩。

“那请你坐下吧。”拉维西小姐说，“我是个多有先见之明的人啊。”

她笑着拿出两块方形的防水胶布，这种胶布是用来保护身体不会沾染到草地的潮气和大理石台阶的寒气的。她坐在其中一块胶布上，另外一块谁坐呢?

“让露西坐，露西坐，我坐地上就可以了。好多年我都没有过风湿，如果觉得不对劲，就立刻站起来。如果让你穿白裙子坐在湿地上，不知你妈妈会怎么想。”她十分笨拙地坐在一块看上去非常潮湿的地方。“行了，大家都坐好吧。虽然我的裙子有点薄，但是棕色的，根本看不出来。亲爱的，你也坐下吧。你总是为自己想的那么少，从来没有坚持过自己的权利。”她清了一下嗓子，“啊，别紧张，这不是感冒。就是有点咳嗽，已经咳了有三天，和坐在这里一点关系都没有。”

这种局面的应付办法只有一种。过了也就五分钟，露西便离开了，去找毕比先生和伊格先生，她被一块方形防水胶布打败了。

露西上前主动与车夫搭话，他们正懒洋洋地躺在马车上，抽着雪茄，连坐垫都带着这种味道。那没有道德的无赖，皮肤晒得黑黑的，很瘦弱的青年男子站起来和她打招呼，态度十分谦逊，好像他是这里的主人。看上去很自信，她就是他的亲戚似的。

“在哪儿呢?”露西想了想，用意大利语问道。

他的脸上一亮。自然，他是知道在哪儿的，而且距离很近。他只要挥挥手臂，就能囊括四分之三的地平线。他认为自己知道在哪里。他将手指按在额头，然后伸向她，好像上面可以清楚地看到对方想要的答案。

还是得问清楚了。但是，“牧师”这个词用意大利语怎么说呀?

她终于想到了怎么询问了，“那几个好先生去哪里了?”

好，这个词对于那两位贵人来说真用不上。他把正在抽的雪茄给露西看。露西接着说，“一个比较矮一些，这支雪茄是好先生中比较矮的那位毕比先生给你的，对吗?”

和平常一样的，她真的猜对了。他将马拴在一棵树上，然后朝它踢了一脚，让它不要乱动，还掸了掸马车，理理头发，整理了帽子，很得意地摸着小胡子，不到十五秒钟的时间，就准备好了，给她带路。意大利人天生认识路，整个世界不像是地图，而是一盘棋一样地展现在他们的眼前，他们能不断地发现移动着位置的棋子和留下的空格。谁都能找到地方，但是，寻找人的本事却是要靠上帝的恩赐。

他停下来过一次，摘了些蓝色的紫罗兰送给她，她很开心地感谢他。和这位很普通的年轻人在一起，感到世界是多么的美好，世界也是相通的。她第一次感受到春天具有强烈的感染力。他将手臂往地平线那端姿势优美地一挥，只见那边的紫罗兰十分茂盛，她有兴趣前去观赏吗?

“但是，好先生们。”她用意大利语回答。

他向她鞠了一躬。当然了，先找到好先生们，然后就去看紫罗兰。他俩在矮矮的树丛中走着，矮树丛逐渐浓密。他们慢慢接近了山岬边上，美景将他们吞没，矮树丛交织而成的网络将风景分隔成了数个小块。他忙着抽雪茄，轻轻地把跟前的树枝拨开。她正在为从枯燥的情绪中走出来而高兴。每走一小步，每一根嫩枝，对于她来说都是很有意义的。

“看，那是什么?”

他们身后的树林里有说话的声音。是伊格先生吗? 他耸了耸肩膀。意大利人所暴露的无知比他具备的知识要多得多。她无法让他明白也许他们和两位牧师错过了。此时，美景出现：她清楚地看到碧绿的河水，金色的野地，还有连绵的山峦。

“他们在那儿呢!”他大声地叫起来。

就在此时，露西脚下的地面突然塌陷了。她不由得喊了一声，在从林子里摔倒了。她笼罩在灿烂的阳光与美丽的景色之中。她掉落在一片没遮挡的平台上，整个平台从这边到那边全部铺满了紫罗兰。

“勇敢点!”她的同伴站在离她有六英尺高的位置，冲着她喊。“给你勇气!”

她没有作声，低头看脚下大片的斜坡，那真是十分陡峭，一大片紫罗兰就好像小河、小溪还有瀑布一样的一直铺了下去，用一片漫无天际的蓝色浇灌着整座山坡，在一棵棵的树干之间打着漩涡，在洼地中积成了一个个小水潭，用一片片的蓝色泡沫铺满了整个草地。哪里也没有这么茂盛的紫罗兰。这一片地是泉水的源地，就是由这里的泉水涌出来灌溉这片土地的。

那位好先生站在这一片地的边上，好像一个想要下水游泳的人。但他并不是露西盼望见到的那位好先生，并且他是单独一个人。

乔治听到露西的声音就转过了身，不住地打量着她，仿佛她是从天而降的。他看到她满面红光，花朵就好像蓝色的波浪，将她冲击，他们头顶的树丛闭合上了。他飞快地走近亲吻了她。

她没有来得及开口呢，甚至没有意识到这个吻，只听到响起一个声音：“露西！露西！”巴特利特小姐的声音将树林间的寂静打破了，她的身影站立在景色之中。

7. 归来

整整一个下午，无论上坡还是下坡，都是在做一场很复杂的游戏。是什么游戏呢？玩游戏的谁又和谁是一起的呢？露西好长时间才搞明白。伊格先生用征询的眼光看着她们。夏绿蒂在闲聊，她用这种方法来抗拒伊格先生。埃莫森先生一直在找自己的儿子，有人给他指点去哪里找。毕比现在依旧是中立者的样子，他将每个地方的人集合起来，准备回家了，大家心里都很是不踏实，觉得惶惑难安。

是潘神跑到他们中间去了——不是那个已经被埋葬的潘神，是负责社交的让人尴尬的插曲和不成功的郊游的潘小神。毕比先生和大家失散了，独自品尝了食品篮里的东西。他之所以带了食品篮，是想让大家有意外的惊喜。拉维西小姐和巴特利特小姐也走散了。露西和伊格先生走散了。埃莫森先生和乔治走散了。巴特利特小姐还丢了一块方形的防水胶布。法厄同在游戏当中失败了。

最后的事实是谁都无法否认的。他爬上驾车座位，身体打着哆嗦，将领子翻起，说暴风就要降临。

“咱们赶紧离开这里吧。”他告诉大家，“那位少爷走回去了。”

“一直走回家？那得要走几个小时呀。”毕比先生说。

“的确是这样的，我告诉他这样很不明智。”他不想去看任何人，也许失败于他而言很可耻。在所有人当中，只有他很熟练地玩游戏，把所有的能耐用在上面，而其他的人只用了一点的精力在上面。只有他知道这是怎么回事，也希望是这么一回事。只有他对露西有关五天前那个人的口里得到的事情做出解释。普西芬尼——她有一半的生命是在坟墓里度过的，这也可以解释这个信息。这些英国人根本解释不了。他们了解的情况很缓慢，也太迟了。

可一个马车夫的想法，无论考虑得多对，也不可能影响到雇用他的人的想法。他现在是巴特利特小姐的劲敌，也是不危险的对手。当回到了城里，他那洞察的本事和了解的情况都不会让英国女士烦恼了。当然，这是一件很不愉快的事情。她在灌木丛中，瞧见了他的黑发。很有可能，他会在小酒店里把这件事大肆宣扬。但是小酒店和大家没有什么关系。最大的威胁是在客厅里。马车带着巴特利特小姐，迎着夕阳而来，飞奔着下了山，到这时，她才想到就是客厅里的人。露西坐在她的旁边，伊格先生坐在她的对面，很想引起她的注意。他隐隐地感觉到了可疑。他们在聊着阿莱西奥·巴尔多威内蒂。

天渐渐地暗了下来，还下起了雨。两位女士挤在一把狭窄的阳伞下面。此时，有一道闪电飞过，前面马车里的拉维西小姐本来就已经十分紧张，这时便放声尖叫。紧接着又是一道闪电，露西也跟着尖叫起来。伊格先生用带着浓郁职业特点的口气说：“勇敢一点儿，霍尼彻奇小姐，你要有勇气和信心。要是我可以这么说，在这样风雨交加的时候，多少有些亵渎神灵的意思。难道我们真的觉得这些天上的云朵，还有雷电袭击，都是为了把你我消灭的吗？不——当然不是了。”

“就算是用科学的角度看，我们不被雷击的可能性也很大，因为那些餐刀之类的导电物件，都在另外那辆马车上。还有，我们在车里面比在外面走路要安全得多。所以，我们要勇敢一点儿——有勇气要坚信。”

露西感觉到毛毯上面表姐的手很友好地按了她的身体一下。有的时候，我们很需要一些同情的表达，甚至没有过多地去思考这种表达意味着什么，或者将来会不会付出什么代价。巴特利特小姐及时地用锻炼肌肉的动作而获得的收获比几个小时的说教或者是盘问得到的多得多。

两辆马车几乎同时停了下来，就要到佛罗伦萨了，巴特利特小姐又重复了一下刚才的动作。

“伊格先生！”毕比先生大喊，“你可以给我们做翻译吗？我们需要你。”

“乔治，他！”埃莫森先生突然想起他的儿子，便大声地说，“问问你们那个车夫，乔治走的是哪条路？这孩子也许迷路了，也许被人杀死了。”

“去吧，伊格先生。”巴特利特小姐体贴地说，“但是不要问我们的车夫，他什么都不知道，帮不上忙的。过去搀扶一下可怜的毕比先生，他快要疯了。”

“他很可能被杀死了！”那个老人悲伤地唠叨，“他很可能被杀死了！”

“这种人在现实的面前，免不得会精神崩溃。”副牧师一边下了马车，一边用不屑的口气说。

“他知道了什么?”待到她俩单独在一起，露西就悄悄地问巴特利特小姐，“夏绿蒂，伊格先生知道什么?”

“他什么都不知道，最亲爱的，他都不知道，但是……”她指了指车夫，说道：“他倒是什么都知道，最亲爱的，你说咱们要不要表示一下?”说着，她拿出了钱袋。“和下等人在一起实在是太可怕了，哎，他什么都看到了。”她拿起一本旅游指南轻轻地敲了敲法厄同的后背，“不要对别人说。”顺手丢给他一法郎。

“好的。”法厄同回答。他收下了一法郎。他的一天结束了，和平常一样。但是，露西，一个年轻的姑娘，对他的表现感到很失望。

路的前面发生了一起爆炸事故。风暴将有轨电车的架空电缆击中了，一个大支架因此倒了下来。如果他们没有停车，很可能就受伤了。他们都想把这一次脱险当作是奇迹，就时时刻刻促使爱与真诚和山洪一样的爆发。他们走下了马车，相互拥抱着。有人过去行为不检点，但是现在得到了比尔的宽恕，因此心情十分愉快，而宽恕别人的心情也是十分愉快的。在那个瞬间，这些人让善良的可能性变成了现实。

年纪大的人很快就恢复到了从前的状态。他们虽是清晰地记得刚才的情境，但知道这样的情绪失去了君子的风度还有大家闺秀的风范。拉维西小姐猜，就算是他们继续前进，也不会遇到事故。伊格先生低声做起祈祷。但车夫们走了好几英里又黑又脏的路，正在向林里的仙子与圣徒在诉说衷肠，露西也在向她的表姐倾诉。

“夏绿蒂，我最亲爱的夏绿蒂！请你吻我吧，再吻我一次。只有你了解我。你说过要我谨慎，而我却一直以为自己在变得成熟。”

“亲爱的，别哭，你慢慢说。”

“我始终都那么的固执，也十分的愚蠢——比你实际上了解的糟很多。比如，有一次在河边，哎，他没被杀死吗？他不会被杀死的，对吗？”

这个念头干扰了她之前悔恨的情绪。实际上，这一路上风和雨有增无减，但她曾经面对过危险，就以为每个人都会遭遇危险。

“我猜不会的。大家都应该祈祷不要发生这个事情。”

“他真的这样——我想他当时也不是在意料之中，好像我以前一样。不过，这一次不能怪我的，你要相信这一点。我是无意中滑到紫罗兰丛中的。不，今天我要把事实说出来。我也有应该责怪的地方，我是有些很荒唐的想法。你知道吗？天空是金黄色的，大地是蓝色的，就在那个瞬间，他看着就好像是小说里的人物。”

“小说里的人物？”

“是啊，英雄，神仙，还有女学生之类的幻想。”

“后来发生了什么？”

“夏绿蒂，你知道后来发生了什么啊。”

巴特利特小姐沉默了。她的确是没什么其他需要了解的。她的观察力如此敏锐。现在，她深情满怀地将表妹拉到自己的旁边。在回去的路上，露西始终情不自禁地在深深地叹息，身体不住地颤抖。

“我一定要把真实的情况说出来。”她低声说道，“把全部的情况说出来，很不容易。”

“别想这么多了，亲爱的。等你安静下来再说吧，睡觉之前，到我房间里好好聊聊。”

她俩紧紧地握着手，走进了这座城市。女孩子看到其他人的激情衰退了许多，感到很震惊。这个时候，风暴已经停了，埃莫森先生对儿子也没有刚才那么的着急。毕比先生显得兴致勃勃的样子，伊格先生对拉维西小姐十分冷淡。只有夏绿蒂，啊，夏绿蒂的外表下却隐藏了深刻的洞察力与爱。

露西十分享受直抒胸襟的这一感觉，她几乎是愉快地度过了漫长的傍晚。她想得更多的不是发生了什么事，而是如何去描述它。她遇到的种种感受，迸发的勇气，还有偶尔感觉到的莫名的快乐，说不清楚是什么的不满足的感觉，这些都该在表姐的面前表露出来。之后，她们在一起，交心地把这一切整理好并且解释清楚。

她想：“现在，我终于能够理解自己了。再也不会为那些莫名其妙的事情感到不愉快了。”

艾伦小姐邀请她弹琴，她非常激烈地推却了。在现在的她看来，演奏音乐实在是太儿戏了。她紧紧地挨着表姐坐，她的表姐用十分耐心的态度仔细倾听着一个人叙述丢掉行李的经过。等那个人讲完后，表姐讲了讲以前自己丢失行李的经历，讲得十分精彩。这一耽误，差一点让露西歇斯底里了。她想阻止表姐讲下去，或者说让表姐讲快一点，但是都没有做到。一直到了深夜，巴特利特小姐才将自己找回行李的经过讲完，并用一种温和的口气说：“嗯，亲爱的，我已经做好梦游贝德福德郡的准备，来，到我的房间里来，我帮你整理一下头发。”

房间的大门关上了，她给表妹找了一把藤椅，然后说：

“你打算怎么办?”

对于这个问题，露西没有半点思想准备，她从来没有想过自己一定要做什么。她本来以为就是把事情的经过告诉表姐就好了。

“亲爱的，这个问题只有你自己才能解决的，你打算怎么办?”

水滴在暗色的窗户上流淌，这间房间很潮湿阴冷。在五斗柜上点上一支蜡烛，紧挨着蜡烛的是巴特利特小姐的小圆帽子，烛光摇曳着，在紧闭的门前投下了各种古怪而阴森的影子。黑暗之中，有一辆电车开了过去。露西心里感觉到说不出来的悲伤，虽然她已经好久没有哭了。她抬头向天花板望去，上面长着鹰头狮身和双翅的怪兽看起来十分模糊，也没有颜色，但他们好像是快乐的幻影。

“下了快有四个小时的雨了。”她开口说道。

巴特利特小姐没有接她的这句话。

“你说，怎么才能让他不说出去?”

“你指的是车夫吗?”

“不，亲爱的表妹，是乔治·埃莫森先生。”

露西不安地在房间里来回走动。

“我不知道什么意思。”露西终于开口。

其实，她是完全明白的，但是不希望将全部真实的情况说出来。

“你有什么办法，让他不说出来?”

“我感觉他是永远不会说出来的。”

“我也是尽量把他想得宽厚一些。但是，不幸的是，以前我见过像他这样的人。他们对自己的‘辉煌成就’是不会保密的。”

“辉煌成就?”露西大喊道，忍不住紧紧皱了一下眉头。

“可怜的好姑娘啊，难道你以为他是第一次吗?过来，我告诉你。我是从他说的话中得出结论的。你还记得不，有天吃过午饭，他和艾伦小姐在争论，说喜欢上了一个人，就多了一个理由喜欢另一个人?”

“记得的。”露西说，这个论点和她的想法是一样的。

“我不是那种假正经的女人，不会把他说成不怀好心的青年。但是，他一点教养都没有，这一点毋庸置疑。如果你愿意，我们可以把这归罪于他的祖先和教育。但是，我们的问题还是在于老地方。你说一下吧，现在怎么办?”

露西的脑海中闪过一个念头，要是她早一点想到这个念头，她在这一回合中可能早就占了上风。

“我想和他谈一下。”她说。

巴特利特小姐发出一声惊呼。

“夏绿蒂，你的好心——我永远都记在心里了。但是，就像你说的那样，这是我的事情，我和他的事情。”

“所以你会恳求他，不要说出去?”

“不是。但不会有什么困难。不管问他什么，他的回答是或者不。过去我害怕他，现在一点也不害怕了。”

“可是我替你害怕啊，亲爱的。你很年轻，一点经验都没有，一直都生活在好心人中间，根本不知道男人会坏到什么地步。他们是会欺负女人的，很无情地在其中寻找乐子。但是女人却不能找到可以保护她的人，比如，今天下午，要是我没有及时赶到了，那么会发生什么呢?”

“我想不出来。”露西十分严肃地说。

她的嗓音中的变化，迫使巴特利特小姐重复自己的问话，并且很使劲地用了拖音。

“要是我没有及时赶到，会发生什么呢?”

“我想不出来。”露西重复道。

“他要是欺负你，你准备怎么办？”

“我还没来得及想，你就到了。”

“是啊，现在你告诉我，那会儿你准备怎么做？”

“我——”刚说一半，她就停住了。她走到流淌着雨水的窗户前，眼睛望着黑暗的夜空，想不出来会干什么。

“别站在窗口，亲爱的。”巴特利特小姐说，“街道上的人可以看到你。”露西听从了表姐的话。从一开始，她就在贬低自己，现在也不可能改变。两个人都没有再提露西的建议，去和乔治聊一聊，同他一起解决问题，不管是什么问题。巴特利特小姐变得很伤感。

“但愿现在身边有一个男子汉！我们只有两个女人，你和我。毕比先生没有什么可指望的。伊格先生你又不信任他。要是你弟弟在身边就好了。他虽然很年轻，但要是姐姐受到了欺负，一定会激发他成为一头雄狮。感谢上帝，骑士的行为还没有完全消失，还是有一些男人可以尊敬女子。”

她一边说，一边把戒指摘掉。她的手上戴着好几枚戒指。她把它们并排放在缝针垫上。然后，往一副手套里吹了一口气，说：“赶早车很紧张啊，但我们一定得试试。”

“赶什么车？”

“去罗马的火车啊。”她用挑剔的眼神望着自己的手套。

这个通知很轻松地说出来了，同样也很轻松地被姑娘接受了。

“开往罗马的火车几点开？”

“八点。”

“贝尔利尼太太会生气的。”

“我们好好应付她吧。”巴特利特小姐说，不想告诉她自己早就通知了房东太太。

“她会要我们付清一个礼拜的房费和伙食费。”

“我想会的。不管怎么样，我们在维斯一家的饭店住得一定会舒服得多。那里的午后茶点是免费供应的是吧?”

“是的，但是酒要额外收费。”

说完这句话，她就一动不动，不说话了。从她那疲惫的目光看来，夏绿蒂就像是梦幻中的幽灵，在搏动，在膨胀。

她们开始收拾衣服，整理行李，因为太过匆忙，如果打算赶开往罗马的早班火车的话。露西在得到告诫之后，开始在两间房子之间来回跑动，在烛光下整理行李十分不方便，她这个感觉压倒了隐隐约约的不祥之感。夏绿蒂很实际，但是能力并不强，她跪在一只空箱子前，想在箱子里铺上书籍，书有大有小，有厚有薄，怎么都铺不平整。

她叹了好几口气，因为总弯着腰，感到背很疼，虽然她处理人际关系很在行，但是觉得自己在慢慢地变老。姑娘走进房间的时候，听到她在叹气，这时，又引起她常有的莫名其妙的冲动。她感到如果能给别人或者从别人那里得到一些爱，那么蜡烛的光线就会明亮一些，收拾行李也会容易一些。整个世界也会开心一些。这样的冲动，以前她也有过，但从没有像今天这么的强烈而明显。她跪在表姐的身边，将她搂在怀里。

巴特利特小姐也热情地回应着她。她不是愚蠢的女人，能感到露西并不爱她，只是需要她来感受爱。所以，过了一会儿，她用一种令人不妙的口气问：“亲爱的露西，你会不会原谅我?”

露西马上警觉起来。凭着以往的经验，她知道原谅巴特利特小姐意味着什么。她的感情平静了一些，拥抱就松弛了一些，道：

“亲爱的夏绿蒂，你是什么意思呀？好像有什么事情需要我原谅你似的！”

“你有许多，我也有许多需要原谅自己的，我十分清楚，每一次我都会把你惹生气。”

“但，不是这么回事……”

巴特利特小姐扮演起最喜欢的角色，就是做一位富有牺牲精神的未老先衰的女人。

“是的，是这样！我觉得咱们一起旅行，不像是所希望的那样，是很成功的旅行。我明白是不可能成功的。你需要的是一位更加年轻强健有同情心的人做旅伴。我太枯燥乏味了，老了！——只可以给你收拾收拾行李，还可以打开行李。”

“请你……”

“我唯一值得安慰的是你找到了适合你的人，这样我可以常常留在家里，对于一位小姐的举止应该如何，我有一些粗浅的想法，但是，希望除非必要的情况下，不会强加于你。不管如何，这两间房间还是你作了主张的。”

“你不要这么说。”露西柔声细语地说。

她很想自己与夏绿蒂可以相互热爱着对方，这一点，她抱有很大的希望。她们没有再说话，只默默整理着行李。

“我始终都是个失败者。”巴特利特小姐一边说，一边费力地把露西的箱子而不是自己的箱子扣上了皮带。“我没有让你高兴，没有尽到对你妈妈该负的责任。她对我多慷慨啊，经过了这件事，我都没有脸回去见她了。”

“我妈妈会明白的。这次的事，不是你的错，而且也说不上是灾难。”

“是我错了，也是个灾难。她永远都不会原谅我，而且有理由这样做。比如，我有什么权利和拉维西小姐交朋友？”

“你有这个权利。”

“在我为了你来这儿的这些日子吗？要是我惹你生气了，也的确是没有照看好你。你告诉你妈妈，她看这件事会和我一样的清楚。”露西想要阻止事情的发生，就说：“为什么一定要妈妈知道呢？”

“可你把一切都告诉她了吧？”

“我想一般情况下，我是会这么做的。”

“我不敢去破坏你对妈妈的信任，这种信任是很神圣的。除非你觉得这件事不能告诉她。”

姑娘可不想把人格降低到这样的地步。

“我当然会告诉她，不过，万一她要是责怪你，我答应你不告诉她，我很愿意不告诉她。这件事不管对她还是对其他的人都永远不说。”她的承诺使这个长久的话题顿时结束了。巴特利特小姐很潇洒地在露西的脸颊轻轻地亲了一下，祝福她晚安，就把她打发到自己的房间里去了。

从前的麻烦顿时不那么重要了。乔治的行为看上去就是一个无赖。也许大家会采取她对他的看法。现在她既不说他不对，也不说他对，她不做出结论。正当她想要做出结论时，表姐的声音插了进来，从那个时候起，控制大局的是巴特利特小姐。甚至现在都可以听到巴特利特小姐对着墙壁的一道缝隙叹着气。巴特利特小姐真是个既不言听计从又低声下气更不矛盾的人。她就像是伟大的艺术家一样地辛勤工作，有段时间里，好多年里，她好像没有作为，但是到了最后，却送给了姑娘一幅完整的图画，那是个没有快乐没有爱的世界。在这个世界里，青年人跑着跑着就被毁灭了，直到他们变得很聪明——那是个充满了戒备和障碍的世界，我们可以在那些最充分利用了戒备与障碍的人那里做出判断：戒备与障碍可以使人躲避开邪恶，但是它们看上去是不会带来善良的。

露西忍受着到现在为止最难以忍受的委屈：她真诚地对同情与爱的渴望，却被人施展圆滑的手腕利用了。这样的委屈令人难忘，今后，她在袒露自己内心之前，都会十分谨慎小心，以免再度伤害。这种委屈会对她的心灵产生很严重的恶劣影响。

门铃响了，露西向百叶窗走去。她还没有走到百叶窗前，就开始犹豫。她转过身体，吹灭了蜡烛。这样，她看到一个人影站在雨中。而他，虽然抬头往上看，却没有看到她。

他要回到自己的房间，是一定要经过她的房间。而她没有换衣服。突然，她的脑海闪过一个念头，她可以偷偷溜到过道，就只告诉他第二天一早，她已经离开了。还有，他们之间奇怪的交往也结束了。

她敢不敢这么做呢，一直没有得到证实。就在这会儿，巴特利特小姐打开了自己的房间，听到她的声音："对不起，埃莫森先生，我想与你在客厅说一句话。"

过了一会儿，响起了他们的脚步声。巴特利特小姐说："埃莫森先生，晚安。"

他沉重而疲倦的呼吸声是唯一的回答：这位少女的监护人圆满地完成了自己的任务。露西叫出了声："这不是真的，不可能是真的！我不想变成这样，我要赶紧长大！"

巴特利特小姐轻轻地敲墙。

"亲爱的，赶紧睡吧。你现在需要好好地休息。"

第二天的清晨，她们动身去了罗马。

8. 来自中世纪的遗风

风角客厅的窗帘拉得很严实，地毯是新的，需要保护它，不能受到八月烈日的照射。窗帘十分厚重，还很长，几乎拖到地面。可以透过的光线比原先少了很多，但室内呈现出各种不同的颜色。有一位诗人——当然，并没有任何诗人在跟前——很可能会引用这一诗句“生命就好像五彩缤纷的玻璃屋顶[①]”。也可能是把窗帘比作了放下的闸门，用来遮挡无法承受的涌来的潮水。而帘外是一大片夺目的阳光。帘内，虽然能够看到亮光，但因为窗帘的缘故，已经调整到人可以适应的程度。

房间里坐着两个逗人开怀的人，一个是十九岁的男孩，他正在研究一本小开本的解剖学手册，偶尔看一眼放在钢琴上的一块骨头。他还时不时在椅子上跳一下，深呼口气，再

① 摘自雪莱写给济慈的长诗《阿多奈伊斯》——译者注

哼一声。是因为天气太热了，书籍印刷的字体又太小了，人体骨骼的构造那么的复杂。另外一个是他的母亲，正在低头写信，不停地将所写的内容念给儿子听。她还不时从椅子上站起来，将窗帘拉开一点儿，让一小道光亮照落在地毯上。她说了一声她们还是在那里。

“什么地方不都有她们吗?”男孩回答。他就是露西的弟弟弗雷迪。“我和你说，我已经觉得很厌倦[①]了。”

“那么看在上天的分上，你离开客厅吧。”霍尼彻奇太太说。她希望可以从字面上来理解一些话，来治愈孩子好用俚语。

弗雷迪丝毫没动，也没有说话。

“我觉得很快事情就明了了。”母亲说，她很想听听儿子的意见。

“到时候了，他们不能再拖下去了。”

“非常高兴塞西尔又向她求婚。”

“这已经是他第三次‘去’了，对吗?”

“弗雷迪，你说的话实在是太刻薄了。”

“我不是故意刻薄的。”他继续说，“不过我的确是觉得露西在意大利就该说清楚的。我不知道姑娘是这么处理的，但她以前一定没有完全拒绝，要不她就不会在今天又重复一遍了。这件事，我说不清楚什么，就是觉得十分不舒服。”

“你真这么想吗，亲爱的?这真有点意思。”

“我觉得——算了，不说了。”

他选择继续看自己的书。

---

① 原文是getting…sick，照字面意思，可理解为“恶心，生病”，所以母亲让他离开客厅休息。——译者注

“你来听听我写给维斯太太的信啊，这么写的，亲爱的维斯太太……”

“妈妈，你给我念过了，写得非常精彩。”

“我是这么写的：‘亲爱的维斯太太，塞西尔刚才询问我对婚事是否同意，我感到很高兴，但这必须是露西的愿望。但是——”她没有继续念下去。“塞西尔居然来问我的意见，我觉得很有意思。他不是一直主张都破除世俗的观念吗？父母嘛不用管的，诸如之类的。可是到了重要的时刻，还是得需要我。”

“也需要我。”

“需要你？”

弗雷迪没说话，只点点头。

“你这样说，什么意思？”

“他也问过我的意见。”

母亲喊起来：“他这个人真够奇怪的！”

“这有什么奇怪啊？”她的儿子兼继承者问，“为什么就不能征求我的意见呢？”

“你对露西，对姑娘们的事情，或者其他的事，懂得什么啊？你是怎么回答的？”

“我对塞西尔说：‘你和她结婚还是不结婚，都和我没有关系！”

“你说得太对了！”她的回答是比较符合习惯，但意见是完全相同的。

“头痛的是这个。”弗雷迪说到这里，接着又研究起他的功课。他不想太难为情，不好意思说出是什么事情让他头痛。

“弗雷迪，你过来一下，他们还在那里呢！”

“我觉得你不应该去偷看人家。”

“这样算是偷看吗？难道我不能在自己家里往外面看吗？”

但是，她还是回到了写字台前，经过儿子的身边时，朝他看了看说：“怎么还在看 322 页？”

弗雷迪从鼻子里哼了一声，翻过了两页。两个人沉默了一会儿。而在窗帘外面的不远处，有两个人在长谈，细声细语的，一直在说话。

“头痛的是这个，我对塞西尔说错了话，实在是尴尬极了。”他神经紧张地咽下一口吐沫。“他对我说的‘同意’不满意，我的确是说的‘同意’啊，不过我讲的是‘无所谓’——好吧，他不满意，要知道我是不是非常的高兴。他是这么对我说的：要是他和露西结婚了，对露西也好，对风角也好，都是天大的好事呀。他一定要我说——他说我的回答可以帮助他求婚。”

“我希望你回答他时小心一点，亲爱的。”

“我的回答就是‘不’。”儿子咬着牙说，“这下算是闯祸了！我必须要这么说——实在没有办法不这么说。我只有说‘不’。他本来就不该来问我。”

“你这个孩子，真是太荒唐了！”他的母亲喊道，“你以为很神圣很真诚，其实就是自以为是的令人恶心！你以为塞西尔能把你的话当回事吗？我真希望他能扇你两个耳光，你竟然敢说‘不’？”

“哦，妈妈，请你安静！当我不能说‘是’的时候，只能说‘不’了呀。我使劲地大笑，就是为了显得说的话就是开玩笑，塞西尔也在大笑，我就趁这会儿跑了。也许没有什么问题。不过我的确觉得自己说错了话。哦，请安静，我要专心做点事情。”

“不！”霍尼彻奇太太说，她的样子好像是对这个话题经过了深思熟虑。“我不会安静的。你明明知道他们在罗马的事情，你明明知道他为什么来，却故意这么说话，是想把他从这个家赶走吗?”

“肯定没有这个意思!”他给自己辩解，“我只是说出我不喜欢他，一点儿也不恨他，但真的不喜欢他。我很担心他会告诉露西。”

他看了一下窗帘，表情黯淡。

“哦，但是我喜欢他呀。”霍尼彻奇太太说，“我认识他的妈妈，他的人品很好，又很聪明，还很有钱，有许多的社会关系——好了，不用去踢钢琴！他有许多社会关系——如果你喜欢听，我就多说几遍——他有许多的社会关系。”她顿了一下，好像是在默默背诵着颂词，但脸上还是露出了不满意的神色。她又补充道：“并且举止十分潇洒。”

“到现在为止，我还是很不喜欢他。大概是他让露西回家过的第一个星期就那么扫兴的缘故。另外，因为毕比先生不了解状况，说了些不该说的话。”

“毕比先生怎么了?”他的母亲问，极力掩盖着她的好奇心。“我不知道这和毕比先生有什么关系呢?”

“你知道毕比先生是很幽默的，虽然你始终都不能理解他说话的意思。他说：维斯先生是十分理想的王老五。当时我听着很惊讶，问他是什么意思。他说，‘他和我一样的，都很洒脱。’然后再怎么问，都不愿意说了。不过，这样倒是让我自己好好想想了。自从塞西尔追求咱家的露西以来，他不是很讨人喜欢——最少，我也说不清楚什么原因。”

“你永远都说不清楚的，亲爱的。不过，我是可以解释的。你嫉妒塞西尔，因为有了他，露西就不再为你编织丝领带了。”

这个说法听上去还算说得通，弗雷迪也没打算反驳。可是，在他的脑海中却潜藏着一种对人深深的不信任感。塞西尔对喜欢体育的人评价很高。他还只让别人顺着自己的方式说话，而不是让别人自由表达主张。这一点让人讨厌。另外，塞西尔一定不会去戴别人戴过的帽子。弗雷迪没有想到自己有着深刻的思考能力，于是不再想下去了。他一定是在妒忌塞西尔，要不然不会因为这些愚蠢的原因而去不喜欢一个人的。

“我这样写行吗?”他的母亲大声问道，“‘亲爱的维斯太太，塞西尔征求我对婚事的意见，我十分高兴，要是露西也同意就好了。’接着我写：‘我已经把这些话告诉给露西了。’我得重新抄一遍——‘我已经把这些话告诉给露西了。不过露西好像没有决定呢。现在，一定要让年轻人自己作决定。’我这么写是为了不让维斯太太以为我是老古董。她就喜欢参加各种讲座，说是可以提高智力。她家的床下积攒了厚厚的灰尘，电灯的开关上都是女佣人肮脏的手指印，她把公寓搞得乱糟糟的。”

“如果露西嫁给了塞西尔，她是住公寓呢，还是住乡下?”

“别打断我，我说到哪儿了？哦，想起来了——‘一定要让年轻人自己作决定。我在建瓯大盘露西很喜欢你们的儿子，她什么都和我说，并且当他第一次求婚时，露西就写信告诉我了。’不，我得把最后一句去掉——有种高高在上的感觉，就这样写吧：‘她什么都和我说’。不然，我把这一句也画掉算了。”

“这一句也去掉。”弗雷迪说。

霍尼彻奇太太还是把这一句保留下来了。

“现在信是这样的：‘亲爱的维斯太太，塞西尔征求我对婚事的意见，我非常同意，要是露西也同意就好了。我把话告诉露西了。不过露西还在犹豫。现在的年轻人一定要自己作决定。我知道露西很喜欢你的儿子，她什么都和我说。可是，我却不知道……”

“小心！”弗雷迪喊道。

只见窗帘从中间突然分开了。

塞西尔的动作十分恼怒。他对于霍尼彻奇家为了保护家具而宁愿坐在黑暗之中的习惯接受不了。他出于本能地拉开了窗帘，使它们顺着帘杆顿时分开了，于是，光线射进了房间。并且还露出了一个露台，这样的小露台，在郊区的别墅里都有，两边还种着许多树木，有一把用带皮的树枝做的椅子，还有两块小小的花坛。风角就坐落在鸟瞰苏克塞斯郡威尔德地区高高的山坡上，这个露台在远处风景的映射下变了样子。露西就坐在一把小椅子上，好像是坐在绿色的魔毯边上，这块魔毯就在颤抖的世界上面不停地盘旋。

这时，塞西尔进来了。

到现在塞西尔才出现，所以一定要对他多加描述。他具有中古的遗风，就像是一座哥特式的雕塑。他的个子很高，看上去十分优雅，肩膀好像是依靠一股坚强的力量才撑住的，脑袋也比通常的水平线高了一些，他就像是守卫法国大教堂大门的圣徒像。这个人接受了良好的教育，具备很好的天赋，身体健全，就是没有摆脱某个魔鬼对他的控制。现在的社会把这个魔鬼称之为自我的意识。在中世纪时，曾经把它当作禁欲主义来膜拜。哥特式的雕像就包含着禁欲的意思，就好像是希腊雕像包含着享乐的含义一样的，也许，毕比先生所说就是这个意思吧。但是弗雷迪将历史和艺术忽视了，没法想象塞西尔戴着别人的帽子，大概说的就是这个意思。

霍尼彻奇太太将信丢在写字台上，然后向这个年轻人走了过去。

“嗨，塞西尔！”她喊道，“啊，塞西尔，快告诉我结果！”

“已经是有婚约的夫妇①了。”他回答。

大家都用急切的眼神望着他。

“她接受了。”他用英语说这句话的时候，有点脸红，笑得十分开心，看上去多了几分人情味。

“我实在是太高兴了。”霍尼彻奇太太说。与此同时，弗雷迪伸出一只由于经常接触化学药品而显得发黄的手。他们很希望自己也懂意大利语，因为英国人表示同意或者惊讶的词语一般适合用于小场合，我们都很害怕大场合用到这些词语。所以就找了些富有诗意的词语，或者求助《圣经》中的回忆。

“非常欢迎你成为我们家庭中的一员！”霍尼彻奇太太向家具挥了挥手。“今天真的是个愉快的日子！我非常相信你会把幸福带给露西的。”

“希望是这样的。”那个年轻人回答道，他将目光投向了天花板。

“我们当妈妈的……”霍尼彻奇太太假装笑着说，紧接着意识到了自己这么做十分做作，显得特别感情用事，凡事夸大——平常的她最讨厌这些了。她为什么不可以像弗雷迪那样呢？现在，他直直地站在那里，看着像是很不高兴的样子，这个样子可以说是十分英俊。

“哎，露西！”塞西尔大喊，谈话像是已经结束了。

---

① 原文为意大利语，“I promessi sposi”出自意大利小说家曼左尼的代表作《约婚夫妇》。——译者注

露西从椅子上站了起来，她穿过草坪，向他们几个人微笑，就像是马上就开口邀请他们出去打网球似的。紧接着，她看到了弟弟的脸。她的嘴唇大大地张开，把他搂在怀中。

“对我不能吻一下吗?”他的母亲问。

露西上前吻了母亲。

“你能不能带着他们到花园里？把一切都告诉给霍尼彻奇太太好吗?”塞西尔如此建议，“我留在这里，写信告诉母亲。”

“我们跟着露西走?”弗雷迪说，他说话的口气好像是在接受命令。

他们走到阳光里。塞西尔眼瞅着他们穿过了露台，走下了台阶，转眼间消失了踪影。他知道他们有个习惯，会继续走下去，再穿过灌木丛，还有长满青草的网球场和布满大丽花的花坛，一直走到菜园。就在菜园，面对着土豆和豌豆等农作物，来谈论这件人生大事。

他咧嘴大笑，同时点燃了一支香烟，把引导到这样一个结局的过程在脑海里过了一遍。

他和露西认识好几年了，开始只是把她当作一个爱好音乐的普通女孩子。现在他还能记得在罗马的那个下午沮丧的心情，当时她和她可怕的表姐就像是霹雳一般地朝他涌来，坚定地要求他将她们带到圣彼得教堂。当天的她是个特别典型的游客——嗓子尖厉，没做任何打扮，由于旅途的劳累，显得十分憔悴。但是，意大利在她的身上创造了某种奇迹。意大利给了她光明，并且——他以为最难能可贵的是给了她影子。但是不久，他发现她异常沉默。就像是莱奥纳多·达·芬奇画里的一位女性，大家爱她并不是爱她的本人，而是爱上了她不愿意告诉大家的那些心事。可以这么说，那些心事是不属于今天的。莱奥纳多画里的女性不会庸俗到有一番“经历”的，所以，她就在一天天中不断地成长。

后来，他慢慢地从高高在上和彬彬有礼的态度转变为——就算不是热情奔放吧，那也可谓是寝食难安了。在罗马的时候，他已经暗示过他们两个可能比较般配。听到他的这种暗示，她没有再不理他，这点让他感动。她拒绝的时候十分明确，但是也很婉转；从这以后，就像一句可怕的话说的那样——她对待他就和以前是一样的。三个月之后，就在意大利的北部，在长满了鲜花的阿尔卑斯山上，他直白地用传统的语言再一次向她求婚。她的样子使他比往常更多地想起莱奥纳多的画，那些奇形怪状的大石头让她被太阳晒得黝黑的脸蛋蒙上了黑影。听到他说话，她掉转过身，站在他和阳光中间，背后有一望无垠的旷野。然后，他陪着她散步，走回家去，一点也不感觉羞愧，没有被拒绝后的无助感。那些最紧要的东西丝毫没有动摇。

所以，当他再一次向他求婚的时候，她的表达依然像过去一样既明确又婉转，她说接受了他，没有扭扭捏捏地讲为什么以前不能接受。只是很简单地说她爱他，将会尽最大的努力让他幸福。他的母亲会很高兴的，她还劝他这样做：一定要写一封长信送给她。

他看了一下手，生怕弗雷迪手上的化学药品沾染到他的手上，之后，他走到了写字台前，看到了那封写给“亲爱的维斯太太”的信，信的后面有许多涂抹的痕迹。他吓了一跳，想了想，没有看下去，然后走到房中别的地方，把信纸放在膝盖上，找了根铅笔写了一封短信。

之后，他点燃了一根香烟，觉得这根烟没有上一根的味道好，他开始想怎么让风角的客厅更有特点。有了这么美丽的景色，这个客厅应该是不拘一格的，这里有托特纳姆官路的古迹，他甚至可以想到舒尔布雷德公司与梅普尔公司的货车到了门口，把椅子、发亮的书柜、写字台卸了下来。想到写字台，他想起了霍尼彻奇太太的信。他不想去看这封信，偷看这种事情从来没有对他产生过诱惑。但是，他还是有些担心。也许她要和自己的母亲讨论的完全是他呢？为了得到露西，需要她的支持，他希望有这样的感觉——所有的人都支持他，所以他才挨个儿问大家的意见。霍尼彻奇太太很客气，但是在关键问题上的反应却相当迟钝，而弗雷迪——

“他只是个孩子罢了。”他想道，“我有着他所鄙视的一切行为，他为什么要愿意我做他的姐夫呢?”

霍尼彻奇一家是很受尊敬的家族，而他已经意识到露西是另外一种材料造就的。也许他没有将话说得十分明白——他应该尽快地进入和她的气质相投的圈子里去。

“毕比先生!”女仆说道。这时，夏街的新任教区长走了进来。由于露西在佛罗伦萨寄回家的信中对他称赞有加，所以当他一来到这个区工作，大家对他特别友善。

塞西尔用一种挑剔的目光与他打着招呼。

“维斯先生，我过来喝茶，你说我会喝到茶吗?”

“我觉得你会的，在这里总是能吃到的——呵，别坐那把椅子，嗯，小霍尼彻奇放了一根骨头在上面。”

“啊!”

“我知道，”塞西尔说，“我不能想象霍尼彻奇太太为什么会批准他这么做。”

这是因为塞西尔把骨头还有梅普尔公司的家具分开来考虑了，他没有觉得要是把这两样放在一起，就会让房间充满了希望的生气，“我来喝茶聊天，难道不算新闻?”

“新闻？我不知道你想表达什么。”塞西尔说，“什么意思？”

毕比先生的新闻不同于其他意思，他开始絮叨地说起来。

“我过来的时候碰到了哈里·奥特维爵士，我完全可以相信我就是第一个了解这方面事情的人，他从弗拉克先生的手里把希西和艾伯特买下来了！”

“真是这样？”塞西尔尽量让自己保持镇定。他有一个多大的失误啊！难道这样一位牧师与绅士对他的订婚采取如此轻蔑的态度是可能的？这么想着，他还是保持了生硬的态度，虽然他问毕比先生希西和艾伯特都是什么人，但在他的心里依然觉得毕比先生是个很鲁莽的人。

“真是无法饶恕啊！在风角住了一个星期，竟然从来没有见过希西和艾伯特，就是建在教堂对面的两栋半独立的房子。我得把霍尼彻奇太太排到你家的后面去。”

“我对这里的情况了解程度达到了无知的地步。”塞西尔懒洋洋地回答，“我甚至对农村教区委员会与地方上的政府委员会有什么区别一点都不清楚，当然，也许两者之间根本就没有区别，可能我说的名称就不对。我来乡下就是看望朋友还有看看风景。我太粗心了，只有在意大利和伦敦时，才感到不是勉强地活着。”

塞西尔的态度让毕比先生感觉到了难堪，便决定换一个话题。

“让我想想，维斯先生，我想不起来了，你是做什么的？”

“我什么都没有做。”塞西尔回答，“这就是我颓废的证明。我的这种态度，其实也没有可以说的，只要我不给人家添麻烦，我就可以我行我素。我是应该从别人的身上赚钱吗，或者努力做些自己一点都不感兴趣的职业，可不管怎么样，我还没有这样做。”

“你很幸运。”毕比先生说，“有无数的时间，这是多么的宝贵啊！”

他的嗓子和地方教区的人一样，不知道怎么回答才是得体自然的。像所有有着固定职业的人一样，他觉得每个人都应该是那样的。

“我十分高兴你能赞同我，但不敢对其他心理健康的人这么说——比如，像是弗雷迪·霍尼彻奇。”

“啊，费雷迪是个好孩子，对不对？”

“是的，非常的好。我就是那个把英国建成现在的英国这样的人。”

塞西尔对自己的表现感觉很惊讶。为什么就在今天一定要唱反调呢？他想要纠正自己的作为，于是，就很热情地问候毕比先生的母亲，实际上他根本没有关注过这个老太太。紧接着，他又开始恭维起毕比先生来，对他有着开明的思想以及对待哲学和科学的态度，表示非常赞赏。

“其他的人都在哪里呢？”终于，毕比先生问，“我想先喝茶再去做礼拜。”

“我看安妮就没告诉他们你来了。在这个家里，客人第一天来就被告知了所有仆人的情况。安妮的缺点就是她完全听清楚了，但依然要说对不起，让你再重复一遍，并且还要拿脚去踢椅子腿。玛丽的缺点是，我已经忘了玛丽的缺点了，而她的缺点是最严重的。我们去花园看看好不好？”

“玛丽的缺点我知道，她曾经把簸箕忘在楼梯那儿了。”

“尤菲米捷的缺点是不乐意，怎么都不乐意把板油切成一小块。”

说到这里，两个人都笑了，气氛变得融洽多了。

“弗雷迪的缺点啊……”塞西尔说。

“他的缺点可就多了。除了他的妈妈，没有人能完全记住他的缺点。说说霍尼彻奇小姐的缺点，要说起来她的缺点倒不是很多。”

“她什么缺点都没有。”这个年轻人说，态度很诚恳并且很严肃。

“我特别赞同，到目前为止，她还没有缺点。”

“仅仅是目前?”

“我不是一个玩世不恭的人。只是在琢磨霍尼彻奇小姐的那套理论。你看啊，她的琴弹得很不错，但是生活却如此的平静，这是符合常理的吗?我就想有一天她会在两方面都很出色的。她心底的密舱一定会被水冲破，这样音乐就会和生活完美地结合在一起了。到那个时候，可以说她非常非常的好，还可能是非常非常的坏，又或者因为太突出了，而说不上多好又说不上多坏。”

塞西尔觉得这位朋友讲的话非常有意思。

“从现在的生活来看，你也认为她并不出色，对不对?”

“嗯，我告诉你，我只是在顿桥井时见过她。她在那里的表现很一般，再就是佛罗伦萨。我到夏街以来，她都没有在这里。你以前见过她?在罗马还有阿尔卑斯山，对了，你们早就认识了。是，她在佛罗伦萨的时候很一般，但我一直希望她变得很出色。”

“你指哪方面?”

他俩十分投机地聊着，在露台上来回踱步。

“我可以很轻松地告诉你，她下一支曲子会弹奏什么。我觉得她找到了自己的翅膀，在想着怎么使用它们。可以把我在意大利时写的日记中的图画给你看，我把霍尼彻奇小姐当成了风筝，而巴特利特小姐手里紧紧握着绳子。画的第二幅，绳子已经断了。”

他的日记里画着这幅素描，是他用艺术的目光观察事情时画的。当时，他也几次偷偷攥过绳子。

“这个绳子一直都拉不断吗？”

“是这样。但我没有看到霍尼彻奇小姐飞上高空，而巴特利特小姐已经摔倒了。”

“绳子断了，现在。”塞西尔压低了嗓音，声音带着颤抖。

他意识到了所有宣布订婚的方式当中，不管是自大型的，还是荒谬型的，还是为人耻笑型的，像他这样的方式是最差劲的了。他骂自己的时候喜欢隐喻。他刚才那么说，会不会让人以为他就是一颗璀璨的星星，而露西飞上天就是为了和他在一起？

“断了，是什么意思？”

“我的意思就是……”塞西尔很难开口，但还是说出来了，“她就要嫁给我了。”

这位牧师感觉到一种苦涩的失望。他不想将情绪流露出来，但还是从声音中听出来了。

“对不起，我向你道歉。我没想到你们的关系这么亲密，要不我肯定不会这么随便又肤浅地谈论她了。维斯先生，你该阻拦我。”此时，他看到露西正在远处的花园里。就是这样，他感觉到了深深的失望。

塞西尔要的是祝福却不是道歉，只见他的嘴角向下耷拉着。社会就这样对待他吗？当然，如果把社会当作一个整体看，他对社会是轻蔑的，每一个有思想的人都会这样的，这简直成了做人是否高雅的试金石。而他对以后遇到的各种小事都十分敏感，偶尔，他也变得很粗鲁。

“很不好意思，让你意外了。”塞西尔说，“我担心露西的选择你不会赞同。”

“不是这样的，你刚才应该阻止我的。从接触的时间上看，我对霍尼彻奇小姐了解得很少很少，我不该这样随便谈论别人，更不该和你来谈。”

“你是觉得自己说了不谨慎的话了？”

毕比先生从惊慌中恢复了过来。说真的，维斯先生有一种可以将人置于不愉快处境的本事。毕比先生不得不将职业赋予的特权行使出来。

“我没有说不谨慎的话。在佛罗伦萨的时候，就感觉到她纯真的童年就要结束了，现在已经结束了。我曾经模糊地想她会有什么重大的步骤。现在她已经在做了。她已经知道——请你允许我毫无顾忌地谈下去，因为开始我就是这么无顾忌地谈的——她已经知道谈情说爱了，有的人会和你说，它是这个世界上最伟大的课程。”这个时候，他该向走过来的三位挥帽致意，他也没有忘记这么做。“是通过你，她才懂得这些的。”要是说此时的他仍然带着神职人员的语调，现在则是发自肺腑的。“希望你关心她所有的事情，这样对她很有好处。”

“非常谢谢你！”塞西尔用意大利语回答说。他很不喜欢教区长这样的人。

“你听到了没有？”霍尼彻奇太太大声问道，她正在吃力地爬上花园的坡地。“毕比先生，你听到消息了吗？”

弗雷迪用口哨吹着《婚礼进行曲》，春风满面的样子。已经事实既成，年轻人一般都不加评论。

“当然是听到了！”他喊道，仔细凝视着露西。当着露西，他不能再扮演教区长的角色——不管怎么样，都不能带着歉意来做这个角色的。“霍尼彻奇太太，我将做经常被大家认为应该做的事情，但是一般情况下，由于我太难为情了，所以要祈求神灵赐予各种福与他们，无论是庄严的福还是快乐的福，还有大福小福。不管他们是作为夫妻也好，还是父母，整整一生都是幸福的，善良的。好了，现在我想喝茶了。”

“你这个请求提出的倒真是时候啊。”霍尼彻奇太太说，“在风角这里，你居然想一本正经？”

她故意用了和他一样的口气，所以再没有人说有关什么深深祝福的话语，也再没有人引用什么诗句或者《圣经》中的典故来增添气氛。他们再没有谁可以让自己一本正经。

婚约的效果出乎意料地强大，它可以使谈论的人陷入使人既高兴又敬畏的情绪当中。离开了这里，将自己关在房间里，像是毕比先生或者弗雷迪，都有可能因此变得十分挑剔。但是，就在现场，在这里，他们都是真心实意地感到开心。婚约就是有这样一股奇异的力量。它不仅让人嘴里服气，更令人打心里服气。比如吧，拿一件事与另一件事做比较——这是由于信仰不同对大家的影响。站在外边，大家会嘲笑，会反对，最多有些伤感。但是到了里面，虽然神仙圣徒一类的不属于我们信奉的宗教，但要是有真正的信徒在，我们也一定会成为真正的信徒。

就在这天的下午，经历过各种不同的试探和疑虑，大家振奋起精神，开心地坐了下来吃茶点。假如他们是个伪君子的话，他们自己也是不知道的，现在的环境为他们的虚伪提供了不少的机会，因而有可能会实现。安妮将每只盘子都当作结婚的礼品，放在了桌子的上面，让大家很是兴奋。她拿脚踢开客厅的大门之前，总是会向所有的人笑笑，大家对她的笑都不甘落后。毕比先生时不时发出咂嘴的声音，弗雷迪讲一些自以为风趣的话，她称塞西尔是“败北将军”——这是这家人送给未婚夫婿引以为荣的双关话。[①] 霍尼彻奇太太是个性格诙谐的人，长有一副福相，非常有希望做一名好丈母娘。而露西和塞西尔，那座教堂就是为他们而建造的，他们一起参与了这个令人愉快的仪式。但是像忠诚的信徒那样，等待着某个更加神圣的幸福殿堂。

---

① 败北将军的原文是 Fiasco，就是惨败的意思，未婚夫拼法的发音与败北将军的说法极为相似，所以弗雷迪把塞西尔为“败北将军”，的确是很幽默的。——译者注

9. 作为艺术品存在的露西

订婚的消息终于宣布了。数天之后，霍尼彻奇太太让露西与“败北将军”一起参加附近的小小游园会。因为她很想让大家见一见自己的女儿将要嫁给这一位仪表堂堂的男士。

塞西尔可不只是仪表堂堂，他有种雍容华贵的气质，他那修长的身材和露西站在一起并肩行走，还有露西与他讲话时，他清秀的长脸庞所做出的热烈回应，一切都让人心情愉悦。大家纷纷走上前来，热情地向霍尼彻奇太太祝贺。我认为这是个社交上的失误，可是她却非常的高兴，几乎没有任何选择就把塞西尔介绍给几个看上去既古板又乏味的富婆。

就在吃茶点的时候，发生了一起突发事件：有一杯咖啡不幸被碰倒了，正好泼在了露西那条印花绸裙上面，虽然露西在表面上做出满不在乎的样子，而她的母亲却不想掩饰自己的情绪，将她拉进屋里，让一位好心肠的女仆将连衣裙擦干净。当她们离开的那一会儿，留下了塞西尔与那些富婆们交谈。而当她们回来之后，发现他不再像开始那样让人有好感了。

在他们坐车回家的路上，他问："你经常会参加这样的活动吗?"

"哦，是要经常参加的。"露西玩得十分高兴，说话的语气也很欢快。

"这就是最典型的地方社交场所?"

"我想是这样的，妈妈，你说是不是?"

"社交活动的种类很多。"霍尼彻奇太太说，她正在很努力回忆某件衣裙的下摆是什么样子。

塞西尔看出来她在想别的事情，就弯下了腰，对露西说：

"对于我来说，这种社交活动实在是太糟了，一点意思都没有，几乎可以说是一场灾难。"

"不好意思，把你弄得手足无措。"

"倒不是因为这个，而是那些所谓的祝贺。简直是把订婚当成了公共的资产——好像是一片荒地，谁都可以在那里倾吐自己的想法，太让人恶心了！那些老太婆全都在那儿傻笑!"

"我觉得每个人都要渡过这一关吧，下一次就不会这么注意咱们了。"

"但我想说的是，她们的态度统统错了。订婚——这是一个多么私人的话题，是个人的事！本来就该当作私人的事件看待的。"

从个人的角度来看，那些傻笑的老太太当然是错的，但是从种族的角度看，她们即使是错的，也是有道理的。通过她们的傻笑，体现了世世代代的传统精神，它是在为塞西尔和露西的婚约而开心鼓舞，因为有了婚约，才使得地球上的生命延续下去。婚约带给塞西尔和露西的是完全不一样的东西，就是一个人的爱情。从而有了塞西尔的怒火还有露西认为塞西尔的怒火有着合情合理的地方。

“真的好讨厌。”露西说，“你就不能去打网球吗?”

“我不喜欢打网球，尤其是公开场合，坚决不打。这样一来，就不会流传我在体育这方面很活跃的说法了。现在流言传说我是意大利化的英国人①。”

“什么是意大利化的英国人?”

“他就是个魔鬼的化身②！你听说过这句谚语吗?”

“没有。”这句谚语并不适合一个与母亲一起在罗马度过一个安静的冬天的年轻男子。但是，塞西尔在订婚之后，很喜欢装出一副见过世面的顽皮样子，其实他的身上没有一点这样的气质。

“好的。”塞西尔说，“他们要是不赞成的话，我也没办法。我与他们之间有一些没法去掉的障碍。但是，对于他们我必须要接受。”

“我想每个人都有自己的局限性。”露西机灵地回答。

“但有的时候是强加给我们的啊。”塞西尔说，在她的话语中，发现她并没有真正地理解自己的意思。

“怎么强加的呢?”

“在咱们的周围，我们或者是别人建起了一道栅栏，将咱们拦在外面，这两者是完全不一样的，对不对?”

她想了想，觉得的确是不怎么一样的。

“怎么不一样?”霍尼彻奇太太警觉地问，“我怎么没看出

---

① 原文为意大利语 Inglese Italianato。——译者注

② 原文是意大利语 un diavolo incamato。——译者注

来有什么不一样，在同一个地方，栅栏有什么不一样的呢。”

“我们讨论的是动机啊。”塞西尔说，被人从中打断，让他很不高兴。

“亲爱的塞西尔呀，你快过来看。”她将膝盖放平了，将牌盒放在膝盖上。“这一张就是我，那张就是风角。剩下的啊，是其他的人。要说动机，没有什么问题，但是栅栏在这儿呢。”

“可是，我们讲的不是真栅栏呀。”露西边说边笑了。

“亲爱的，我现在明白了——你说的是诗歌。”

她很惬意地向后靠着，塞西尔不明白她为什么感到很有意思。

“我告诉你呀，谁没有那种所谓的‘栅栏’呢，也就是毕比先生。”露西说。

“一个没有栅栏保卫的牧师，就是一个无法保护自己的牧师。”

虽然露西在听懂别人的话方面有些迟钝，但可以很快地分辨出别人讲的话所暗示的情绪来。她没有听明白塞西尔所说的警句，但是明白了塞西尔说这句话时的情绪。

“你是不是不喜欢毕比先生?”露西问道，并随之陷入了沉思之中。

“我可是从来都没说过不喜欢毕比先生啊!”他的声音提高了几分贝，“我觉得他的见识远远超出一般人。我只是——”他马上将话题转移到栅栏上面，说得很精彩。

“要是说一个我非常讨厌的牧师，”露西想说一些表示同情的话，“一个的确是在自己和别人之间架起了栅栏的人，还是个十分糟糕的牧师，他就是伊格先生。在佛罗伦萨认识的英国副牧师。他特别虚伪——这不只是态度的关系，他还是势利小人，自以为是到了极点！他的确说过类似的刻薄话。”

“他说什么话了？”

“就是在贝尔托里尼公寓有一位老人家，他说人家谋害了自己的妻子。”

“可能就是真的呢？”

“不！不会的！”

“为什么不会呢？”

“他是一个特别好的老人，我可以完全肯定这一点。”

塞西尔听了这样女性特有的没有逻辑性的话，不知不觉笑出了声。

“他的话我仔细分析过了，伊格先生从来没有将话说到点子上。他最喜欢把话讲得很玄虚——说那个老人‘事实上’谋害了自己的妻子——在老天的眼皮下谋害了她。”

“亲爱的，你说话小声一点！”霍尼彻奇太太心不在焉，偶尔搭一句话。

“这样一个人，还说是大家的楷模，但他却是在到处传播别人的谣言，难道这个就可以容忍？我相信就是因为他的缘故，老人最后才被开除的。大家还说什么老人很庸俗很下流，可我知道，他绝对不是那样的人！”

“这个可怜的老人啊，叫什么名字？”

“叫哈里斯。”露西随口说。

“希望从来就没有哈里斯太太这个人。”她的母亲如是说。

塞西尔理解地点了点头。

“伊格先生不是很有修养的牧师吗？”他问露西。

“那我就不知道了，我十分讨厌他。听他讲解过乔托，所以很讨厌他。他的心胸狭窄，这是明确无误的，我真的非常讨厌他！”

“唉，我的天哪，孩子！”霍尼彻奇太太喊道，“我都要快被你弄晕了！有什么好说的呢，你和塞西尔不要再说讨厌什么牧师了。”

塞西尔笑了。露西对伊格先生的愤怒的确是很不协调。就好像是见到莱奥纳多的作品在西斯廷教堂的天花板①上突然出现一样。他想要暗示露西，她的才能并不在这方面，女人的魅力不是体现在这个方面，而是作为一个难解的谜而存在，并非她的慷慨陈词。当然，慷慨陈词可以是富有生命力的体现，她对这位漂亮姑娘造成了伤害，可却说明了一点，她是一个活生生的人。没过多久，塞西尔端详着露西涨红的脸和激动的动作，心里满是赞许的感觉。他无法克制住自己青春的源泉。

他觉得许多的话题和别人产生共鸣，只有大自然的话题最简单不过了。大自然就在他们的身边。他喜欢赞美松林，赞美那一汪深深的长满了欧洲蕨的潭水，赞美灌木丛里的片片红叶，还有美丽的收费公路。外面的世界，他基本上不怎么熟悉，偶尔还会将一件事情搞错了。但是，当他谈起落叶松四季都是常青的，霍尼彻奇太太的嘴角突然间抽搐了一下。

“我觉得自己是个幸运儿。”他最后得出了这样的结论。“我在伦敦的时候，就觉得再也离不开它。而我身在乡村，对乡村也有相同的感触。我相信飞鸟，大树，天空，都是生活中最为美好的事物。而生活其中的人，一定是非常美好的人。说实话呀，十个人里面有九个人都没有意识到这一份幸福。无论是在乡村的绅士还是在乡村的雇员，各自都有着各自的特点，但他们都很令人扫兴。只是他们对于大自然的变化，

① 西斯廷教堂天花板的画是由米开朗琪罗所画。——译者注

有种沉默的同情，我们城里的人可没有这样的感情。霍尼彻奇太太，你是否有这样的感受?”

霍尼彻奇太太感觉有些吃惊，只得微微一笑，她一点都没有好好听。坐在马车前座的塞西尔，此时被挤得东倒西歪的，心里十分烦躁，所以也就不再提这个事情了。

露西也没有仔细听。她紧紧皱着眉头，瞧上去很生气——塞西尔的结论是：完全是锻炼太多的缘故。看到她对八月的树林这么美丽的景色视而不见，真让人觉得难过。

姑娘，从那边的高山下来吧……他用了这句诗，同时用膝盖碰了碰她。她的脸顿时红了，说：“什么高山?”

“姑娘，从那边的高山下来吧！生活就在高山上，在高山和雄伟的群山之中，那有什么乐趣呢?（牧羊人在唱）[①] 算了，我们接受霍尼彻奇太太的劝告吧，不再讨厌牧师。这里是什么地方?”

“自然是夏街。”露西说着话，转眼醒了过来。

那片小树林豁然开朗，只见前面的斜坡上有一块几何形的草地。在草地的两边并排有几间漂亮的小房子，地势高些的那一面被由石头砌成的教堂给占据了。这座教堂看上去朴实大方，但是造价有些昂贵，再往上面看去，有个漂亮的尖塔。毕比先生就住在教堂的附近，他住的房子和这些小房子一样高。周围还有几座大宅邸，因为周边都是密密的树木，因此几乎看不到。这里的景色不禁让人联想起瑞士的阿尔卑斯山，却不是闲适的社交中心或圣地。这片景色美中不足的是有两座十分难看的小别墅——它们的存在就像是在和塞西尔的订婚比赛，就在塞西尔得到露西同意的那一天下午，哈

---

① 此处为英国诗人丁尼生的诗歌《公主》。——译者注

里·奥特维爵士得到了这两座别墅。

这两座别墅，一座名为“希西”，另外一座叫“艾伯特”。这两个名字是用带着阴影的哥特字体铭刻在院门前的，并且用大写的印刷字再一次印在入口的拱形门门廊上。“艾伯特”楼现在有人在居住。那经历过风霜的花园，地面上铺着闪闪发光的贝壳，园子里盛开着美丽的天竺葵和半边莲。楼上的每扇小窗户都用的是素雅的诺丁汉花边窗帘。而“希西”楼尚无人居住，将出租。多金公司在栅栏边放置了三块布告板，提醒着路过此地的人们。附近的小路已是杂草密布，只有一块极小的草坪开满了蒲公英。

“夏街完全被毁了。”霍尼彻奇太太和小姐面无表情地说，“再也回不去了。”

马车驶过“希西”楼，只见一位先生正好从里面走出来。

“停一下!”霍尼彻奇太太大喊，她用花阳伞捅了捅马车夫。“哈里爵士，现在我们全都知道你来了，请你马上把这些都拆了吧。”

这位哈里·奥特维爵士径直走到马车跟前，说：“霍尼彻奇太太，我也想要拆了，但是实在不能这么做，总不能把弗拉克小姐轰出去吧。”

“要我说，签合同以前她就该走了，她会不会像以前住在她侄子那里一样，还是白住在这里?”

“但我有什么办法啊。”他将声音压低了说，“有个老太太，很招人讨厌，还生病起不了床。”

“轰她走吧。”塞西尔鼓足了勇气说道。

哈里爵士轻轻地叹了口气，忧郁地望着这两座别墅。弗拉克先生想在房子建好以前，就把这块地给买下来。但是他的习惯总是拖拖拉拉，毫不在乎。许多年来，他已经特别熟悉夏街，根本无法想象受到糟蹋的夏街是什么样子。一直到弗拉克太太把奠基石安放好了，那些红色和奶白色的砖块不断地越垒越高，他才知道害怕，就去拜访了当地的营造商弗拉克先生。他是一位很受人尊敬的先生——他同意用瓦片来覆盖屋顶，这样使得这座别墅更有艺术风格，不过，他指出石板要比瓦片便宜多了。而对柯林斯式的圆柱[①]就像是水蛭一样紧紧地依附在窗户边框上。而弗拉克先生则说，如果按照他的意思，就在屋子的门上加些装饰物，这样就不显得单调。哈里爵士很委婉地说，要是可以的话，柱子就是一种装饰，也是可以支撑结构的。弗拉克先生说，所有的柱子都预定出去了，而所有的柱子顶部都是不一样的——有的是一条龙潜伏在叶子丛中，有的是接近艾奥里亚的风格[②]，另外有个写着弗拉克太太姓名缩写字母的柱子，也就是说，每一个柱子顶部都是完全不一样的。因为弗拉克曾经读过罗斯金[③]的作品。当他建别墅的时候，是完全随心所欲的。一直到把他的姑母安在楼里之后，哈里爵士就把这栋别墅买下来了。

哈里爵士懒洋洋地将身体靠在霍尼彻奇太太的马车上面，想着费了半天的心思却是捡了西瓜丢芝麻的交易，让他的心中充满了悲伤。他觉得自己没有对乡村尽到自己的责任，所以乡村自然也在嘲笑他。他花了不少钱，而夏街还是被糟蹋

---

① 柯林斯是古希腊著名的城池，有些由树叶形装饰的圆形柱子。——译者注

② 艾奥里亚是古希腊的民族之一，它的风格是柱子顶部有漩涡形的装饰。——译者注

③ 在罗斯金的著作《威尼斯的石建筑》与《建筑的七盏灯》之中，作者主张作为主人有权利按照自己的想法将房子建造丰富多彩。——译者注

得不像样儿。他现在可以做的是给“希西”楼找到一位真正称心如意的房客。

“这里的房租实在是太便宜了。”他说，“像我，可以算是比较容易对付的房东。但是房子的大小却令我伤脑筋。对于农民来说太大了，而对于我们这些人来说，它又小了一点儿。”

塞西尔犹豫了半天，不知道该不该鄙视这样的小别墅，还是该鄙视哈里爵士这样的人呢？看上去好像是应该鄙视哈里爵士的。

“你赶紧去找一位房客吧。”塞西尔阴险地建议，“要是银行的小职员住在这里，那简直就是理想的天堂。”

“对呀，我也是这么想的。”哈里爵士异常兴奋地说，“维斯先生，我现在就是怕这个。有可能会把不合适的人放进来。火车服务有了一些改进——就我来看，这样的改进不就是致命伤吗？再说了，就在而今的自行车时代，距离火车站五英里算得了什么呢？”

“那也得是个体力不错的职员呀。”露西说。

用中世纪的手法来捉弄别人，是塞西尔最擅长的，于是，他调侃说中产阶级的人在体格上有着惊人的改善。这时，露西意识塞西尔在嘲笑这位看上去十分无辜的邻居，就打起精神来制止他。

“哈里爵士，我突然有了个想法。”露西喊道，“你说老小姐怎么样呀？”

“亲爱的露西，当然是太好了。你有没有认识的老小姐？”

“嗯，我在海外的时候，认识了一些这样的人。”

“她们都是大家闺秀吗？”哈里爵士小心问道。

“肯定都是了，但是现在都没有家。上个星期，我收到了她们的信。是特丽莎小姐与凯瑟琳·艾伦小姐，她们可以说是很合适的人选了，毕比先生也认识他们的。我的确不是在开玩笑，你说我是否现在可以给她们写信？”

“当然可以了。”哈里爵士大声说，“我的难题总算解决了，多令人开心啊！此外——麻烦你告诉她们，她们会有额外的好处，我不会收取代办费用的。你知道的，那些代理商们！他们介绍的人实在是太可怕了！其中有位父女，我给她写信——你知道吗？这封信多么的委婉，让她告诉我她的一些情况，她却说可以把房租提前预付了。好像房租是多重要的事似的！查询的介绍资料都让我不满意——这些人中间有骗子，还有的身份是有问题的，这简直是个骗局！就在上个星期，我见识到了多少社会上的阴暗面……还有，还有些看上去很有前途的人，实际上也在欺骗人！亲爱的露西啊，这些都是骗局！”

露西点了点头。

霍尼彻奇太太插话说：“我还是劝你不要听露西的，那两位家道衰落的所谓大家闺秀，我很熟悉她们这种人。我从来不愿意结交那些过去过好日子的，身边散发着一股霉气的传家宝。这种情况很凄惨。但是，我还是愿意把房子租给一位社会地位逐渐上升的人，而不是走下坡路的人。”

“我知道你的意思。”哈里爵士说，“就好像你说的那样，这样的人是很凄惨的。”

“艾伦小姐她们绝对不是这样的人！”露西大声地辩解。

“可她们就是这样的人。”塞西尔说，“我虽然没有和她们见面，但我觉得要她们加入夏街这一个地区是很不合适的。”

“不要相信他的话，哈里爵士——他这个人实在太讨厌了。”

“实际上，讨厌的人却是我。”哈里爵士黯然地说，“我不该把这个烦恼的事情告诉你们。但是我很担心，奥特维夫人很相信我，说我处事谨慎周全，话说得虽然不错，但是的确没有帮上忙。”

“现在，我可以给两位艾伦小姐写信吗？”

“请你写吧。”哈里爵士说道。

但是，当霍尼彻奇太太说完下面的话，他的目光顿时又变得犹豫起来。

“请你当心！她们肯定会养金丝雀。哈里爵士，金丝雀会把鸟食从笼子的缝隙中吐到外面，最后将老鼠都给引来了。你要对女人小心，还是把房子租给男人好了。”

“不会吧。”他态度谦和地说，心中却认为她说的话有几分道理。

“喝茶的时候，男人不会搬弄是非，但他们要是喝酒喝多了，他们会舒服地躺下，一直到睡醒了，酒也醒了。假如他们是个粗人也没关系，他们只是令自己粗俗，而不会将粗俗感染给别人。因此，我很欢迎男人——前提是他一定要衣帽整齐。”

哈里爵士听到这里，脸红了。对于男性这种坦率直接的恭维，他和塞西尔都觉得很不舒服。即便将邋遢的男人排除在外，也没有感觉到有多光荣。他建议霍尼彻奇太太有时间的话，就下车去，亲自走进“希西”楼看一看。她很高兴。这样的家庭布置很吸引她，尤其是小规模房间的家庭布置。

露西跟在母亲的后面走，塞西尔一把将她拉了回去。

“霍尼彻奇太太，我们把您留在这里，您自己走回去，可以吗？”他问霍尼彻奇太太。

“可以啊。”霍尼彻奇太太亲切地回答。

哈里爵士对这样的安排也很满意。他用知趣的语调对他们笑着说："呵呵，你们这些年轻人！你们啊，这些年轻人啊！呵呵！"接着，他飞快地用钥匙将大门打开。

"真是俗不可耐！太不可救药了！"还没有等他们走远，塞西尔就忍不住嚷嚷起来。

"塞西尔！"露西呵住他。

"我实在是不能再忍受了！这个老家伙，要不招别人的讨厌才奇怪呢！"

"他是不太聪明，但的确是个好心人。"

"不是的，露西。他所代表的是乡村当中所有不好的那些人。在伦敦的时候，他会很安分，会是笨蛋俱乐部的成员。他的老婆在请客的时候也是笨得不得了。而在这里，他却是个令人尊敬的小小的偶像人物，摆着一副温文尔雅的表情，和一套冒牌的所谓美学。这里的每一个人——甚至是你的母亲，都被他蒙蔽了。"

"我赞同你说的每一句话。"露西颇为泄气地说，"我不知道这些这么重要。"

"这些的确十分重要。哈里爵士把那次游园会的本质完全暴露出来了。天哪，我真的很生气！真心希望这栋别墅找到一个俗不可耐的房客——或者是一个平凡到极点的女人，让他感觉到，这就是所谓的上流社会的人士！哼，就凭着他的秃顶和萎缩的下巴。算了，我不想谈他了。"

露西非常高兴他不再说话了。要是他不喜欢哈里·奥特维爵士和毕比先生，那么那些和她关系亲密的人，怎么可以逃脱厄运的掌控呢？就说说弗雷迪吧，他一点也不聪明，也不灵敏，外貌也不算英俊，不管什么时候，塞西尔都可以说："弗雷迪一定是个讨人厌的坏家伙！"可怎么样才能阻止他这样说？她应该怎么回答才合适呢？现在的她只想到了弗雷迪，此后再不敢想起其他人来，因为现在的一切已经足够她去操心。她只有这样安抚自己的情绪。塞西尔和弗雷迪认识已经有一段时间了，从前始终相处得很好，除了最近这些天，也许是巧合的关系吧。

“咱们从哪条路走?”她问道。

说到大自然——这真是最简单不过的话题了，她这么想着——大自然就在他们的周围。夏街就在这树林最深处的地方，她慢慢地走到了公路和狭窄小道的交汇之处，便停下了脚步。

“难道有两条路可以选择吗?”

“或许走公路更明智，看我们都穿得那么漂亮。”

“我还是愿意走树林。”塞西尔努力压制着内心的怒火。露西觉察到这整个下午他都带有这样的情绪。

“露西，你为什么总是喜欢走公路呢？要知道，从我们订婚到现在，你没有一次和我走过田间或者树林呢。”

“是这样吗？好吧，那咱们走树林。”露西回答。她对塞西尔的古怪脾气感到很惊讶。不过，她相信以后他会找机会解释清楚一切的。让露西对自己的想法糊里糊涂的可不是塞西尔的习性。

是她先走进了发出瑟瑟声响的松树林里。果然，他们走了没有十几步远，塞西尔就开口解释了。

“我是这么想的——我承认这个想法是错误的。咱们一起在房间里的时候，你会感觉更自在。”

“咱俩在房间?”露西重复了一遍，她被塞西尔的话弄糊涂了。

“是呀，再或者是走在花园，还有公路上，但绝对不会是树林等这样真正的田园里。”

“哎，塞西尔，你到底想要表达什么呢？我可从来都没有这样想过。听你说的话，我就跟是个女诗人似的！”

“我知道你不是那样的人。在我的心里，是把你和同样的风景——一种特别的风景——完全联系在一起的，你为什么就不能把我和房间联系在一起呢？”

她想了想，之后笑出了声，道：

“你知道自己说的全对吗？这方面我最知道了。说到最后，我肯定就是个女诗人。而当我想到你的时候，就总是在房间里。这么想真的好有意思啊！”

让她惊讶的是他好像真的生气了。

“请问你是不是在客厅根本看不到风景，是不是？”

“是的呀，我也不想看到风景，为什么不能这样啊？”

他的语气里带着责备：“我非常愿意你将我和野外联系在一起。”

她又重复了一遍：“哎，塞西尔，你说的话到底是什么意思呀？”

她看到他不想解释，也就想放弃这个话题，觉得这样谈话对于一个姑娘来说比较难解。然后，她带着他向树林的深处走去，偶尔在一些非常美丽或者非常熟悉的树丛旁停留片刻。自从她可以单独散步以来，就对由夏街至风角的这一片树林十分熟悉。她曾经带着弗雷迪来玩，故意将他带丢，那时的弗雷迪还是个有着紫红色小脸蛋的小宝宝。现在的她，虽然意大利都去过了，但是对这片树林仍然有着极大的兴趣。

走了一会儿，他们来到了松树林中的一小块空地——是一座小小的绿色山冈。这里很宁静，山冈环抱着一口小小的水塘。

“是神圣湖！”露西兴奋地大喊。

“它为什么叫神圣湖？”

“我也记不清楚了。这个名字好像是出自于某一本书。现在的它只是一个小小的水潭，但你看到前面那个通往水渠的小溪了吗？下暴雨时，会有大量的水流下来，储存在这里流不出去，这时候的水潭就变大了，非常好看。以前弗雷迪经常来这里洗澡，她很喜欢这个水塘。”

“那你呢？”

他问话的意思是“那你喜欢不喜欢？”而她却好像沉浸在梦幻之中，回答道：“我也在这里洗过澡，一直到被人发现。因而引起了一阵风波。”

要是在别的场合，他大概会非常震惊。因为他的道德观念还是十分迂腐陈旧的。但是现在，他沉醉在田间新鲜的空气中，对露西的这种宝贵的纯真感到特别欣慰。她就站在水塘的旁边，他直愣愣地望着她。用她适才说的话，她穿得漂漂亮亮的，他的脑海里浮现出一朵美丽灿烂的花骨朵儿，这花骨朵儿始终没有自己的叶子，但突然间就从一片绿色的丛中绽放出了美丽的花朵。

“当时是谁看到你的？”

“夏绿蒂。”她的声音低沉下来，“那时她住在我家，夏绿蒂……夏绿蒂……”

“唉，好可怜的姑娘。”

她表情严肃地笑了笑。他内心隐藏着一个想法，从前一直都不敢提出来，这个时候应该是最合时宜的吧。

“露西！”

“好吧，我觉得咱们该回去了。”这是露西的回答。

“露西，我现在有个请求，是以前从来没有说过的。”

听到他用一本正经的语气说话，她大方而可亲地向他走了过去。

“塞西尔，你有什么请求呢？”

“我一直没有——就是在那天草地上求婚，你答应嫁给我的时候，我也没有——”突然间，他的勇气消失了，变得十分不自然，目光不断地向周围扫来扫去，担心有人经过，被人发现。

“到底什么事情呀？”

“就是——直到现在，我还没有吻过你呢。”

她的脸顿时变得红彤彤的，好像他说起接吻这个话题时，用了什么粗鲁的语言似的。

“是——是没有的。”她低下了头，小声说道。

“那么——我现在来问你，可以吗？”

“当然可以了，塞西尔。从前就可以呀。你要知道，总不能我主动把身体投向你吧。”

就在这个美妙的时刻，他感到所有的一切是多么荒谬可笑。她的回答让他不太舒服，只不过是遵循规律慢慢地揭开自己的面纱罢了。他迎上前去，心里却希望后退数步。当他触碰到她的面颊，他的金丝边眼睛突然从鼻梁上掉了下来，正好被紧紧压在两个人中间。

他们就这样短暂地拥抱了一下。他觉得的确是失败了。若是炙热的爱情出现，像是彬彬有礼呀，体贴人心呀，还有所谓的绅士风度等，就该统统消失不见。首先，既然有权利可以做，就不应该去请求批准。他为什么不可以像一些工人或者苦力那样——不对！应该像是任何一个年轻的站柜台的小伙子那样去做自己想做的呢。他在脑海里重新设计了一下刚才的一幕。露西美貌如花地站在水塘旁边；他冲了上去，将她紧紧搂在怀里；她先是嗔怪他的鲁莽，随后乖乖地顺从了，并且从此屈服在他的男子汉气概之下，十分钦佩他。他相信女人之所以钦佩男人，就是因为男人具有男子汉的气概。

他想到这里，就和露西默默地离开了这片水塘。他很期待她说一些话，一些展露她内心深处的话。她终于开口了，却十分严肃。“他是姓埃莫森，而不是哈里斯。”

“什么姓?”塞西尔迷惑不解地问。

“那个老人的姓。”

“哪一个老人?”塞西尔还是不明白。

“就是我对你提起过的老人。伊格先生对他不客气的老人。”

他不会知道，这是他们相识以来最亲密的一次谈话。

10. 幽默家塞西尔

塞西尔想把露西从中拯救出来的社交圈子也许不是什么美妙的圈子，但比起露西的祖辈传交给她的社交圈子来，自然美妙很多。她的父亲是当地的初级律师，业务繁忙，就在这个地区开发的时候，建造了风角。起初本来是出于投机，可后来自己迷上了那里，就住进去了。

他结婚之后，这个社区的氛围慢慢发生了变化。就在南部陡峭的山坡上，建造了不少房屋，后面的松林中，北边丘陵地带的白垩石上，全建造了房屋。大多数的房屋都要比风角大，住在那里的人家多半是外地人，几乎都来自于伦敦。

他们将霍尼彻奇一家错看成本地贵族世家的后裔。露西的父亲觉得惶恐，不知所措，而他的妻子却泰然处之，对待邻居不卑不亢的。她这样对丈夫说："我不知道为什么人们这么说，但是对咱们的孩子来说，这是一件幸运的事。"她去每一个人家拜访，大家都很热情地回访她，等到所有的人发现她并非完全属于他们那种“环境”的时候，已经喜欢上她了，这也倒无大碍。临死前的霍尼彻奇先生，特别满意他们家已经稳固地扎根于当地的社交圈子中了。对于这样的满足，在诚实的律师当中，很少有人会对此加以鄙视。

这是获得社交圈子的最佳途径。不过，很多迁居至此的人都乏善可陈。露西从意大利回来以后，这种体会更深。到目前为止，她始终都没有怀疑地接受着他们各种力量的观念——他们待人友好，生来富有，对宗教的观念比较薄弱，他们并不喜欢橘子皮，纸袋子和碎瓶子，露西是个激进分子，早就学会了谈到大城市的郊区生活时，带着厌恶的语气。他们拥有相同的乐趣和相同的对立者。每个人都在这个圈子里成长，结婚到死亡。这个圈子的外面存在贫穷和俗气，它们钻到每个角落里，就好像伦敦的大雾，想要渗透到松林的深处，从山口涌入了背面的山岭间。

不过，当她来到了意大利，这种生活态度立刻就消失不见了，在那里的时候，一个人只要是自己愿意，就随时可以得到平等所体会到的温暖，就好像每个人都有权利享受阳光一样的。她的各种感觉都像是被放大了：她觉得自己不可能喜欢上每一个人。其实，社会的隔阂是不可能完全消除的，虽然这种隔阂实质上没有多深。要是你越过了这些隔阂，就和一个人闯入亚平宁山区农民家的橄榄园一样，会受到主人的欢迎。现在，她带着这样的新眼光回家了。

塞西尔也是带着新的眼光回家的。但是，意大利的情绪激发了她，没有让他变得宽容，而是变得容易发怒。他觉得当地的社交圈子实在是太狭隘，但他没有说“难道这很重要吗？”他对这里产生了反感，渴望一种更宽广的圈子来取代。他并没有认识到这里点点滴滴的美好已经在露西的心中产生了温情。她将这里的一切看作是圣洁的，她的眼睛里虽然看到了缺点，但是心里却不想抛弃它，不想鄙视它。塞西尔没有注意到最重要的一点——要是说露西为人太好了，并不适合那个社交圈子，那就是说她好到不适合所有的社交圈子，她的为人达到了只有个人的深层次交流才能获得满足的阶段。她已经成了叛逆者，但并不是他所理解的叛逆——是希望拥有和她所爱的人同等地位，而不是追求更大房子的叛逆者。意大利给了她这个世界上最为宝贵的东西——那就是拥有自己的心灵。

露西在与教区长十三岁的侄女明尼·毕比玩击球游戏，这是一种古老而高雅的传统游戏。就是把网球高高地击到空中，让球掉落到网的另一面，球有时会弹跳得很高；有些球直接就打中了霍尼彻奇太太；还有一些丢落了。这最后一句话的意思并不明确，但却正好表明了露西的心态，她正在努力在玩游戏的同时与毕比先生说话。

“哎，真是一件令人讨厌的事情——开始是他，后来又是她们——没有哪个人回答他们到底想要什么啊，所有的人都很讨厌。”

“她们真的就要来了啊。”毕比先生说，“几天以前，我写信给特丽莎小姐——她特别想知道肉店的老板多长时间会去一次，我说一个月去一次，这样她一定会很满意。她们马上就要来了，今天早上刚收到她们的信。”

“我会非常讨厌这两位艾伦小姐！”霍尼彻奇太太嚷嚷道，“就是她们老糊涂的缘故，大家就得说，‘看，你们多可爱呀！’我很讨厌她们经常挂在嘴边的‘假如’‘不过’‘还有’等词语，可怜的露西呀，瘦得都不成样子了，但也是她活该！”

毕比先生望着那个瘦得不成样子的人在网球场上跳跃，大声喊叫。塞西尔没在——他要是在的话，大家就不玩击球的游戏了。

“哦，要是她们来了——不是，明尼，不要土星。”土星是一只网球的名字，它的外部已经有好多地方脱线了。转动的时候，球的周围会出现一道环。“要是她们来了，哈里爵士就会让她们在二十九日之前搬进去的。他还会把粉刷天花板的条例去掉。因为这个条例会让她们紧张，但是会加入合理的损耗条例——那一下不算数，我说过不要土星啊。”

“玩击球的游戏，土星还是不错的。”弗雷迪大喊，说着走了过来和她们一起玩。“明尼，不要听他的。”

“可土星弹不起来了。”

“可以弹起来呀。”

“不，弹不起来了。”

“好吧，它可是弹得比俊白魔高。”

“轻一些啊，亲爱的。”霍尼彻奇太太说。

“但是你看露西——嘴巴里虽然在埋怨土星，但手里握着的却是俊白魔，准备出击了。对了，明尼，你向她冲过去——快用球去打她的小腿——对，就是她的小腿！”

露西摔倒了，俊白魔从手里跌落，滚了出去。

毕比先生将球拾起说：“不好意思，这只球叫维托利亚·克隆博纳。”但是他的话，大家都没有注意听。

弗雷迪将小女孩逗得疯疯癫癫的。他很有一套，不到一会儿的时间，就把明尼这个平常规规矩矩的孩子，逗得大喊大叫，声音吵得天昏地暗了。塞西尔在屋里听到她们吵闹的声音，虽然他收到很多有意思的消息，但因为害怕被网球打中了，所以没有走到草地上来，告诉大家这些消息。他并不是懦夫，可以像所有男子汉一样忍受痛苦。但是他很不喜欢年轻人对待身体使用暴力。他的想法是多么的正确，你看，现在的一切就是以哭声而告终的。

“我很希望两位艾伦小姐能看到这副场景。”毕比先生发表了自己的意见。这时，露西正在照顾受伤的明尼，她自己却突然被弟弟抱着双脚离开了地面。

“你们说的两位艾伦小姐是谁呀?”弗雷迪喘着粗气问。

“她们将‘希西’别墅租下来了。”

“不是姓这个。”

就在这时，他的脚滑了滑，大家全都跌倒在草地上，脸上仍然乐呵呵的。

过了一会儿，露西问：“不是哪个姓?”她弟弟将脑袋放在了她的膝盖上。

“不是姓艾伦，租下哈里爵士别墅的人不姓这个。”

“弗雷迪，别胡闹了，你根本不知道这件事。”

“你才是胡闹呢！我才见到了他。他还和我说话，‘嗯啊，霍尼彻奇。’”——弗雷迪的模仿技巧一点儿都不高明——“嗯啊！我总算是找到了称心如意的好房客。”我就说，‘好啊，老兄!’说完，随手拍了拍他的后背。

“哦，那就是两位艾伦小姐吧?”

“不是的，有点像是安德森。”

“天哪，千万不要再来一笔糊涂账呀!”霍尼彻奇太太叫嚷道，“露西，你说我不会是错了吧？我就说过不要去管希西别墅的事情，我没有错的。错的时候特别少，搞得我还挺不好意思的。”

“那不过是弗雷迪的糊涂账啊，弗雷迪甚至连他以为租下了那房子的人姓什么都不知道。”

“不，我知道的。想起来了，姓埃莫森。”

“姓什么?”

“埃莫森，随便你打什么赌，就是姓这个。”

“哈里爵士真的是变幻莫测。”露西平静地说，“我要是从来没操过这个心该多好。”

说完，她躺在草地上，眼睛空灵地望着清空。毕比先生注意到她的举止，霍尼彻奇太太压低了声音对侄女说：“如果你碰到了不顺心的事，就应该采取露西这样的态度。”

同时，新房客陌生的姓引起了霍尼彻奇太太的注意，她不再关注自己的能力问题。

“弗雷迪，是叫埃莫森吗?你知道这个埃莫森的家是什么样的吗?”

“我还不能确认他们是不是真的姓埃莫森呢。”弗雷迪干脆地回答。他的民主意识浓烈，就像对待他的姐姐以及大多数的年轻人一样，平等的思想自然而然地吸引了他。世界上的确有不同的埃莫森，这个事实让他感到很烦恼。

“我完全相信他们是正派人，露西，好吧。”霍尼彻奇太太又一次坐起身来。“我看你脸上露出不屑的神情，是不是认为妈妈是个很势利的小人?但是世界上的确是有正派和不正派的区别啊，要是假装没有的话，其实是很做作的。”

“埃莫森这个姓太普通了。”露西淡淡地说。

她的目光正往旁边看去。她坐在山岬的角边，远远地望过去，只见下面有一座座越来越低的山岬，都被苍穹的松林所覆盖，一直通往维尔德地区。从花园里走下去，这一片景色美丽而灿烂。

“弗雷迪，我想问他们会不会是姓埃莫森的那位哲学家①的亲戚？这位哲学家最让人受不了了。对了，现在的你该满意了吧？”

“是，很满意的。”他叨咕着说，“而且你也很满意啊，他们是塞西尔的朋友嘛。所以——”他的语气中，充满了浓浓的挖苦腔调。“你和乡村里的其他家庭都可以去串门了。”

“是塞西尔的朋友？”露西大声叫嚷着问。

“淑女一点儿，亲爱的。”她的母亲声音很平静，“不要这么尖叫，你在慢慢养成这个坏习惯。”

“但是，塞西尔他已经——”

“就是塞西尔的朋友啊，你说是不是十分称心呢。”他继续重复着说，“哼，霍尼彻奇，我刚才拍电报告诉他们了。”

露西猛地从草地上站起身。

现在的情况很让露西难堪，毕比先生十分同情她。只要她相信为艾伦小姐的事件所受到的轻慢全部是由于哈里·奥特维爵士的缘故，就可以大方地忍受着。但是，当她听说这件事完全是因为塞西尔插手而造成的，就完全有理由大声“尖叫”。维斯先生最喜欢捉弄别人了——但这件事比捉弄人过分多了，从中捣乱让他有种幸灾乐祸的快感。对于这一点，教区长一清二楚，所以远远比往常更加慈祥地望着霍尼彻奇小姐。

当她大声地说：“但是，塞西尔的两位埃莫森先生——他们不会是——要知道——”的时候，教区长不认为这些话有多奇怪，而是从这里发现了机会：转变话题就能让她恢复平静的。于是，他连忙说话，将话题岔开：

① 这里指的是美国的思想家兼作家艾默生。——译者注

“你说的是曾经去过佛罗伦萨的那两位埃莫森先生吗？不，我觉得肯定不是他们。他们与维斯先生的朋友可是相差太多了。啊呀，霍尼彻奇太太，那一对父子实在是太奇怪了！真是世界上最奇怪的人！当然，对于我们来说，是非常喜欢他们的，对不对？”他问露西。

“就说紫罗兰这事，闹出了很大的笑话来。他们采了好多好多的紫罗兰，插满了两位艾伦小姐屋子里的花瓶。就是现在没来成的希西别墅的那两位小姐。可怜的老太太呀！她们当时是又震惊又开心、这可是凯瑟琳小姐最喜欢讲述的故事之一了。她经常这么开头：‘我最亲爱的姐姐啊，最喜欢鲜花了’当她们发现整座屋子都是一片蓝色的海洋——无论是花瓶还是在水壶里，都是满眼的蓝色花朵——这个故事假如就这么结束了，实在是有欠绅士的丰富想象，但是却很美好，真叫人难堪！自从这一次后，我总是把紫罗兰和佛罗伦萨的两位埃莫森先生联系在一起。”

“这一次败北将军算是把你镇住了。”弗雷迪说。他没有注意到姐姐的脸涨得通红，这么久都恢复不了平静。而毕比先生注意到了这些，所以就继续努力转变话题。

“这两位埃莫森父子——儿子十分英俊，即使还算不上是什么优秀的年轻人；但我认为他一点也不愚蠢，也不老成悲观。我们很欣赏的是那位父亲——一个很容易感情用事的老头，但大家却在传说他把自己的妻子给谋杀了。”

平时毕比先生根本不会散播这样的闲话，但是此时的他，在竭力维护遇到小麻烦的露西，便脑海里想到了什么，嘴里就说了什么。

“谋杀自己的妻子？”霍尼彻奇太太大叫，“露西，别离开我们——你继续玩击球游戏吧。哎，说实话，那个贝尔托里尼公寓真是个离奇的地方。是我听到的第二个谋杀者。夏绿蒂到底怎么回事，为什么选择了那个地方？以后一定要请夏绿蒂过来一趟。”

毕比先生怎么都想不起还有第二个谋杀者，他委婉地说女主人弄错了。而霍尼彻奇太太听到毕比先生的话，非常激动。他说肯定有人也讲过同样的一个故事，是另一位游客讲的。但是那个游客的名字她忘记了。叫什么来着？叫什么来着？她双手抱着膝盖，冥思苦想着名字。是萨克雷小说里的什么名字[①]，她用力敲了敲自己的脑袋，还是没有想起来。这时，露西问她的弟弟，塞西尔是不是在屋里呢。

“别走呀！别走！”费雷迪喊道，他想要把她的脚丫抓住。

“我必须要走。”露西表情严肃地说，“你别闹了，玩的时候总是乱来。”

她离开的时候，母亲高声叫嚷道：“我想起了，是哈里斯！”这个声音使平静的空间顿时颤动了，这是在提醒她，有人对她撒谎了，并且始终没有被纠正。竟然还是如此愚蠢不堪一击的谎话，而造成她失神落魄的，将两位埃莫森先生——塞西尔的朋友，和两个普通的游客联系到一起。到现在为止，她一直习惯于讲真话。但是之后，她一定会提高警惕，再不犯这样愚蠢的错误。——不过，自己还是要完全讲真话吗？好吧，不管怎么样，她还是做不到说谎。她急急地向花园那边走去，面颊不知因为羞愧还是什么，红得厉害。她相信只要塞西尔安慰她一句，一切都会过去了。

---

① 大概是霍尼彻奇太太记错了，将哈里斯与萨克雷的小说《亨利·埃斯蒙德》中的主人公亨利（昵称是哈里）混到一起了。——译者注

“塞西尔!”

“哦!”塞西尔连忙将身体从吸烟室的窗户探了出来。看上去，他的情绪很平和。“我一直盼着你过来呢。你们那吵吵闹闹的声音，我全都听到了，而这里还有好玩的事呢。我也为喜剧女神打了一场漂亮的胜仗！乔治·美瑞迪斯①说的太多了——喜剧的原因与真理的原因是完全一样的。而我为命运多难的希西别墅找到了合适的房客。你别生气呀！千万别生气！要是你知道了整个过程一定会原谅我的。”

面带着微笑的塞西尔是充满魅力的。露西那些可笑的不祥之感便随之烟消云散了。

“我刚才听说了。”她说，“弗雷迪都告诉我们了。塞西尔，你太坏了！我觉得自己一定不会原谅你的。你想想看，我用了那么多的心血，结果都落空了。当然，那两位艾伦小姐的确是没有什么意思，我愿意换你可爱的朋友。但是，你不应该戏弄人的。”

“你说是我的朋友?”塞西尔哈哈大笑，“露西，真正好笑的还在后头！你过来，听我说。”但是，露西依然稳稳地站在原处，“你知道我是从哪里找到这个房客的吗?是在国家美术馆里，就是上个星期我去看妈妈那次。”

“在那里也能碰到熟人吗?真奇怪!”她很紧张地问，“我不是很明白。”

“就在翁布里亚室里，完全是无意中碰到的。他们正在看卢卡·西纽雷利②的画——当然，这太愚蠢了。不管怎么样

---

① 为英国诗人，小说家。他的《论喜剧与喜剧精神的作用》受到广泛的好评。——译者注

② 意大利画家，有些关于宗教的绘画作品。——译者注

吧，我开始和他们聊天，让我挺新鲜的，他们去过意大利。”

“但是，塞西尔……”

塞西尔继续兴高采烈地说着话。

“聊天的时候，他们说想在乡村租一栋别墅——父亲会住在那里，儿子就从城里回来度度周末什么的。我就想：‘这可是让哈里爵士出笑话的绝好机会呀！’于是，就把他们的地址记下来了，另外还有在伦敦的保证人，这时才发现他们根本不是坏人——这多有趣呀！——所以，我就给他们写信，想弄清楚……”

“塞西尔，你不该这样做，我可能以前认识他们……”

他一定要把她的话压下去，继续说道。

“这是十分公平的，对待势利的小人，无论什么样的惩罚都是公平的。那个老头儿会对这里产生极大的好处。哈里爵士那‘家道中落的大家闺秀’的论调，实在太招人讨厌了。我很早的时候就想教训他。不是，露西，不是一个阶级的人就应该混在一起的，过不了多长时间，你一定会同意我的观点。比如相互通婚啊等，我相信民主……”

“不！你根本就不相信民主！”她厉声呵道，“你从来都不懂民主的真正意义！”

他凝视着她的脸庞，又一次感受到她并不像是达·芬奇画中的人物。“不！你根本就不相信民主！”她的脸凝固着，完全没有艺术的情调——倒像是乡村常见的发脾气的泼妇的面容。

“现在很不公平，塞西尔！我质问你——我强烈地质问你！你根本就没有权利去破坏我为两位艾伦小姐做的事情，结果是让我出丑。你说是为了让哈里爵士出丑，可你有没有想到这件事是以我的出丑作为代价的？我认为你这么做根本就没有考虑到我的感受！是对我的不忠!”

她丢下了他，独自走了。

“这不是发大小姐脾气吗?”他心里想着，眉毛随之高高地扬起。

但是，这可不仅仅是发大小姐的脾气——而是很势利的想法。要是她能以这两位时髦的朋友会取代两位艾伦小姐，她就不在乎。塞西尔注意到这两个新房客起到的作用还真是很有价值。他会很宽容地对待这位父亲，想办法引得儿子说话，平常他总是沉默不语。为了维护喜剧女神和真理，他一定要把他们带到风角来，就住在维斯太太那座设备齐全的小别墅里。

而喜剧女神虽然知道要照应自己的利益，但是也并不蔑视维斯先生。他想把埃莫森先生父子带到风角的这个主意，再高明不过了。哈里·奥特维爵士签好了协议书，还与埃莫森先生见了面，可是感到很失望，不是他所想象的那样。两位艾伦小姐很生气，写了一封语气咄咄逼人的信给露西，她们觉得露西该为这次租赁事件的失败负责。毕比先生在设想着如何给新房客提供快乐的时刻，对霍尼彻奇太太讲，等他们到了，弗雷迪就应该前去拜访他们。说真的，有罪的是哈里斯先生，他就不是身强力壮的，但是女神多有神通呀，所以让他低了下头，被大家遗忘了，最后导致死去。

露西从阳光灿烂的高空跌落到了地面。因为地面上有山峦，所以有了阴影。露西开始跌进了失望的深渊之中，然而经过了一段思考，又觉得这件事实在是一件小事，不需要挂记心间，慢慢地，心情就平静了下来。她现在已经订婚了，埃莫森父子再也不会欺负她的，所以应该欢迎他们的到来。而塞西尔完全有权利把他自己喜欢的人带来，所以塞西尔完全可以把埃莫森父子带来。但是，我说过了，这些结论是需要思考的，而姑娘们的思想是非常不符合逻辑的——这件事本身没有什么，但是对她来说，意义非凡，还很可怕。所以，她十分高兴可以按照原来约定好的计划前去探望维斯太太，这样一来，新房客住进希西别墅的时候，她已经很安全地坐在伦敦的公寓里了。

在到达伦敦的那天傍晚，她轻轻地喊着："塞西尔——塞西尔，我的宝贝儿。"随后投入了他的怀抱。

塞西尔表现出最大的热情。他注意到那团火苗已经在露西的心中点燃了。她终于主动投入了他的怀抱，渴望他给的温存。女人就是这样子的，她很崇拜他，因为他是男人。

"看来你是真的爱我了，小东西?"他低声问她。

"哦，塞西尔，我很爱你，很爱你！没有你，不知道怎么办才好。"

过了几天，露西收到了巴特利特小姐的来信。

两位表姐妹的关系渐渐冷淡了。从八月份分手到现在，就没有通过信。关系之所以冷淡，还要从夏绿蒂所称的"逃往罗马"事件发生开始的。到了罗马之后，这种冷淡在惊人地加深。如果还是中世纪，这位同伴仅仅是格格不入而已。但是到了古代的环境里，不知怎么就变得难以忍受。夏绿蒂在古罗马广场的遗址，可能会被认为是个大公无私的人，但就算是换成性格比露西还要温柔的人，也会觉得难以承受这种考验。当到了卡拉卡拉①浴池，她们开始怀疑两个人是不是可以继续以后的旅行。露西说她想和维斯一家走——她的母亲与维斯太太很熟悉。所以，这个想法也没有太不恰当的

① 是古罗马皇帝的名字。——译者注

地方——可是对巴特利特小姐说，她习惯了被人突然抛弃。当然，最后这件事不了了之，但是她们的关系更加冷淡了。对于露西来说，当她拆了信，读完里面的内容，对夏绿蒂就越发冷淡了。这封信是从风角转过来的。

顿桥井

九月　最亲爱的露西

我终于知道你的消息了！拉维西小姐骑着自行车在你们那一带玩，可她不知道前去拜访你，会不会受到欢迎。现在她的车胎在夏街附近炸胎了，补胎的时候，她很犯愁地坐在美丽的教堂的院子里。突然间，对面的门打开了，她很惊讶地看到姓埃莫森的青年从里面走了出来。他说父亲刚刚租下了这栋别墅，还说他不知道你就住在这里。他都没有提出请埃莉诺去喝茶。亲爱的露西，我非常担心你，劝你还是把他以前的行为毫无保留地告诉你的妈妈，还有弗雷迪和维斯先生，他们一定会阻止他上门的。那件事实在是太不幸了，我猜你一定早就对他们说了。维斯先生很敏感，记得在罗马的时候，我经常让他心神不安。对于这一切，我觉得很不安，除非你来劝我，要不我会一直不安的。

请你相信我。

你的不安的焦急的表姐，夏绿蒂

露西非常生气，下面就是回信：

毕彻姆大夏，伦敦西南区 亲爱的夏绿蒂

很感谢你的劝告。埃莫森在山上忘形的时候，你答应过我，不会把这件事告诉妈妈，你说她会责备你没有和我一直待在一起。现在，我遵守了承诺，不可能再告诉她了。我对她还有塞西尔都说过在佛罗伦萨的时候，遇到过埃莫森父子，他们都是正派人——到现在为止我也是这么认为的——而他没有请拉维西小姐喝茶的事，很可能他自己就不喝茶，她可以去教区长的公寓喝茶。到了现在，我不会忽然显得大惊小怪，你一定知道如果这样做的话，实在是太荒唐了。要是埃莫森父子听到了抱怨声，还以为他们有多重要呢。但他们根本不重要。我很喜欢老先生，希望以后有机会见到他。而他的儿子，我和他再见面的时候，将为他而不是为我而难过。塞西尔认识他们，他的身体非常好，前几天还谈起过你，我们会在一月份结婚。

拉维西小姐不可能告诉你关于我更多的事情，因为我就没有在风角，而是在这儿。请你以后写信不要在信封上特意写上“亲启”，因为没有谁会私自拆我的信的。

你的亲爱的露西·霍尼彻奇

保密也有不好的一面，让我们失去了对事情的分寸感，没有办法分辨出这个秘密是不是重要的。露西和她的表姐埋藏在内心深处的秘密是一件会毁掉塞西尔一辈子的大事，还是如果他发现后，会看成是付之一笑的小事？巴特利特小姐认为是前者，也许她的判断是对的。现在，这已经成为一件大事。如果让露西小姐来处理的话，她会老实而明白地讲给母亲还有未婚夫听，那么这就是一件很小的事。几个星期之前，事情还只是：“是埃莫森，不是哈里斯。”可能谈起学生时代曾经让塞西尔倾倒的漂亮小姐时，露西很想将此事告诉他。但是她却表现得十分可笑，最终也没有讲出来。

就在大家纷纷前往大城市的时候，露西和她内心的秘密继续维持了十天。他们先是去观光了一些后来很熟悉的地方，塞西尔觉得而今社交圈子里的人都去高尔夫球场或者郊外打猎，而让她了解一下社交的细则也不是坏事。天气又很凉快，对她也不是坏事。现在正是打高尔夫球和狩猎的季节，维斯太太还是将各位名人的孙辈们凑了过来，摆了一次晚宴。那晚的宴席实在是太差了，人们的谈话也露出不屑的厌倦情绪，这些给露西留下了深刻的印象。看样子，大家对一切的感觉都是无聊的。一个接一个地高谈阔论，说着说着，突然间就讲不下去了，却依旧保持着风度，在一片友爱理解的笑声之中，又重新打起了精神。在这样的气氛中，贝尔托里尼公寓和风角就显得很粗鲁，这时，露西意识到了她的伦敦生活将她过去热爱的一切都挡在了千里之外。

那些孙辈们请她弹钢琴。她弹了舒曼的音乐，当如泣如诉的动人音乐停下来的时候，塞西尔喊道："再来一曲贝多芬吧！"她摇了摇头，又弹起一曲舒曼。乐曲的旋律不断地向上升，拥有一种无法形容的魔力。突然间，乐曲断了，然后又续，再断，再续，从摇篮到坟墓不是一次完成的。那不完整的悲哀——常常是人生的悲哀，但肯定不是艺术的悲哀——就在支离破碎的音乐声中，听众的神经感觉到了震撼。露西当时在贝尔托里尼公寓那架罩着布的钢琴上弹奏的时候并不是这样的，她又弹起了舒曼，毕比先生没有对自己说："弹舒曼的曲子太多了。"

客人们散去了，露西也去睡觉了，维斯太太在客厅来回地走着，嘴上在和儿子谈论晚上这次小规模的聚会。维斯太太是个和蔼的中年妇女，她的个性和伦敦许多的妇女一样，早就被淹没了。要在这么多人中间生活，就一定要有坚强的头脑。她的圈子太大了，早已将她压倒。她见识的社交圈子、城市和男人实在太多，凭她的能力根本应付不来，所以，连面对塞西尔的时候她都很生硬，好像塞西尔并不是她的儿子，而是一群孝敬的人之一。

“就让露西成为咱们家中的一名成员吧。”她说。每当说完一句话，她都会机敏地向四周看一看，在说下一句话之前，又会用力地张开嘴巴。“露西现在真的很了不起——太了不起了。”

“她的演奏一直都是这么了不起的。”

“对，但是她现在已经开始剔除霍尼彻奇家的污点——霍尼彻奇他们家人非常好，但你应该知道我的意思。她没有说仆人们怎么样，或者探听布丁的做法。”

“这就是因为意大利的缘故。”

“可能吧。”她低声地说，回想起了于她而言则意味意大利的博物馆。“很有可能，塞西尔，你一定要在明年一月和她结婚，她现在已经是家中的一员了。”

“但是她的演奏！”他嚷嚷道，“她的风格！她一直坚持弹舒曼，我却像个傻瓜似的一定要听贝多芬。舒曼很适合今晚的氛围，今晚本来就应该弹舒曼的。妈妈，告诉你，我要我们的孩子接受露西那样的教育，让他们在朴实的乡村长大，这样就很纯真，然后再送他们去意大利，让他知晓含蓄的美感。再然后，让他们来伦敦，我一直不相信伦敦的教育方法——”他说到这里，想到自己就是接受伦敦教育方法的，便停住了，最后才说一句，“无论如何，对于女人来说不合适。”

“让她做咱们家中的一员吧！”维斯太太又重复了一遍，然后准备睡觉。

就在她将要睡着的时候，露西的房间里传来一声呼喊——做噩梦的呼喊声。本来，露西是可以按铃叫女仆过去的，但是维斯太太觉得自己应该亲自去看看，那样显得很亲切。当她走进去的时候，看到姑娘正直挺挺地坐在床边，一只手捂在脸上。

“维斯太太，对不起，都怪我做了梦。”

“是噩梦吗?”

“只是个梦。”

太太笑了，吻了吻露西，清楚地说：“亲爱的，如果你听到了我们刚才谈论你的话最好了，他现在更加爱你了，你就梦这个好了。”

露西回了她一个吻，一只手依然捂着一边的脸颊。维斯太太出去了，回到自己的卧室。那声喊叫没有吵醒塞西尔，他正打着呼噜，黑暗将整座公寓笼罩了。

这是一个星期六的午后，刚刚下过了大雨，世界的一切都显得生机勃勃的，阳光灿烂，虽然已经是秋天了，却显现着春天的气息。所有优雅的东西取得了胜利。当汽车开过夏街，只是微微地扬起少许的尘土，难闻的汽油味很快就被风吹散了，取而代之的是湿漉漉的桦树和松树的清香味。毕比先生探出身子，靠在教区长公寓的院子门前，舒适地享受着生活。弗雷迪就靠在他的身边，正拿着一支向下弯着的烟斗抽着烟。

“我们去对面新搬来的房客那里待会儿?”

“好。”

“他们应该会让你觉得很有意思。”

弗雷迪的朋友们从来没有让他觉得有意思过。所以，毕比先生提出来去拜访新搬来的房客。

“刚才我建议咱们去打扰他们。”毕比先生接着说，“他们很值得咱们去打扰的。”他拔掉了院门的门闩，轻步走过三角形的草地，走向希西别墅。

“你好！”他朝开着的门喊道，透过敞开的大门能够看到里面不太干净。

“你好！”有个沉着冷静的声音回答道。

“我带了一个小伙子来看你们了。”

“我马上就下来，你等会儿。”

过道被一个大橱柜挡在中间，搬运工没有把它搬到楼上去。毕比先生很吃力地绕过橱子，从边上费劲地挤了过去。然后，他们看到客厅堆满了书籍。

“他们很喜欢读书的吧？”弗雷迪轻声地问，“他们是读书人吗？”

“我想他们是懂得如何读书的——这可是很难得的，让我瞧瞧他们都读什么书。拜伦，果然不简单。《希罗普郡少年》，没听过。《众生之路》，没听过。吉本。你看，亲爱的乔治还能看得懂德文呢。哦——还有叔本华，尼采等。啊，霍尼彻奇，我说你们这些人对自己做的一行一定都很精通的吧？”

“毕比先生，你来看这个。”弗雷迪用相当惊讶的声音说。

橱子上擔涂着一些字：要求穿新衣服的企业不可轻信①。这行字，一看就不是油漆工刷上的。

“这个我知道。不是一种很有意思的骂人吗？我很喜欢。我猜一定是那个老头干的。”

“他可真特别。”

---

① 这段话引自美国作家亨利·戴维·梭罗的代表作《瓦尔登湖》。在第一章中谈论人的衣着时那一段，与原文有些出入。——译者注

“你一定很同意吧?”

但是，弗雷迪怎么都是他母亲的儿子，认为不该糟蹋了家具。

“你看这些图片!”教区长快步地在房间里走来走去，继续说道，“乔托——是他们在佛罗伦萨时买的，我能肯定。”

“和露西买的一样呀。”

“对了，顺便问问你，霍尼彻奇小姐在伦敦过得怎么样啊?”

“她昨天回来了。”

“我猜她一定玩得很开心吧?”

“嗯，非常的开心。”弗雷迪说，随手拿起跟前的一本书，“她和塞西尔好极了，就和一个人似的。”

“这真是一个好消息。”

“毕比先生，我很希望自己不是个傻瓜。”

毕比先生装作没有听到这句话。

“以前露西和我一样的傻，但最近却进步了好多，妈妈说最近她应该多读些书。”

“你也应该多读些。”

“我只想读医学书，而不是读完了就要加以议论的书。现在塞西尔在教露西意大利语，他说她的钢琴弹得太好了，存在许多我们从来没有发现的意境。塞西尔说……”

“他们在楼上干什么呢? 埃莫森——算了，要不我们还是下一次再来吧!”

乔治从楼上冲了下来，没有开口说话，径直将他们推进了房间。

“请让我为你介绍，这就是霍尼彻奇先生，咱们的邻居。”

这时，弗雷迪做出了一个年轻人必然会做的举动。可能因为他有点害羞，又或者是觉得需要做个友好的表示，再或者他举得乔治的脸该洗一洗了。不管是什么原因，他竟然对他打招呼说道："走，咱们游泳去吧！"

"哦，好的。"乔治十分冷淡地回应。

毕比先生却觉得十分有意思。

"你好吗？你好吗？走吧，一起游泳去。"毕比先生边说边嗤嗤地笑，"这是我听过的所有谈话中最为精彩的开场白。不过，估计只有在男人之间才能行得通。你能想象如果一位女士让另一位女士介绍给其他的女士时说：'你好吗？咱们去游泳吧！'这样的话做开场白吗？但是，你却和我争论男女是平等的。"

"我是说，将来男女是会平等的。"埃莫森先生说，此时，他从楼上慢慢地走下来。

"毕比先生，下午好。我还说过，咱们会成为同志，乔治也这么认为的。"

"就像是伊甸园。"埃莫森一边继续说，一边慢慢往下走，"你将它看成是过去发生的事情，但是实质上，它根本从未降临。当我们不再藐视自己的肉体，才是真正地走进了伊甸园。"毕比先生不承认将伊甸园划分到某个时代。

"就这一方面——当然不包括其他方面——我们男人是走在时代的前端了。我们不像女人一样，藐视自己的身体。但是，只有我们在成为同志之后，才是真正地走进了伊甸园。"

"我说，你到底想不想去游泳？"弗雷迪压低了声音问，对于这些扑面而来的大量哲学内容的谈话感到手足无措。

"我来向你介绍一下，这位是霍尼彻奇先生，你肯定记得在佛罗伦萨时见过他的姐姐。"

"你好。很高兴见到你，也十分高兴你准备带乔治去游泳，更十分高兴听说你的姐姐就要结婚了。结婚是需要原则的事情。我相信她会获得幸福的，因为我们都认识维斯先生，他是个很和善的人。他是与我们在国家美术馆无意中相识的，也是他为我们介绍了这样可爱的一栋房子。不过，希望我们没有让哈里·奥特维爵士产生烦恼。我遇到的自由党的地主极少，所以很希望他可以把对打猎的法规的态度和保守党派对比一下。哦，这风真好！很适合你们去游泳。霍尼彻奇，你们这里真是个好地方啊！”

“一点都不好。”弗雷迪咕哝着说，“我一定要说，就是说，我不得不——希望能够按照妈妈的嘱咐，以后有幸前来拜访你们。”

“拜访？年轻人？是谁教你说的这些废话？还是去拜访你的老祖宗去吧！你有没有在听这松林间的风声？你们这里真是个好地方啊！”

毕比先生赶紧前来解围。

“埃莫森先生，他是要来拜访你们，我也要来呀。不出十天，你或者你的儿子要对我们进行回访。你一定会注意到是在十天的间隔之内的。我昨天前来帮助你修楼梯一事，不能算在里面。还有，今天下午他们去游泳也不能算在里面。”

“乔治，对了，你们去游泳吧！干吗还在这里磨嘴皮浪费时间呢？一会儿把他们带回来喝茶，再带一些牛奶，蛋糕或者蜂蜜什么的回来，换换环境对你挺好的。乔治最近在办公室工作得太卖力气了，我觉得对健康不好。”

乔治低下了脑袋，神色阴郁，满身都是灰尘，散发着只有搬动家具才会有的那种怪味。

“你真想去游泳呀？”弗雷迪问他，“你知道吗？那就是个小水塘，我猜你平时游泳的地方肯定比这个条件好很多。”

“真的去——我说过是真的了。”

毕比先生觉得他有理由去帮这个年轻人一把，就领先走出了这栋房子，走入了松林中。啊，真的是个好地方！有一段时间，他们还可以听到老埃莫森先生在对他们表示着祝愿，还不停地谈论着哲学。随后，声音就没有了，只听到阵阵大风不断吹过蕨林丛和树林发出的声音。

毕比先生可以不说话，但是大家都不吭声，他就觉得受不了。看样子这次游泳活动就要失败了，而面前的这两个小伙子谁也不说话，他便觉得需要自己唠叨一下。他就说起了佛罗伦萨。乔治严肃地听着，偶尔做出一些手势表示同意或者不同意。这些手势就好像他们头顶摆动的树枝一样令人难以明白。

“你们能遇到维斯先生，实在是太巧合了！你在这里能看到贝尔托里尼公寓里所有的旅客呢，想过没有？”

“没有，拉维西小姐对我说起过一些。”

“在我年轻的时候，很想写一部《巧事记》。”

他的这句俏皮话，并没有引起什么反应。

“话又说回来，其实巧事比起我们想象中的少很多，就比如说，你们今天站在这里，实际上并不是完全的巧合，只要你们想好好聊一聊的话。”

让他感到安慰的是乔治终于说话了。

“的确是巧合。我想过这个问题，这就是命运。一切都是命运的决定。是命运将我们联系在一起，命运又将我们拆开——联系到了一起，然后又拆开。四周吹来的风把我们吹得——怎么都安定不下来——”

“你从来就没有认真想过。”教区长责备他，“埃莫森，我给你提一个好的建议，不要把什么都怪命运的安排。别这么说，‘我没有做到这一点。’因为大部分你都做过了。现在我来问你，你第一次遇到霍尼彻奇小姐和我，是在什么地方？”

“就在意大利。”

“那维斯先生马上就要和霍尼彻奇小姐结婚，你和维斯先生又是在什么地方遇到的？”

“就在国家美术馆里。”

“你们在欣赏意大利的艺术，这就是问题的关键。可你还在说什么巧合，谈什么命运！你自然而然地寻找着与意大利相关的东西，我们还有我们的朋友都是这样的。这就已经把范围缩小到一个圈子里了，我们在其中又相会了。”

“我来到这里，完全是命运的安排。”乔治坚持自己的主张。“但是，你说这个就是因为意大利，如果这么想你会少一些不开心，那么我愿意接受。”

毕比先生看到这个话题如此的沉重，就悄悄地脱身了，不再开口。他对身边的年轻人非常宽容，并不想让乔治感到受冷落。

“所以因为这个原因，我的《巧事记》还是要写。”

一阵沉默。

毕比先生希望把这件事顺利地处理好，就又加了一句：“我们都很高兴你们搬到这里来住。”

继续是一阵沉默。

“到地方了！”弗雷迪喊道。

“太好了！”毕比先生提高了声音说，并轻轻擦去额头的汗水。“前面就是水塘了，可惜就是小了一点。”他有些抱歉地说。

他们往一道铺满了松针的滑溜溜的坡堤爬着，水塘就在那个地方，镶嵌在一小片绿莹莹的草地之中——之所以称为水塘，是因为它只可以容纳一名成年人的身体，塘水清澈得可以照清湛蓝的天空。因为最近的雨水很多，所以四周的草地全都被浸在水里，看着就好像是一条美丽的翡翠通道，引着人向中间的水塘走去。“如果仅仅把它当作是一个水塘，它的作用是很大的，不用谁为它辩护。”

乔治找了一块干的地方坐下，无精打采地解开皮靴上的鞋带。

“你看，那里的柳叶菜多美呀！我最喜欢结了籽的柳叶菜了。这个香味很浓的植物叫什么呀?”

没人知道，看来也没人感兴趣。

“这里长的植物怎么都变了呢——这里的一小片水生植物是海绵状的。两边长的都是坚韧的或者清脆的植物——石楠啦、羊齿啦、松树啦等，实在是太迷人了！太迷人了!”

“毕比先生，你不是来游泳的吗?”弗雷迪一边脱着衣服，一边问他。

毕比先生并没有想要游泳。

“这里的水实在是太好了!”弗雷迪一声大叫，随后跳进了水里。

“水不就是水吗?”乔治自言自语地说。他已经把头发打湿了——这说明他对此没有什么感觉，只是随意地跟随弗雷迪跳进了这片天地里，满脸满不在乎的模样，好像他就是一座雕像，而这个小小的水塘是一桶泡沫。舒展一下肌肉，接着保持着清洁。毕比先生一直望着他们，看到柳叶菜的种子在他们的头顶上跳跃。

“前进，前进，前进!”弗雷迪的双手在向两边不停地划动着，之后就被芦苇海和泥浆给拦住了。

“值得跳进去吗?”另一个年轻人问，他站在已经被水淹没了的池塘边，就像是米开朗琪罗的雕像。

土堤终于被压塌了，他没有想好这个问题，就掉进了水塘里。

“哈哈——噗——我吞了一只蝌蚪。毕比先生，这里的水真是太妙了！顶呱呱啊！”

“水是挺好的。”乔治接话说，他已经从下水的地方将脑袋探了出来，把水泼到阳光之中。

“毕比先生，你下来吧，水太好了。”

“前进，哼。”

毕比先生是个特别的人，一般在这个时候，只要他觉得自己能做到，就一定会同意别人的要求，于是他就向四周观察了一下。只见周围都是翠翠的苍松，在碧蓝的天空映衬下非常壮观。附近再没有别人。真是美丽！汽车还有牧师等那个世界已经无限度地退到远方去了。现在有的只是潭水，蓝天，常青的树木，还有风——这些东西并不受四季的摆布，当然也不是人可以强制介入的。

“那我也来洗个澡好了。”说完，他的衣服很快就在草地上堆成了第三堆。跳入水中之后，他也是不停地赞美着。

这只是很普通的水，水量也很浅，就好像弗雷迪说的那样，很容易让人联想到在一盘色拉里面游泳。这三位男士露出上半身，在水塘里打着转，模仿着《众神的黄昏》中的三位仙女。也许是因为雨水的缘故，让他们变得轻松活泼起来，或许是因为阳光发出炙热的光芒，再有可能就是两位男士正值青春年华，而另一位男士是人老心未老——不知道怎么回事，在他们的身上突然发生了变化，忘记了意大利，还有植物和命运。

他们在玩水。毕比先生和弗雷迪相互向对方的身体上泼着水。然后，他们俩又带着恭敬的态度将水往乔治的身上泼。乔治没有什么表示。他们担心已经冒犯了他。接着，乔治身上的青春活力突然间就爆发了出来。他嬉笑着，向他们身上扑了过去，将水泼在他们的身上，然后飞快地躲开，拿脚去踢她们，向他们身上扔淤泥，将他们赶出了水塘。

“这样吧，咱们围着水塘跑，看谁跑得快。”弗雷迪喊道。就这样，他们在阳光下跑了起来。乔治抄了条近路，将两条腿都弄脏了，只得重新洗了一下。现在，毕比先生也同意一起跑——这一幕真的很难忘啊！

他们拼命奔跑是为了身体上的水干得快一点，他们把自己泡在水里是因为贪图凉爽，他们还假装印第安人那样，在柳叶菜和羊齿丛中玩耍，之后跳到水塘里，将身体冲洗干净。在他们玩耍的时间里，那三堆衣服默默地躺在草地上，声称：“只有我们才是最重要的！没有了我们，什么事都做不成的。到了最后，每个肉体都会来央求我们。”

“射门！射门咯！”弗雷迪大喊，一把将乔治穿的那堆衣服抓起，将它丢在假想球门的旁边。

“要遵守足球规则。”乔治很快回了他一句。他一脚踢了出去，将弗雷迪的那堆衣服踢得乱七八糟的。

“进了！哦！”

“进了！哈！”

“把球传给我！”

“你们当心我的表啊！”毕比先生喊道。

衣服已经像是碎花儿一样，向四周洋洋洒洒地飞去。

“你们当心我的帽子啊！行了，弗雷迪，差不多该走了，穿好衣服吧。快点，听我的话吧。”

而两个年轻人仍然沉浸在兴奋之中。他们轻松地走进了树林，弗雷迪的腋下挟着牧师的一件背心，而乔治依旧滴答着水的头顶则戴着一顶牧师的宽边软帽。

“行了啊！”牧师怒喊道，他想起这毕竟是在自己的教区，随后声音便发生了些许变化，好像将每一棵松树都当成了教区内的教民。“你们两个人，冷静一点啊！我看到有人走过来了。”

一声接着一声的叫喊，声音在空气中、在泥地上越传越远。

“哦哦，是女士们来了！”

乔治与弗雷迪全都不是很注重行为举止的人，还有，毕比先生说的最后一句话他们都没有听到。要不他们一定会躲开霍尼彻奇太太、塞西尔和露西的。这些人正向这边走过来，准备去探望巴特沃斯太太。弗雷迪忙将背心丢在他们的脚下，一头就扎进了羊齿丛中间；乔治呢，迎着来人大喊一声，转身就跑，顺着通往水塘的小路飞奔，一溜烟就没人影了，他的头顶依然戴着毕比先生的软帽。

“我的天哪！”霍尼彻奇太太惊叫起来，“这些不幸的人是些什么人啊？哎哟，亲爱的，快别看！还有可怜的毕比先生呢！到底出了什么事啊？”

“快走这边。”塞西尔下达命令，他一向以为女人应该受他领导，虽然并不知道把她们领到哪里去；还有，女人应该受他保护，虽然也不知道要保护她们免遭什么伤害。他当即带领她们朝羊齿丛走去，弗雷迪正好藏身其中，坐在那里。

“哦，可怜的毕比先生！那件掉在小路上的背心是他的吧？塞西尔，毕比先生的背心——”

“这不是我们要操心的事。”塞西尔说，望望露西，只见她全被阳伞遮住了，显然在“操心”。

“我好像看到毕比先生跳回水塘里去了。”

“请走这边，霍尼彻奇太太，这边走。”

她们跟着他走上土堤，装出紧张而又若无其事的样子，这是女士们在这类场合适宜采取的表情。

“唔，我实在没有办法。”前面不远处有个声音说，接着是弗雷迪的长着雀斑的面孔和两只雪白的肩膀从羊齿丛中伸了出来。“我总不能让人踩在我的身上吧，是不是？”

“天哪！亲爱的，怎么会是你！出现这样的事情实在是太糟糕！你为什么不在家里洗个痛快的澡？家里冷水热水什么都有。”

“妈妈，你听我说：人不都是要洗澡的吗？一定得把身体弄干净了，对吧？要是有其他——”

“亲爱的，一点儿都不用质疑，你和从前一样，肯定是对的。但是，你现在这个样子不适合讨论。露西，走吧。”她们转过了身体，“哦，你看——不！千万别看！天哪，可怜的毕比先生！真是不幸啊——”

这时，毕比先生正好爬出了水塘，附近的水面上浮着一些贴身的内衣；乔治，不久前还是满脸愁容的乔治，正在向弗雷迪大声地喊，说他钓了一条鱼。

“我啊，都已经吞下去一条了。”弗雷迪在羊齿丛中说，“我吞了一条蝌蚪。它就在我的肚子里扭啊扭啊，我大概要死了——埃莫森，你这个坏蛋，你把我的裤子给穿上了！”

“不要说话！亲爱的。”霍尼彻奇太太发现要自己始终保持震惊的表情实在是太难了。“首先，你们要把身体完全擦干了，各种各样的感冒都是因为没有擦干身体。”

“妈妈，咱们快走吧。”露西道，“看在上天的分上，咱们赶紧走吧！”

“喂!”乔治冲着他们大喊，女士们只好停了下来。

他还以为自己穿好衣服了，其实他光着脚，袒露着胸脯，在幽静的树林的映衬下，显得十分潇洒，容光焕发的样子，他喊道：“你好啊！霍尼彻奇小姐！你好哇!”

霍尼彻奇小姐朝他鞠了一躬。

“鞠躬，露西。你应该鞠躬。但是，他到底是谁啊？不管怎么样，我还是鞠躬吧。”

就在那天的傍晚乃至夜晚，水塘里的水流失了不少。第二天的时候，水塘已经缩回本身的面积，再没有前一天的光辉。那是对热血与意志放松的呼喊，是一次转瞬即逝的美丽。那是一股神奇的力量，是一道拥有无穷魔力的咒符，是青春一次短暂的盛宴。

11. 巴特利特小姐的锅炉是怎么招致大家厌倦的

这样行着规矩的鞠躬礼，是露西排练无数次的了。不过，一般她都是在房间里排练的，身上还佩戴着一些装饰物。我们也有权利这样去设想。但是，谁也不会提前料到她和乔治竟然是在文明丧失的场所里，在阳光灿烂的大地上，散落着一大堆乱七八糟的外衣，硬领子还有皮靴之间相见？她曾经设想过这样一位年轻的埃莫森先生，他有一点的腼腆，可能心理还有些问题，或者待人相当的冷淡，再就是十分的无礼。上面所有的情况，她全有思想准备，就是从来都没有想到这个人会兴高采烈地，就像是清晨的星星一样，对她欢呼雀跃。

露西端坐在房间里，与年老的巴特沃斯太太一起饮茶。她想到人生真的是难以意料，不可能有一点点的预见性，要对人生提前彩排好，那几乎是不可能的。只要是布景出了丝毫的差错，或者观众中有一个对此表示不满，又或是突然有个观众冲到台上来了，所有准备好的手势全都没有用了。她曾经想过说：“我只会鞠躬，不会上前握手，这样就是最恰当的。”她向前鞠躬——到底是向谁鞠躬呢？向众位神灵还是众位英雄呢，还是向胡思乱想的学生们！她是隔着制造了一堆麻烦的垃圾鞠躬的。

她这样想着，思绪却停留在塞西尔那里。这是一次可怕的串门，巴特沃斯太太想要见见他们，但塞西尔却不想她见到自己。不想听她谈起绣球花，海边的绣球花有什么不一样，也不想加入到慈善机构的协会①中。他在遇到不愉快的事时，就是费劲苦心地去应付，若是该回答“是”或者“不是”的时候，他偏要费劲地讲半天。露西想让他平静下来，希望他们在婚后保持和谐，可以对他讲的话做出一些不算高明的补充或纠正。这个世界上根本没有完美的人，能够在婚前发现对方的缺点，是很明智的做法。巴特利特小姐没有讲什么大道理，但是在现实之中，让这位姑娘认识到生活中的一切并不是圆满的。露西虽然很不喜欢她这位老师，但是认为她教授给自己的东西很深刻，于是就把这个道理运用到自己的未婚夫身上了。

她们回到家里之后，她的母亲问：“露西，塞西尔今天有什么不对劲的吗？”这样的问话通常是不妙的。到现在为止，霍尼彻奇太太一直都很宽容，十分节制。

“没有，我觉得挺好的，妈妈，他没有事。”

“也许他有点累了。”

---

① 这个机构成立于1869年，为了调节贫民救济法的执行，协调各个慈善机构之间的关系而建，到了1946年，该机构更名为家庭福利协会。——译者注

露西为此做了妥协，是的，也许他是累了。

“如果不是这样——”露西将别住帽子的别针一根根地拔了出来，看上去越来越不高兴，“若不是这样，真的无法解释他的行为。”

“我也觉得巴特沃斯太太是个很没意思的人，如果你指的是这个。”“就是塞西尔的想法影响到了你，你小的时候就很喜欢她，你生伤寒的时候，她对你别提多好了。不过——到哪儿都是一样的，都那么回事。”

“帽子我帮你收拾起来了，好不好?”

“哪怕他对她仅仅维持半个小时的礼貌都不行吗?”

“塞西尔看人的标准是很高的。”露西结巴着辩解。她知道这么说，依然是有麻烦的。“他的这个高标准就是理想主义中的一部分——就是他的理想主义让他有时候看上去——”

“哼！你就胡说八道吧！如果说是理想主义能够把一个年轻人变得粗鲁无礼，那么这样的理想主义还是越早丢掉越好!”霍尼彻奇太太一边说，一边将帽子丢给了露西。

“可是，妈妈，你有的时候对巴特沃斯太太也不友好呀，我就亲眼见到过。”

“那能一样吗？有的时候，我恨不得宰了她。但这是完全不一样的事。还有，塞西尔根本就是那样的人。”

“对了，我想起来忘记告诉你了，我在伦敦的时候收到了夏绿蒂写的一封信。”

“你不要试图改变话题，这太幼稚了。”霍尼彻奇太太对露西的态度感到很生气。

“塞西尔从伦敦回来之后，好像不管什么都不满意似的。只要我一说话，他就皱眉——我看到了的。露西，无论你怎么否认都没有用。这么说吧，我不懂得艺术，也不懂得文学，不懂得爵士乐，没有学问，怎么选择客厅的家具没有发言权。这些家具都是你爸爸买的，我们就是将就着用，所以还得请塞西尔记住——”

“我知道了——明白你的意思，当然啊，塞西尔就不该说那些话。但他并不是故意失礼的，有一回他说过——让他感到心烦的——就是丑陋的东西——他倒不是因为人的问题。”

“还有，弗雷迪唱歌，是人呢还是东西?”

“你总不会要求一个懂音乐的人像我们一样对一个小调听得津津有味的吧?”

“那你说，他为什么不去别的房间?为什么一定要坐在这里，扭着身体，显露出不屑的表情，搞得大家都不高兴呢?”

“我们不该对待别人不公平。”露西吞吞吐吐的，某样东西把她变得软弱了，她为了给塞西尔争光，当时在伦敦的时候，她做得很好，但不知为什么到了这里却一点都不起作用了。两种不同的文明发生了冲突——实际上，从前塞西尔曾经暗示过会出现这样的情况——她觉得不知所措，凝聚在文明后面的光线将她的眼睛都弄花了。所谓的高雅或者低俗只不过是个流行的词汇而已，就像不同样式的服装。音乐穿越过了松林，慢慢地消失了，只留下耳语般的声音，在那个时候，无论是一首歌还是一曲小调都没有什么区别。

霍尼彻奇太太忙着换衣服，然后再准备晚饭，露西仍然处于不安尴尬的情绪当中，她不时说一句话，还是心不在焉的样子。事实无法遮掩——塞西尔故意显得傲慢的样子，而他显然已经成功了。但是露西——不知道为什么——她希望冲突不要在这个时候出现。

“换衣服去吧，亲爱的，要不你该迟到了。”

“知道了，妈妈——”

“不要和我说‘知道了’，脚却动都不动，去吧。”

她顺从地走开，却在楼梯平台的窗前闷闷不乐地停了下来。窗户是向着北部的，什么风景都没有，连天空也看不到。只有松树在跟前摇摆。就像冬天一样。有谁会将楼梯平台前的窗户和忧郁联系到一起啊？可没有什么具体的事情干扰她啊，她就在那里独自叹着气，“哦，天，我该怎么办呢？怎么办啊？”她的眼里，除了自己之外，每个人的态度都很不好。而且，她真不该提起巴特利特小姐的来信。现在她需要更加小心，她的母亲好奇心很重呢，不知什么时候突然问起信中都写了什么。那她该怎么回答好呢？——就在这个时候，弗雷迪跳着上楼来了。他也是个态度不好的人中间的一员。

“啊，那些真是太厉害了！”

“亲爱的宝贝啊，你真让人讨厌！为什么要带他们去神圣湖游泳呢？那个地方已经很公开了，你自己游一游就算了，干吗要带着别人呢？以后一定要小心一点，别忘了这里已经是半郊区了。”

“问你啊，下星期的今天有事吗？”

“目前来看，没有。”

“那行了，我请埃莫森父子俩星期天来打网球。”

“弗雷迪，要是我就不请他们，现在乱成了一团，我就不想这样。”

“网球场有问题？他们不会在乎哪里会有隆起的地方——再说了，我去订新网球了。”

“我觉得还是不要请他们，我真的是这么想的。”

他把她的两肘抓住了，活泼地带着她沿着过道跳舞。她假装并不当回事，但心里很想生气地尖叫。塞西尔去卫生间的时候，看了他们一眼，玛丽捧着一大堆热水罐走了过来，他们把道给挡住了。就在这个时候，霍尼彻奇太太打开了门，说："露西，你可真能闹啊！我有话问你。你刚才说的收到了夏绿蒂的信，是吗?"趁霍尼彻奇太太问露西，弗雷迪已经溜走了。

"是的。但我不能留下来，我得去换衣服了。"

"夏绿蒂怎么说的?"

"她很好。"

"露西!"

这个倒霉的姑娘只好回转过身。

"你有个坏毛病，别人问你的话才说一半，就非要跑开。夏绿蒂有没有说起她的锅炉?"

"什么锅炉?"

"难道你忘了，她的锅炉要在十月份检修，还有洗澡水的蓄水箱子也要清洗一下，另外各种的麻烦事?"

"我一点也不记得夏绿蒂的麻烦事了。"露西用苦涩的口气说，"既然塞西尔令你很不满意，我自己的烦恼已经很多了。"

本来霍尼彻奇太太是可以发火的，但是她没有这么做。她说："好姑娘，你过来——很感谢你把我的帽子收起来了——过来，亲吻我一下。"这个世界上的一切都不是完美的，但是就在这个瞬间，露西觉得妈妈，风角，还有夕阳下的维尔德以及所有的一切都是完美的。

发生的小摩擦就这么消失了。在风角，许多摩擦都是这么消失的。社交的机器运行在最后的关头，家庭的某个成员都会为之加上一滴油。塞西尔看不起她解决问题的方式——也许他想的对。无论如何，这些方式都不是他所选择的。

七点半的时候，开晚饭了。弗雷迪匆匆地做了感恩的祈祷，大家将椅子拉近了餐桌，开始吃饭。幸好男人们都饿了，所以一直到上了布丁，也没有出现任何麻烦事。就在这个时候，弗雷迪说：

“露西，埃莫森是个什么样的人？”

“我在佛罗伦萨认识的。”露西回答，希望这样的回答就算完了。

“他是聪明的那种人，还是属于正派人？”

“你问塞西尔吧，是他请来的人。”

“他属于聪明人那种，就和我一样。”塞西尔说。

弗雷迪用一种疑惑的眼神望着他。

“你们一起住在贝尔托里尼公寓的时候，和他们熟悉到什么地步？”霍尼彻奇太太问。

“就是打个招呼而已。告诉你，夏绿蒂对他们比我还不熟呢。”

“哦，我想起来了——你到现在还没有告诉我夏绿蒂在信里都写什么了。”

“就是瞎聊，说说家常。”露西说，她心里想：要是不撒谎不知道能不能把这顿饭吃完了。“除了说这些，还说到她有个让人生畏的朋友骑自行车路过了夏街，她说不知道是否应该看我们，幸好最后她没有来。”

“露西，你现在说话太刻薄了。”

“她写小说的。”露西狡猾地一笑。这句话讲得很巧妙，因为霍尼彻奇太太最不喜欢女人写小说了。她会将所有话题抛开，一心谴责不照顾孩子和家务，总想着出书而沽名钓誉的女人。她抱的态度就是：“如果一定要写，就让男人去写吧！”她继续说道，说到这些话题就没完没了，塞西尔不停地打着哈欠，弗雷迪在用李子核儿玩一个叫“今年成功，明年成功，要不就现在成功，要不永远不成功”的游戏。露西机灵地在母亲的话题上不断地添油加醋。

但是，过了一会儿，这个火苗终于消失了，幽灵们在黑暗之中聚集了。有许多的幽灵，最早的一个，曾经在她的面颊上轻轻地一吻——在山上的时候，曾经有人吻了她一下，这对于她来说，不算什么的。可就是这个幽灵一下引来了一大群幽灵——哈里斯先生，巴特利特小姐的来信，毕比先生有关紫罗兰的回想——这些幽灵，今天是这个，明天是那个，总是会当着塞西尔前来纠缠她。这会儿来的幽灵就是巴特利特小姐，她的形象太生动了，叫露西心惊胆战。

“露西，我还是想着夏绿蒂的来信，她怎么样了啊？”

“我早就把信给撕了。”

“难道她没有提起自己怎么样？在信里的口气如何？高兴不高兴？”

“嗯，还行吧，我觉得还行——不——也不太高兴。”

“那一定是锅炉出了问题。我都能想到水的问题有多折磨人了。我宁愿别的事情出问题——宁愿把肉烧坏了都没事。”

塞西尔用一只手把眼睛给蒙住了。

“我也是这么想的。”弗雷迪表达了自己的想法，支持母亲——但他支持的是话中的精神，却不是支持其中的内容。

“我一直想，”霍尼彻奇太太的神情很紧张，“我们可以挤出一点时间让夏绿蒂下星期过来住，等水暖工在顿桥井做完了活儿，让她好好地度过这段日子。我好久都没有看到可怜的夏绿蒂了。”

“妈妈，不要这样！”露西恳求地说，“这样不好，我们不能什么都不管，只考虑夏绿蒂的问题。现在的情况看，我们已经十分拥挤了，弗雷迪的朋友星期二想要来，还有塞西尔，因为怕传染到白喉，你还答应了明尼·毕比来家里住，这太不可能了。”

“瞎说！我觉得有可能！”

“除非你让明尼睡到浴室里去，再没有别的办法。”

“明尼可以和你一起睡呀。”

“我不。”

“你要是那么自私，弗洛伊德先生就要和弗雷迪住到一个房间里了。”

“巴特利特小姐，巴特利特小姐，巴特利特小姐……”塞西尔低声地重复着，不停地抱怨，再一次将手把眼睛蒙住了。

“这是完全不可能的。”露西再一次说，“我可不想制造麻烦，而这个屋子实在是太挤了。对于女佣人来说，也是很不公平的。”

“哎。”

“亲爱的，真相是你并不喜欢夏绿蒂。”

“我是不喜欢她啊，塞西尔也不喜欢她。她让我们很心烦。你最近没有见过她，不知道她变得很招人讨厌，虽然她的确是个好心人。妈妈，这是我在家的最后一个夏天了，不要让我待得心烦。别让她来，就容我们这一次，好吗？”

“说得好，太好了！”塞西尔说。

霍尼彻奇太太的表情比起平时要严肃，又多了一层平常没有的激情：“你们俩这么说话太不厚道了。本来你们可以一起做个伴，在林子里散散步，还有许多的美景。可怜的夏绿蒂水源都没有了，只能和几个水暖工在一起。亲爱的，你们还很年轻，但是不管你们读了多少的书，有多聪明，都无法体会越来越老是什么滋味。”

塞西尔将面包撕成了碎片。

“我得说那年我骑自行车去找夏绿蒂表姐，她对我可好了。”弗雷迪插嘴说，“她一再地感谢我去看她，让我觉得自己好像是个大傻瓜，她还忙得团团转的，就为了给我煮一个鸡蛋！还有点心，她想要煮得正合适。”

“亲爱的，这个我当然知道了。她对谁都这么好，可现在需要我们给她一点回报的时候，露西却为难起来。”

露西铁了心肠。对巴特利特小姐好是不会有好报的。她试过了许多次，前几天还试过，一个人待人好可能让他在天堂储存了一笔财富，而他没法让巴特利特小姐或者其他的人富裕起来。她被逼得没有办法，只好说：“妈妈，我真的很不喜欢夏绿蒂，没办法。我承认自己这样不对。”

“从你以前写的信上看，很早以前你就对她说过了。”

“哎，你要是知道她以那么愚蠢的方式离开了佛罗伦萨，她很慌张的——”

那些幽灵飞回来了，布满了意大利的幽灵，甚至将她童年时代就熟悉的地方全都占领了。神圣湖不再是从前的神圣湖，下个星期日，风角也会有变化，她该怎么样和幽灵斗争？就在一瞬间，看见的世界慢慢消失，好像只有回忆和感情依旧存在。

“照我看呀，巴特利特小姐煮的鸡蛋那么好，一定是应该来的。”塞西尔说。幸好晚饭做得很好吃，他的心情还算挺愉快的。

“我并不是说她的鸡蛋煮得有多好。”弗雷迪纠正着他，“事实上，她根本就忘了把鸡蛋从火上拿走，我呢，其实也并不喜欢吃鸡蛋。我就是想告诉你们，她看上去很好。”

塞西尔又将眉头皱了起来。唉，这一家人啊！鸡蛋，锅炉，绣球花，女佣人就这些因素组成了他们的生活。“我和露西可以离开吗？”他问，语气中丝毫不掩饰他的傲慢。“我们不想吃甜点的。”

12. 勇敢面对一切的露西

当然了，巴特利特小姐最终还是接受了邀请。而她理所当然地知道自己将是一个给别人增加麻烦的人。所以，她请求给她安排一间比较差的房间——比如是看不到风景的房间，或者其他随便什么房间。她还向露西问好。同样是理所当然的，下星期天，乔治·埃莫森会来打网球。

露西勇敢地面对这一切。虽然她和大部分人一样，只是面对周边的一切，从来不将目光放在内心。如果有些很古怪的行为从内心深处涌现而出，她就把这些行为归纳为神经紧张的原因。塞西尔把埃莫森父子俩弄到了夏街来，就使她的神经紧张了。夏绿蒂很有可能把过去的荒唐事情讲出来，这也让她感到神经紧张。到了晚上，她的神经就十分的紧张。

在她和乔治谈话时——他们很快就在教区长家里见了面——他的嗓音带有磁性，深深地吸引她。她很想和他多待一会儿，可她这种想法多要不得呀！当然，就是因为神经紧张，她才会有这样的想法。神经紧张就这么的玩弄着我们。有一次，她被“一些不知哪里跑来的，莫名其妙的情绪”搞得心慌意乱。某天下大雨的下午，塞西尔对她传授了心理学，于是，这位年轻人就在这个不被理解的世界里，所有烦恼都消失了。

到了这时，情况已经明了，读者可以得出这样的结论：“露西爱上了小埃莫森。”但是，如果哪位读者正处于露西的位置，就会感到很困扰，从而不是那么清楚了。来记录生活是很简单的，但是该如何生活就令人惶惑。所以我们经常使用“神经紧张”或者其他的可以掩盖内心世界的说辞。她是爱塞西尔的；乔治让她神经紧张。读者很愿意向她解释清楚这两句话中的词语完全可以倒过来。

但是外部的问题——她会勇敢地面对。

在教区长家的见面是很顺利的。那时，她站在毕比先生和塞西尔之间的位置，有好几次很恰当地提起意大利，乔治都做出了回答，她很想表示自己一点都不胆小，很高兴乔治看上去也不像很胆小。

“他是个好小伙子。”毕比先生后来说道，“他会把自己不成熟的地方隐藏起来。有些年青人表现得八面玲珑的，对每个事情都看上去应付自如，我倒是很不相信。”

露西回答：“他的情绪看上去比以前好多了啊，笑的时候多了。”

“是的。”教区长说，“他正在清醒。”

事情的经过就是这么简单。但是，随着时间的流逝，一周之后，她的防御机构又倒塌了，在她的脑海里不断浮现出一个英俊的男子。

虽然巴特利特小姐怎样到达风角的说明写得很清楚了，但她还是将事情搞得乱套了。她本来应该准时到达多金的东南铁路车站，然后霍尼彻奇太太前去接她。可是，她却去了伦敦和布来顿铁路车站，之后不得不找了辆马车赶来。当时，家里除了弗雷迪和他的朋友，再没有其他人。他们只好停下不打网球，来陪伴她，足足陪了有一个多小时。当塞西尔于四点回到家中，这些人还有小明尼·毕比组成了忧郁的六人小组，一起在高坡的草地上吃着点心。

“我永远都不会原谅自己。”巴特利特小姐一个劲地站起来说话，大家不得不请求她坐下来继续喝茶。“是我把一切都打乱了，跑到年轻人的世界中！但我还是要坚持付来这儿的马车钱，不管怎么样，请让我来支付吧。”

“来我们家的客人不会做这样令人震惊的事情。”露西说。她的弟弟也叫嚷道：“露西，我说了有半个钟头了，说来说去都是要夏绿蒂表姐相信这一点。”他的语气带着烦躁，他的记忆早就把煮鸡蛋的事清除得差不多了。

“我从来不认为在你家是一般的客人。”巴特利特小姐说，望着自己已经磨损了的手套。

“好吧，要是你一定要支付的话，五先令，我给了车夫一先令。”

巴特利特小姐向钱袋里看了一下，里面只有几个金镑和数个便士。谁可以找给她零钱？弗雷迪有半镑，他的朋友有四只两先令六便士的硬币。巴特利特小姐收下了钱币，然后问：“这个金镑给谁呢？”

“这件事先这样吧，等妈妈回来再讲。”露西说。

“不，亲爱的，你妈妈要不是因为我，早就出去兜风了。我们每个人都有自己的怪脾气，我的怪脾气就是欠账一定要及时结清了。”

这个时候，弗雷迪的朋友弗洛伊德先生说了唯一一句引人注意的话：他说用投掷弗雷迪那枚钱币的办法，来决定巴特利特小姐的金镑归谁。这个解决的办法看来不错，就连一直以超脱的姿势对着风景喝茶的塞西尔，也感受到了机会之神将要降临，便转过了身。

可是，这个方法也不可以。

“不好意思——不好意思——我知道自己很糟糕，又爱令人扫兴，但是，如果我不这么做会很难受，我这是在掠夺输家呀。”

“弗雷迪欠了我十五先令。”塞西尔插嘴说，“如果你把那镑钱给你，什么就都过去了。”

“十五先令，”巴特利特小姐疑惑地问，“维斯先生，这是怎么回事呢?”

“难道你不知道？这就是弗雷迪给你付的车钱呀。现在你把英镑给我，我们就不用赌博了。”

巴特利特小姐对于数字一点也不敏感，这么一说，更加糊涂了。于是，就把英镑交了出来，弗雷迪和弗洛伊德一个劲地想要忍住，但还是忍不住笑出了声。就在那个瞬间，塞西尔得意极了，他是和身份与他相同的人一起胡闹。接着，他向露西望过去，只见她的脸上浮现着淡淡的忧愁，将笑容破坏了。明年的一月，他就会把他的莱奥纳多从这种无聊的生活中解救而出。

“但是，这样我不明白呀!”明尼·毕比大声嚷道。她很仔细地观察了这一幕很不公平的交易过程。“我不懂为什么是维斯先生得到了这枚英镑。”

“因为十五先令加上五先令，就是一镑。”他们很严肃地回答她。

“但我还不明白——”

他们把很多蛋糕塞给了她，不让她讲话。

“不，谢谢你们，我吃饱了。我不知道为什么——弗雷迪，你别用手指捅我。霍尼彻奇小姐，你弟弟捅得我好疼啊！哎哟！弗洛伊德先生的十先令呢？哎哟！就是，我一直不明白，而且永远不明白那个叫什么小姐来着不应该支付车夫一个先令。”

“我把车夫的事给忘了。”巴特利特小姐脸颊绯红，“谢谢你提醒了我，亲爱的。是一先令，对不对？谁帮我找回这枚两先令六便士的零钱？”

“我现在去拿。”年轻的女主人站了起来，“塞西尔，你把金镑给我，对——拿给我。我让尤菲密亚将它兑换开，我们都算清楚。”

“露西——露西——我是不是很招人讨厌啊！”巴特利特小姐反对她去兑换，跟着她走过了草地，露西在前面脚步轻快地走着，努力装出高兴的样子。等到她们走到了没人听到她们说话的地方，巴特利特小姐就不再叹气，而是用轻快的口吻问：“那个他，你和他讲过没有？”

“没讲。”露西回答。说完她就后悔了，因为她很快领会到了表姐问话的意图，恨不得马上把自己的舌头咬掉。“我想想啊——一个金镑可以换多少硬币。”

她躲进了厨房。巴特利特小姐突然间把话题改变了，实在是不可思议。有的时候，她说的话或者引起她注意的话都是有原因的；所有这些车钱啊找零钱啊，看上去令人头痛的事，实际上是一种策略，就是为了对她的心灵进行突然攻击。

“没有，我没告诉塞西尔以及任何的人。”她从厨房出来的时候说，“我曾经答应过你，不和任何人说。钱就在这儿——除了两枚两先令和六便士的硬币之外，都是先令。你数一数吧，现在可以很满意地结账了。”

说话的时候，巴特利特小姐站在客厅，眼睛凝望着圣约翰升天图，这幅图画已经给配上了镜框。

“这是多可怕的事！”她喃喃地低语，“如果维斯先生是从别人的口里知道了，那真是没法设想。”

“怎么会呢，夏绿蒂。”姑娘进入了战斗状态，“乔治·埃莫森不会说出去的，那还有谁呢？”

巴特利特小姐晃着脑袋，想了想说：“比如是那个车夫呢，我见到他透过树丛偷偷地在看你们呢，他的嘴里还叼着一支紫罗兰。”

露西微微地发抖：“如果我们不小心，这件事就会令人心神不宁。一个佛罗伦萨的马车夫，怎么可能找到塞西尔呢？”

“万一呢，我们必须把各种可能性想到了。”

“天哪，这不会有什么问题的。”

“再说了，可能老埃莫森先生也知道这件事啊。我想，他一定是知道的。”

“我不管他知道不知道。我非常感谢你的来信，不过就算是事情传了出去，我相信塞西尔也会付之一笑。”

“会争辩？”

“不是，是付之一笑。”不过，她心里完全明白，她是不能完全相信他的，因为他一直相信她是洁白无瑕的。

“这样很好，亲爱的，你的心里最明白不过了。也许先生们和我年轻的时候不一样了，女士们也不一样了。”

“嗨，夏绿蒂！”她故作开玩笑一样的拍了她一下。“你呀，这个好心肠的，很喜欢替别人操心呀！你到底想让我怎么办呢？开始是你说的‘不要说出去’，后来你又说，‘告诉人家吧’，那么，你说到底讲不讲呀？你说吧！”

巴特利特小姐叹了口气，道：“亲爱的，我说不过你。我只要一想到在佛罗伦萨时，我对你的干预，而你没有我的照顾，依然生活得很好，在好多方面都比我强得很多，我就感到很羞愧。你永远都不会原谅我。”

“我们现在出去好吗？要是一直不出去，只怕他们会把瓷器都给打碎了。”

因为就在这个时刻，空气中响起明尼洪亮的尖叫声，有人拿勺子往她的头皮上刮。

“等等，亲爱的——恐怕以后再难有这样亲近的谈心机会。你见到那个年轻人了吗？”

“见到了。”

“在哪里呀？”

“就在教区长的家里碰到的。”

“他是什么态度？”

“没有什么态度啊。和其他人一样地谈起了意大利，真的什么问题都没有。话说回来，要是他要了无赖，对他有什么好处呢？我很希望你能和我一样看待问题。他不会去惹麻烦的，夏绿蒂。”

“如果做了一次无赖，一辈子都是无赖，这是我的看法。”

露西停了一下，才说：“有一次，塞西尔说过一句话，我觉得他说得很深刻——有两种无赖——有意的无赖与无意的无赖。”说到这里，她又停下，想把塞西尔说的话表达得更加深刻一些。这时，她朝窗外望过去，一眼望到了塞西尔。他正在翻看一本小说，是刚从史密斯图书馆借来的。看来她的妈妈已经从车站回来了。

“一次是无赖的话，一辈子都是无赖。”巴特利特小姐重复了一遍。

“我是说埃莫森先生下意识地做出的行动，当时他没有自制。我跌倒在紫罗兰花丛之中，他一时之间没有反应过来。我想不用太指责他。当你突然间看到身后有那么一大片美丽的景色，感觉也会不一样的。真的非常不一样，很不一样，所以他就没有了自制力。他对我一点也不爱慕。或者哪怕只是一点点这样的想法，只是拿我当作了一株小草而已。弗雷迪非常喜欢他，还请他星期天来家玩，你可以自己去观察。他现在进步多了，不像看上去总想要哭似的。现在他在一家大的铁路公司的总经理办公室工作——当然不是茶房——在周末的时候，就过来看望父亲。他的父亲本来想做新闻工作，但是现在得了风湿，只好退休在家里。好了，现在我们去花园吧！”她把客人的手臂挽了起来。“我们不谈荒唐的意大利事件了，好吗？我们都希望你在风角的这段日子，能够安安静静地，舒舒服服地，快乐地住上几天。”

露西自己以为这一段话说得非常不错了。但是读者可能感觉到了其中的漏洞。而巴特利特小姐是不是也感觉到了，谁也说不好，因为上了年纪的人，想要看清楚她的内心是不可能的。就在这个时间里，露西悄悄地走开了，脑海里的形象更加的活泼自然，生龙活虎了。

13. 来自内部的灾难

巴特利特小姐来到之后的星期天，一个阳光明媚的日子，就好像一年里的大多数日子。在维尔德地区，秋天已经渐渐来到，将单调的绿色打破了，公园像是罩上了灰色的薄雾，山毛榉树看上去是土褐色的，栎树则成了金色。在高高的山地上，一片呈现黑色的松树林眼瞅着发生了这些变化，而它们本身却依旧挺拔着。无论是夏天还是秋天，乡间始终是万里晴空，并且无论是夏天还是冬天，教堂总是能传出叮叮当当的敲钟声。

这个时候的风角，花园里空荡荡的，没有人迹。只有一本红封皮的书静静地躺在沙砾路边上晒着阳光。屋子里时断时续地传出来各种不同的声音，是正在准备前去教堂的妇女们。

“先生们都说不去。”——“哦，我没有责怪他们”——“明尼来问，她必须要去吗?”——“和她讲，不要耍小孩子脾气。”——“安妮！玛丽！快来，帮我扣好搭扣。”——“亲爱的露西。能麻烦你给我一支别针吗?”这一切都是因为巴特利特小姐说她一定要去教堂。

太阳光越升越高，引着它向前的不是法厄同，而是阿波罗①，太阳热烈地照耀着大地，可谓烈日当空。当女士们走进了卧室的窗口，阳光就正好照耀在她们的身体上；也照在夏街上毕比先生的身体上，他满含着笑容读着凯瑟琳·艾伦小姐的信件；也照在乔治·埃莫森的身体上，此刻，他正在为父亲擦着皮靴；最后，也照在前面提到的那本小路边的红皮书上，类似这些很值得记录下来的事件，全都记录在红皮本子上了。女士们移动了自己的身体，毕比先生也移动了自己的身体，乔治也移动着自己的身体，只要是移动，就会有阴影。而那本红皮书，始终躺在小路边，一动也不动，整整一个下午，享受着阳光的抚摸。它的封皮微微地翘起了一角，似乎就在表示对阳光抚摸的感激之情。

过了一段时间，露西从客厅的落地窗户前走了出来。她穿着一条樱桃红的新裙子，远远地看上去，她是艳俗的，毫无血色。在她的脖子上有一个石榴红的别针，手指上戴了一枚戒指——这是她的订婚戒指，上面镶嵌了好几块红宝石。她的眼睛直直地望着维尔德地区。眉间微微地皱褶——不像是在生气，而是像勇敢的孩子那样，努力忍住让自己不哭出声来。就在这片空荡的大地上，没有谁注视她，她可以随意地紧皱着眉头，没人出声指责，她还可以时不时打量一下阿波罗和西边一边山峦之间的景色。

---

① 是希腊神话中主管阳光，勇气，音乐，男性美等的神。就是太阳神。——译者注

“露西！露西，你看那是本什么书？是谁把它从书架上拿走了，丢在了那里，任凭风吹雨打啊。”

“那本是塞西尔看的，从图书馆借来的书。”

“咱们还是给捡起来好了，别光站在那里，什么都不干，好像是一只红鹳。”

露西默默地走了过去，将书拾了起来。直起身来，无精打采地瞟了一眼封皮，《凉廊下》。她早就不读小说了，仅有的一点时间都用来阅读严肃的文学著作，以便早一些追赶上塞西尔。可怕的是，她的知识很贫乏，就是自以为很清楚的东西，比如意大利的画家，竟然也遗忘得一干二净的。今天早上，她将弗朗切斯科与弗朗切亚和皮埃罗·德拉·弗朗切斯卡完全弄混了，塞西尔问：“怎么了？难道你把你的意大利全都忘了吗?”因为这个，她的目光中增加了焦虑的神情，现在，她带着敬意望着面前这些让她深感亲切的花园以及景色，还有在空中难以想象别的地方依然会出现的，让她感到最为亲切的太阳。

“露西——你有没有一枚六便士的硬币可以拿给明尼，留一枚一先令的给你自己，好吗?”

她连忙进了屋，向她的母亲走过去。霍尼彻奇太太正忙得不知所措，每到周末，她都是这样忙碌。

“这次是很特别的捐献——我忘了为什么，请求你们不要用半便士的钱，搞得盘子叮叮当当地响，听上去烦死了。一定要给明尼一枚干净的闪亮的六便士硬币。这个孩子去哪儿了啊？明尼！你看，那本书怎么给弄得变形了啊，你去把书压到地图册的下面，明尼!”

“哎，霍尼彻奇太太——”这时，从花园的深处传来了回音。

“明尼，赶紧来，千万别迟到了，马儿已经来了。”——她一直都不说马车，而是称马儿。“夏绿蒂呢？赶紧跑过去叫她，她怎么总是这么慢啊？其实她有什么可做的呢？她经常什么都不带，就带几件衬衣。可怜的夏绿蒂——我是多么的讨厌衬衣！明尼！”

不信教就好像是传染病一样 ——比起白喉来更加厉害——这样，这个教区长的侄女就被带到了教堂。她在连声抗议。她和平时一样，不知道为什么一定要去教堂。为什么就不可以和年轻的男孩子坐在一起晒太阳？那两个年轻人远远地走过来，故意用不客气的语言嘲笑她，霍尼彻奇太太忙着为她的信仰做辩护。就在一片慌乱之中，巴特利特小姐从楼梯上慢慢走了下来，看上去打扮得十分时髦。

“亲爱的玛丽，对不起，我没有零钱了——只有英镑和两先令的硬币，谁可以给我——”

“有，很方便的，你上来吧。哦，天哪！你打扮得实在是太漂亮了！这身连衣裙真是太好看了！你把我们大家都给比下去了！”

“如果我现在不穿这些讲究的破烂衣服，以后哪里还有机会穿呢？”巴特利特小姐用一种责问的口吻说。她坐上了双座的四轮敞篷马车，身体背对着马儿坐稳当，紧接着，就是一番喧闹声，她们上路，离开了夏街。

“再见！好好玩吧！”塞西尔对着她们喊道。

露西咬咬嘴唇。她听出了他语调中讥讽的意思。有关“上教堂之类的事情”的话题，她们曾经有过无法让人满意的谈话。他说人应该要自我检查，但是她根本不想检查自己，她也不知道怎么做。塞西尔对真诚的信仰是十分尊重的，又认为真诚是出自于精神上的危机。他不能想象真诚是与生俱来的权利，就像花树一样往空中扩展。关于这个话题的所有谈话，完全地刺痛了她的心，虽然他的每个毛孔都散发着宽容；可是，不知道为什么就是和埃莫森父子不一样。

做完了礼拜，她一眼发现了埃莫森父子。马车在大路上排成了一列，霍尼彻奇家的马车恰巧就停在了细细别墅的对面。她们为了节省时间，就沿着草地走了过去，正好碰到了这对父子在花园里吸烟呢。

“为我介绍一下吧。”她的母亲说，“除非是那个年轻人早就以为他认识我了。”

很可能认识她的。但是露西假装忘记了神圣湖的事情，为她们做了正式的介绍。老埃莫森先生很热情地和她打招呼，说他十分高兴看到她就要结婚了。她说是这样，她自己也很高兴；这当儿，巴特利特小姐和明尼、毕比先生一起站在后面，露西趁机将话题转移到一个不那么令人难安的话题上，问他是不是喜欢这个房子。

“非常喜欢。”他回答说，但是听上去带着一点不悦，她从来就没有见过他不愉快的时候。他继续说，“我们发现了，两位艾伦小姐本来打算来住的，是我们把她们给赶走了。女人对这样的事情都是很在乎的，所以我觉得心里很烦闷。”

“我猜这里一定是有什么误会的。”霍尼彻奇太太很不安地说。

“还有人告诉房东，我们是他想象的那种人。”乔治补充道，他像是故意把问题往深里探。“房东以为我们都很懂艺术，结果让他失望了。”

“不知道我们是不是应该主动把房子让出来，给两位艾伦小姐写信？你认为呢？”他问露西。

“哦，既然来了，就留下来吧。”露西故作轻松地说。她必须想办法回避塞西尔的名字，因为这件事完全是他一手促成的，虽然一直没有谁提到他的名字。

“乔治也是这么说。他讲两位艾伦小姐只能让位了，可这太不应该了呀。”

“在这个世界上，仁慈是有限的。”乔治望着阳光照耀在来来往往的汽车上，发出耀眼的光芒。

“说得太对了！”霍尼彻奇太太喊道，“我也是这么说。为什么要为那两位艾伦小姐费那么多的唇舌啊？”

“仁慈的确有限，就好像阳光也是有限的一样。”他慢慢地用富有节奏感的声音说，“不管我们站在何处，总是会留下阴影。如果为了保护物体，不停地换地方也没有用，因为阴影总是会跟着走的。所以，还是要选择一块损害不到别人的地方——对，选择的地方对别人的伤害不要太多。之后，尽自己最大的努力对着阳光，停留在那里。”

“哎呀，埃莫森先生，我能看出来你特别聪明！”

“哦——？”

“我能看出来将来你会更加聪明。以前你没有欺负过我家的弗雷迪吧？”

乔治的眼中含着笑。露西暗想他倒是和妈妈相处得蛮不错的。

“是，没有。”他说，“倒是他曾经那么对待我过。当然，这是他为人处世的方式。他是以他的准则来生活，而我是顶着一个大问号开始的。”

“你说的什么意思啊？好吧，无论是什么意思，不再解释了。我等着下午和你见面呢。你打不打网球？星期天一起打网球你介意吗？”

“乔治介意星期天去打网球！乔治受到过这方面的教育，

所以能区分星期天——

“太好了，我也不介意，那么就说好了啊。埃莫森先生，要是你和儿子一起来，我们会感到十分荣幸。”

他感谢了她，听着感觉路会非常的长。最近这些日子，他只能走动几步而已。

她转了过来，对乔治说：“他想要将房子让给艾伦小姐呢。”

“这些我都知道。”乔治一边说，一边将手臂搭在父亲的脖子上。毕比先生和露西知道他的心肠很好，而这个好的心肠突然间爆发出来，就好像是阳光照耀在苍茫的景色上——是一些晨光吗？她想到了，虽然他的脾气很古怪，却是一直没有说过对感情表示反对的话。

巴特利特小姐正朝这边走来。

“你认识我家的巴特利特小姐吧？”霍尼彻奇太太很热情地说，“在佛罗伦萨的时候，你一定见过她和我的女儿经常在一起。”

“是的。”老人说，看上去他像是要走到花园外，去迎接这位女士。巴特利特小姐很快地跨上了马车。这样，她就坐在马车上了。按照礼节，她鞠了一躬。这时，好像又回到了贝尔托里尼公寓里，餐桌上还有瓶装的水和琥珀色的葡萄酒，场景正是那时因为那间看得见风景的房间而产生的争论。

乔治并没有回礼。他和普通的男孩子没有什么区别，脸已经涨得通红，觉得很羞愧；他回忆起了在这位监护人跟前发生的事情。他说道：“我——我会去打网球，只要能抽出时间来。”说完，他就匆匆地走进房间了。也许，他是在努力讨得露西的喜欢，但是他看上去很别扭的模样，实在让露西揪心。男人也不是神仙，也和女孩子一样的，有任性、笨头笨脑的时候；就算是男人也会因为没有把情欲表达清楚而难过，也需要别人的帮助，但对于像她那样的有教养的，有人生目标的女孩子来说，对男人的弱点明显是很陌生的，但是，就在佛罗伦萨的时候，乔治将她的图片丢进了阿诺河中，她就已经猜到了这些。

“乔治，你不要走。”做父亲的喊住他。老人觉得自己的儿子和别人说话可以让别人高兴。“乔治今天心情不错，今天下午他一定会去你家的。”

露西观察到了表姐的表情。这个表情所包含的意味，让她什么都不去想了。“行啊。”她把嗓门提高了数倍。“我很希望他去。”然后，她走到马车前面，喃喃自语道：“他并没有告诉老人，我知道不会的。”霍尼彻奇太太也跟着女儿上了马车，她们一起走了。

露西十分满意，埃莫森先生并不知道在佛罗伦萨时发生的越轨事件。而她的兴致不知道为什么会这么高涨，好像是看到了天堂的护墙一样。她心满意足！她对待这件事几乎有些大喜过望的感觉了。回家的路上，马蹄的声音在唱着歌，“他没对人家讲，他没对人家讲。”她的大脑把这个曲子扩充为“他没有对父亲说——虽然他是那种不管什么都会告诉父亲的个性，这并不是冲动的冒险事件。在我走后，他没有笑话我的意思。”她抚摸着自己的脸颊。“他不是爱我，不是。要是的话，那该是多么的可怕！但是他没有对人家讲，不会对人家讲的。”

她很想大喊：“没关系！这是我们永远的秘密。塞西尔永远都不会知道的。”甚至她在庆幸，离开佛罗伦萨之前的那个夜晚，她与巴特利特小姐趴在地上收拾行李，巴特利特小姐让她答应不再提起这件事。现在这个秘密，是完全地保住了。

这个世界上，只有三个英国人知晓。她对于这个喜悦的事情，是这么理解的。当塞西尔和她打招呼的时候，面色红润，容光焕发，安全感十足。他扶她走下了马车，她讲：“埃莫森父子对我们很客气，乔治·埃莫森爱说话多了。”

“喔，我的被保护人现在怎么样？”塞西尔问道。他对他们并不感兴趣，早就忘了当时将他们带到风角来，是想让他们受教育的。

“什么被保护人！”她叫嚷道，语气很激动。

在塞西尔的脑海里，人与人之间唯一的关系就是封建的关系，是保护人与被保护人之间的关系，他丝毫都看不到露西所渴望的同志之间的友谊。

“你可以亲眼看看被保护人怎么样了，下午乔治·埃莫森会来，他说话很有意思的，只要你别——”她差一点就说“不要做保护人”，而就在这时，吃午饭的铃声响起，塞西尔没有认真听她说话，这样的事情经常发生。她的优点是妩媚动人，而不是擅于争辩。

这一顿午饭吃得非常愉快。以前露西吃饭都觉得很压抑，她总是要安慰别人——不是塞西尔，就是巴特利特小姐。再有就是一个谁也看不到的神——这个神会轻轻地同她的心灵谈话：“这样的快乐是短暂的，是暂时的。明年的一月，你就要去伦敦，招待那些名人的孙子孙女了。”而今天，她觉得自己得到了一种安全感。她的妈妈一直坐在那个位置上，弟弟坐在这儿。阳光从清晨就开始移动，到了现在，绝对不会被山峦遮住。吃完了饭，他们邀请她弹奏一曲。以前她看过格鲁克①的《阿尔米德》，凭着记忆将魔园的一幕的音乐弹奏了

---

① 德国作曲家，创作了百部以上的歌剧。——译者注

出来——雷诺[1]在冉冉升起的曙光照耀之下，跟随着音乐的节拍而来，音乐声没有变得强烈，也没有变得衰弱，就好像是仙境里漂浮的海水，没有波涛汹涌，只微微地荡漾着水波。这样的音乐并不适合弹奏钢琴，听众开始听的时候，不能够安静下来，有些焦躁难安，塞西尔也感到不舒服，大叫道："给我们弹另一个花园吧——《帕西法尔》[2] 的那个花园吧！"

她将钢琴的盖子合上了。

"这样不太好吧。"母亲冷静地说。

她怕将塞西尔得罪了，便很快地转过了身子。啊，乔治竟然站在后面。他静悄悄地走了进来，没有将她的演奏打断。

"啊呀，一点都没有想到！"她惊呼道，脸涨得通红；然后，她也没有与乔治打招呼，就又打开了钢琴。塞西尔是有权利听到《帕西法尔》的，以及他喜欢听的所有乐曲。

"咱们的演奏家主意改变了。"巴特利特小姐犀利地说。她的这句话中，可能还包含了另外一层意思，就是说"她想要弹给埃莫森先生听"。露西不知道怎么应对，也不知道自己想要做什么。她弹奏了一曲"百花仙女"唱的歌中的几个小节，但是弹得十分糟糕，于是，就停下来，不肯再弹奏下去。

"咱们去打网球吧。"弗雷迪说，他不喜欢凑来凑去的节目。

"好啊，我也想去打网球。"露西又一次把钢琴的盖子合上了。"我建议你们男子来个双打。"

"行啊！"

---

① 为剧中男主人公，是信仰基督教的骑士闯进了一座魔园，对异教徒女王阿尔米德由恨生爱。——译者注

② 是瓦格纳作的三幕歌剧，主人公是山村中的少年帕西法尔，他为了拿到圣矛，闯进了妖术士的魔园。——译者注

“我不加入了，谢谢。”塞西尔说，“你们的双打不能让我破坏了。”他从来就没有想过虽然一个人打不好球，但是处于三缺一的状态下，凑个数是件多么讨好的行为。

“哎，塞西尔，来吧。我打不好，弗洛伊德打得也不行，我敢说埃莫森打得也就差不多。”

乔治纠正他的话：“我打得一点都不好。”

他们这样说话，是会被嗤之以鼻的。塞西尔说：“那我是不适合打的了。”巴特利特小姐误以为他是在故意冷落乔治，便说：“我和你的想法是一样的，维斯先生。你不要打了，不打最好了。”

明尼走进了塞西尔不敢涉足的地方，她勇敢地对大家说她想打。“反正每个球都接不住，也没什么。”但是，因为在星期天，不适合玩，所以她的建议很快就被否决了。

“那只好让露西上了。”霍尼彻奇太太说，“你们一定得求求露西，要不没别的办法了。露西，你把裙子换了吧。”

一般情况下，露西的安息日有着双重性。上午一定要遵守安息日，到了下午，就不一定遵守了。她听从母亲的话去换裙子，她猜塞西尔是不是在嘲笑她呢。在与塞西尔结婚前，一定要反省自己，把所有的事情都了结了。

弗洛伊德先生与露西做搭档。她虽然喜欢音乐，而网球也不错。穿着舒服的运动衣在球场上奔跑，比起直挺挺地坐在钢琴前弹奏，感觉要好得多。她又感觉到音乐只是儿戏罢了。由乔治来发球，由于她很想赢，倒显得未加提防。

想起在圣克罗彻的坟墓前，他在徘徊，在叹息，世事无常。很难如意。那个不知名的意大利人死去之后，他在阿诺河边的矮墙前靠立着，对她说：“对你说，我希望可以活下去。”他说希望活下去，希望把球赢了，希望就站在阳光之中使出浑身的解数——阳光慢慢地西斜，刺眼的光芒照得她睁不开眼睛，而他，果然是赢了呢！

维尔德地区看着是多么的美啊！连绵的山峦伫立在灿烂的光辉里，好像是菲耶索莱直立在托斯卡纳地区的平原。要是你愿意，就将南丘当作卡拉拉也是可以的。她可能对意大利有些淡忘了，但是对英格兰只有不停地发现新的变化。你完全可以将景色作为一个好玩的新游戏，在无数的重叠的山脉之中找到一个陌生的小镇或乡村，将它当作是佛罗伦萨。维尔德地区看上去是那么的美丽！

就在这时，塞西尔在喊她。他正好这会儿思路清晰，很想挑挑别人的错，对别人的兴奋一点好感都没有。打网球的时候，他就是个招人讨厌的人，他看的那本小说写得很差劲，就很想给大家念一念。于是，他在网球场上来回地走着，大声喊："露西，你听听这句。居然使用了三个分裂不定式①。""太差劲了！"露西说着，随之扑空了球。当这盘球打完了，他仍然在念：这段写到谋杀。真的大家一定要听听。弗雷迪与弗洛伊德先生只好走到月桂树的下面找一个丢掉的网球，而另外两个人默默地同意了。

"就发生在佛罗伦萨。"

"很有意思啊，塞西尔！你继续念。过来，埃莫森先生，打球使了那么多力气，累坏了吧，坐一会儿。"

用露西的口气说，就是已经"原谅"了乔治，所以故意对他特别和气。

他一跳就跃过了网的这边，坐在她的脚边，问她："你——累不累？"

---

① 指的是 to 与动词之间插进了副词的不定式。——译者注

“当然不累了！”

“在乎输了球吗？”

她刚想说“才不在乎”，但是想到自己的确是在乎的，所以就老老实实地回答：“是的。”然后，她笑着说：“但我没有认为你是高手，阳光在你的背后，所以直接晃到我的眼睛了。”

“我没有讲过我是高手啊。”

“咳，你明明讲过的。”

“你一定当时没认真听我说。”

“你就是说过啊——好了，这个不用太较真的。我们都喜欢把事情夸大，谁要不这么做，我们就会生气。”

“就发生在佛罗伦萨。”塞西尔将声音提高了几分贝，又重复了一遍。

露西努力让自己平静下来。

“夕阳落下了，利奥诺拉正在飞快地走——”

露西把他的话打断：“利奥诺拉？她就是小说的女主人公吗？这本小说是谁写的啊？”

“作者是约瑟夫·埃默里·普兰克。‘夕阳落下了，利奥诺拉正在飞快地走过广场，她恳求众生不要去得太晚了。夕阳落下了——意大利的夕阳落下了。在奥卡捏[①]的凉廊——我们有的时候也叫作浪奇凉廊的下边——”

露西突然发出爽朗的大笑。“是‘约瑟夫·埃默里·普兰克’呀！天，那就是拉维西小姐！是拉维西小姐写的，出版时用的是别人的名字。”

---

① 意大利佛罗伦萨的画家，雕刻家，建筑师。这座凉廊传说是他建造的，实则为他去世后别人建的。——译者注

“谁是拉维西小姐?”

“哎，是个很可怕的人——埃莫森先生，你还记得拉维西小姐不?”由于下午过得很愉快，她竟然兴奋得拍起了手。

乔治抬起头来，看了她一眼，说:“当然记得了，我刚到夏街就看到她了。她告诉我你也住在这里的。”

“怎么，你不高兴?”她本来指的是“看到拉维西小姐”一事，但是，她看到他低下了头，直直地望着草地，没有说话。露西突然想到这句话也是可以指向别的意思的。他的头几乎就靠在了她的膝盖上。她愣愣地望着他低着的头，看出来他的耳朵在一点点发红。“我说这本书这么糟呢，原来是拉维西小姐写的。”她又说道，“我一直不喜欢拉维西小姐。不过，既然我们与她有过来往，读一读她的书也无妨。”

“所有现代小说都写得很糟。”塞西尔说，他对露西心不在焉的样子感到很生气，就把气撒到文学作品上了。“现在的作家，都在为金钱而写作。”

“哦，塞西尔——”

“本身就是这样的，我不会再把约瑟夫·埃默里·普兰克的小说强迫念给你们听。”

这天的下午，露西唧唧喳喳的，就像是一只小麻雀。塞西尔的声音一会儿高一会儿低，很容易引起注意。但是，露西却丝毫没有影响到。她始终生活在乐章和自我的旋律当中，她的神经对他忽高忽低的节奏一点反应都没有。她就让他去生气吧，顾不了了。她再一次注视着有一头黑发的脑袋。她没有去抚摸他，虽然内心透亮如明镜，自己很想去抚摸。这种感觉十分奇妙。

“埃莫森先生，你看我家这里的风景怎么样?”

“我始终以为风景是没有区别的。”

“没有区别是什么意思?”

“风景全都是一样的。在风景里，最重要的是空气和距离。”

塞西尔从鼻孔里发出一声“哼!”他也不能判断这句话是不是惊人之语。

“我的爸爸”——他抬起头看着她（脸有些发烧）——“说世界上只有一种风景非常完美——就是在我们头顶上的蓝天，而地面上的一切景色，完全是粗枝滥造的复制。”

“你爸爸是不是在读但丁①啊?”塞西尔问，说话间他用手摸着那本小说，只有在谈论这本书，他才有权利发言。

“有一次，他对我们讲，景色其实就是一些东西的组合——树的组合，房屋的组合，还有丘陵等，它们之间一定存在着某种联系，好像是人的组合一样的——并且因为一样的原因，它们对有同样组合的人产生了超自然的吸引力。”

露西张着嘴巴，听得入了神。

“因为人的组合不仅仅是排列好的人群。它还会有一些其他的东西——不会有人知道是什么原因——就好像群山的组合也会包含一些东西一样的。”

他捡起球拍指向南丘的方向。

“多么奇特的想法呀!”她轻轻地说，“我会很喜欢听你爸爸再说说，可惜他的身体不怎么好。”

“嗯，身体不怎么好。”

“这本书里有段描写景物的，写得太烂了。”塞西尔说。

“还有可以将人分隔成两个类型——看到风景之后会忘记

---

① 但丁的《神曲》中《炼狱》和《天堂》篇里有与‘粗枝滥造的复制’相近的看法。——译者注

的人和看到风景会铭记在心的人，就算是在小小的房间里，也是一样的。”

“埃莫森先生，你有没有兄弟和姐妹呀？”

“没有呀，怎么了？”

“因为你刚才说到了‘我们’。”

“哦，‘我们’是指我和妈妈。”

“砰”的一声，塞西尔使劲合上了书。

“哎呀，塞西尔——你把我给吓了一跳！”

“我不会再强迫把约瑟夫·埃默里·普兰克讲给你们听了。”

“我只记得当时我们三个一起在乡村玩了一天，一直走到了新德黑德。这是现在我能够回忆起来的第一件事情。”

塞西尔站了起来，他没有教养——打完了网球，也不穿上上衣——到最后也没有穿。如果不是露西喊住了他，他就这么走开了。

“塞西尔，你把那段描写景色的文字念出来让我们听听。”

“这会儿有埃莫森先生给我们解闷，我不用念了。”

“不要——还是念吧。要是能听到大声朗诵荒唐而可笑的情节，是多有趣的事啊。埃莫森先生若是觉得咱们很无聊，大可以走开的。”

塞西尔觉得露西讲的这句话非常巧妙，听了特别高兴。可以让我们的客人处在自命不凡的感觉中。生气的他多少平息了一些，便又坐了下来。

“埃莫森先生，你去找网球吧。”她把书打开了。一定得要塞西尔念那段，还有其他的他喜欢的段落。而她的心思却在乔治的母亲那里——照伊格先生说的那样——在上天的眼皮下，她被谋杀了——但是她的儿子说他们一直玩到了新德黑德。

“你们真的让我离开?”乔治问。

“当然不是了。”她说。

“第二章,”塞西尔边打着哈欠边说,“你替我翻到第二章,要是你不嫌麻烦的话。”

翻到了第二章,露西先是对页面的前几行扫了几眼。

她觉得自己要疯了。

“把书拿给我。”塞西尔说。

她听到了自己的声音:“这本书根本就没有意思——太差劲了,很难读下去,我就没见过写得这么糟糕的小说——根本就不该出版的。”

他一把将书夺走了。

“利奥诺拉,”他大声地朗读,“一个人坐着,不知在想些什么。她的前面是一片美丽的塔斯卡纳平原,分布着喜气洋洋的村庄,正是春色满园的季节。”

不知为什么,拉维西小姐竟然知道了这件事情,还用文字拖拖拉拉地写了出来,现在又由塞西尔念了出来,而乔治就在一旁听着。

“……就在一片金黄色的迷雾之中,”他继续在念,“远处是佛罗伦萨的塔楼,她独自坐在堤岸上,身边长满了紫罗兰。周围没有人看到这些,安东尼奥慢慢地走到了她的身后——”

她害怕塞西尔看到自己的脸,忙转向了乔治,而她正好见到了他的脸。

塞西尔继续念:“……他的嘴没有像别的情人那样说一些情意深深的情话,口若悬河的口才不是他擅长的,但是这也没有关系。他直截了当地用自己有力的男子汉的手臂一把将她揽入怀中。”

一阵静静地默然。

“这个不是我想念的那段呀。”塞西尔对他们讲，“另外有一段很有意思，在后面呢。”他往后翻着书页。

“我们进去喝茶吧。”露西说，她的声音听上去很镇定。

还没等到回答，她就径直向花园上边走了过去，塞西尔紧紧跟在后面，乔治走在最后。她暗想一场祸事总算是过去了。但是，谁知道当他们走进灌木丛中，灾祸再一次的降临。那本书像是要故意多找些麻烦，如今被忘在了原处，现在塞西尔一定要拿回来。乔治他这个带着炙热爱情的人偏偏又和她相撞到了一起。

“不要这样——”她喘着粗气道，而她再一次地被他吻了。

好像是因为不能做下一次的表示，吻完了他就悄悄地退开；塞西尔又和她站在了一起，他们两个来到了草坪上方。

14. 向乔治说谎了

从春天到现在以来，露西成熟了许多。换句话说，她现在比起过去更会掩饰为世俗和社会所不能容忍的思想。虽然危险是增大了，但她没有被心里的抽泣声折磨得身体打哆嗦。她对塞西尔说："我不进去了，不喝茶了——你告诉妈妈——我要写几封信。"说完，就自己上楼了。在自己的房间里，她想要感受一下再次出现的那种激烈的感情，我们的身体需要与心灵相契的爱情，我们可以体会的最为美好而真实的爱情，而现在是以敌对的方式出现了，她一定要将它掐死。

她叫人去将巴特利特小姐请来。

这并不是爱情与责任之间的比量。也许，这种比量从来都没有存在过。这是一次真与假之间的比量。但是，露西最先要击败的目标是她自己。因为她的脑子十分混乱，对风景的记忆早已模糊，小说中的字句慢慢消失不见，她又回到了从前都在责备的神经紧张上面。她战胜了“神经崩溃”，让往事随风远去。她只记得已经和塞西尔订婚，强迫自己模糊了对乔治的记忆；他对自己一点也不重要；他与她一直都没有变化过；他的做法令人厌恶；她一直都没有鼓励过他。谎言就在黑暗之中穿上了盔甲，它把一个男人给藏起来了，不但别人一点都看不到，就连他自己的心灵也见不到。过了一段时间，露西终于穿戴好一切，准备斗争了。

“发生了一件很糟糕的事情。”当她的表姐一走进房间，她就立刻发了话。“你知道拉维西小姐那本小说的事情吗？”

巴特利特小姐的表情显得很惊讶，说她没有看过，更不知道书已经出版了。看上去，埃莉诺的嘴巴倒是很严的。

“她的小说里有个场景，是男女主人公在谈恋爱。你知道这个吗？”

“亲爱的——”

“我请问你是否知道？”露西重复了一遍刚才的问话，“他们就在山坡那里，远远地可以看到佛罗伦萨。”

“我亲爱的露西，我一点也听不懂。这件事真的一无所知啊。”

“那里有许多紫罗兰。我不能相信这只是巧合，不可能这么解释。夏绿蒂，夏绿蒂，你怎么能告诉她啊？我是经过反复的思考才下了这个结论，一定就是你说的。”

“我说什么了啊？”她问，神色慌张。

“就是有关那个可怕的下午发生的事。”

巴特利特小姐十分激动：“哎，露西，我最亲爱的——她是不是把那天下午的事写到小说里了？”

露西点点头。

“不会写得可以让人看得出来吧？”

“可以看出来。”

“埃莉诺·拉维西再也不是——永远——永远都不再是我的朋友了。”

“你这么说，是真的告诉她了？”

“我是非常无意的——那天我和她在罗马喝着茶——聊着天——”

“但是，夏绿蒂，我们收拾行李的时候，你说过，你记得怎么说的吗？你甚至说连我妈妈都不要说，可你却讲给拉维西小姐了？”

“拉维西辜负了我对她的信任，我永远都不会原谅她的。”

“可是你为什么要告诉她？这是一件影响很大的事。”

为什么要告诉她？这个问题实在难以回答。巴特利特小姐只能轻轻地叹了口气，这也是没有办法的，没什么奇怪的。她做错事情了——这个她完全承认了：她只想着不要伤害到别人，她当时说过，一定要埃莉诺完全保守秘密的。

露西生气地使劲蹬脚。

“正好塞西尔读到这一段给我和埃莫森先生来听；这段话干扰了埃莫森先生，所以他又一次地伤害了我。他是背着塞西尔做的！哼！为什么男人都这样的粗鲁？我们从花园里出来，他背着塞西尔做的。”

巴特利特小姐连续不断地说了好多自责和后悔的话。

“现在怎么办呢？你可以告诉我吗？”

“哎，露西——我一辈子都不会原谅自己的，就是到死了，也不会原谅。想一想，如果你的前途——”

“我现在知道了。”露西说，听到了这个字，她的脸上一阵抽动。“我现在终于知道了，你为什么一定要我去告诉塞西尔，还有那个‘别的地方’是什么意思了。你清楚地记得自已告诉拉维西小姐了，也很清楚她这个人很不可靠。”

现在是巴特利特小姐的脸部在抽动了。

“但是话再往回说，”姑娘对表姐的来回变化憎恨不已。“事情已经发生了，你让我陷入了尴尬难言的境地，你说怎么办呢?”

巴特利特小姐无法思考了。对于她而言，精力十足、热情无限的时代已经成了过去。她现在只是个客人，并不是她的监护人，并且这个客人已经信誉全无了。她两手叉腰，站着不动。但姑娘却越来越激动了，一腔怒火。当然，这也是没有办法的事。

“一定要对他——好好地训斥一番！叫他永远都不能忘记！但是，让谁去做呢？我现在不能对妈妈讲——都是因为你的关系。也不能对塞西尔讲，夏绿蒂，也是因为你的关系。我现在到处都在碰壁。我已经快要疯掉了。没有谁可以来帮助我，所以我就把你请来了。现在，我需要一个手里拿着皮鞭的男人。”

巴特利特小姐表示很同意：是需要一个手里拿着皮鞭的男人。

“是啊——但是你光表示同意没有用。到底该怎么办？我们女人就只会啰唆个不停，一个女孩子家遇到了无赖，该怎么办呢?”

“我一直都在说他是个无赖，亲爱的。无论如何，从这一点来说，你应该表扬我。从一开始——就是他说父亲正在洗澡那一次。”

“好了，不要说什么表扬不表扬的、谁对谁错了！我们已经把这件事弄得团团糟。这会儿乔治·埃莫森正在下面的花园，是让他继续逍遥还是惩罚一下他？你说呢?”

巴特利特小姐没有任何办法。是她做错了事情，并且还败露了，这一点让她对自己失去了自信和勇气，脑海之中各种想法正在痛苦地交织着。她拖着无力的身体走到了窗前，想在月桂树的丛中发现那个无赖的白色法兰绒裤子。

“在贝尔托里尼公寓的时候，你着急地想马上把我带到罗马去，那时你可很着急和他谈话呀！现在就不能找他谈谈吗？”

“赴汤蹈火我都愿意——”

“希望你把话说得具体一点。”露西不屑地说，“你可以和他谈一谈吗？当然，这是你最起码应该做的，都是因为你不守信用才有了这些麻烦事。”

“埃莉诺·拉维西再也不是、永远都不会是我的朋友了。”

说实话，夏绿蒂的言谈超过了自己素日里的水平。

“那你说，你是愿意去还是不愿意去？”

“这样的事情，只有男人才能解决的。”

乔治·埃莫森的手里拿着一个网球，正慢慢地往花园的上方走来。

“好了。”露西做出了一个十分生气的手势，“我明白了，不会有人来帮助我，我自己去和他谈吧。”说完，她突然想到这就是表姐心里一直盘算的结果。

“喂，埃莫森！”弗雷迪在楼下喊，“你找到那个丢了的球吗？真是个好人啊，你喝茶吗？”紧接着，有个人从屋子里飞快地冲进了露台。

“啊，露西，你可太勇敢了！我很敬佩你——”

他们把乔治围住了，乔治向她招手。她觉得这个手势将萦绕于心的那些杂念、纷乱的思绪驱赶得无影无踪，只剩下隐藏在内心深处的渴望。她一见到他，所有的怒气全都消失得无影无踪。哎！埃莫森一家人，以他们的行为来讲，都是好心人。她不得不将满腔的热血压抑下去，然后对表姐说：

“弗雷迪把他带到餐厅那边去了，别的人都去花园了。你过来，咱们赶紧把这件事结束了，过来。我当然要把你留到屋里呀。”

“露西，你是不是觉得有些勉强啊？”

“你问的问题很可笑啊。”

“可怜的露西——”夏绿蒂伸出自己的手，“不管我到了什么地方，看来都会给人带来灾难。”露西点了点头。她回想起她们在佛罗伦萨时最后的那个夜晚——收拾行李的时候，那一支蜡烛，巴特利特小姐的小圆帽子落在门前的影子。她不再让怜悯再一次伤害到自己。于是，她躲开了表姐的怀抱，径直向楼下走去。

“你尝尝这个果酱，”弗雷迪正在说话，“这个果酱的味道可好了。”

乔治的头发乱极了，看上去很有精神，他正在餐厅来回走动。当露西走了进去时，他停住了脚步，说：

“不——没啥可吃的。”

“你去别的地方吧。”露西对弗雷迪说，“夏绿蒂和我可以完全照顾好埃莫森先生。妈妈呢？”

“她在写今天的日记，在客厅呢。”

“没事了，你走吧。”

他唱着歌就走开了。

露西坐在桌子边。巴特利特小姐吓坏了，随手拿起一本书，装着正在看书的样子。

露西不想说太多的道理。她是这么说的：“埃莫森先生，我不想看到这样的事情出现。我甚至一点都不想和你说话。

请离开这座房子，只要我还住在这里，就永远不要走进这座大门。”她说着话，脸涨得通红，用手指着大门，说：“我最不喜欢吵架了，请你走开。”

“怎么了——”

“没有什么怎么了。”

“但是，我不可以——”

她摇着头，说：“请你走开！我不想把维斯先生叫过来。”

“你是想——”他问，一点也不顾及有巴特利特小姐在场——“你是想说你准备和他结婚？”

这句话完全出乎意料。

她耸了耸肩膀，好像是对他粗鲁直白的语言很反感。“你太可笑了。”她用平静的语气说。

紧接着，他开口了，声音完全淹没了她的声音，一副正儿八经的模样“你不会和维斯在一起生活的，顶多只能拿他当一般的朋友对待。在社交还有需要谈吐的场合里，他是很精通的。但是，他不会与任何人发生亲密的关系，尤其是与女人一起。”

这是对塞西尔来说，是个很新颖的说法。

“你和维斯聊天不觉得很单调吗？”

“我不想说这个问题——”

“好吧，但是你的确觉得单调是不是？他就是这样的人，只要是和物件打交道是没有问题的——比如是书呀画呀什么的——他们非常在行，但是和人打交道就不行了。这就是为什么在现在这么乱的情况下，我还是直接说出来的理由。失去了你，是非常的糟糕。但是，要说起来，我是可以放弃自己的幸福，要是你的塞西尔不是这样的人，我肯定能会克制住自己的。不会放纵自己的内心。当我第一次在国家美术馆遇到他的时候，由于我爸爸将一些油画家的名字念错了，他就紧紧皱着眉头。后来，他带我们来到这里，后来我们发现他这么做就是为了捉弄一位心肠好的邻居。他这个人就是这样的——很喜欢捉弄别人，不把别人当回事，即使是对他最喜欢的神圣的生活也是如此。后来，我看到你们在一起，注意到他以保护者自居，还指挥你和你的妈妈，其实你们要做什么完全是由你们自己决定。而这正是塞西尔的本来面目。他并不敢让女人来做决定。他是那种让欧洲落后了一千年的男人。他在生命的每一秒钟都用来塑造你的存在，和你讲什么才是女人的动人之处，怎么去讨人喜欢，或者怎么做一个大家闺秀，还和你说男人如何看待女人的风度；你呢，女性中最女性的你，又很听从他的话，却从来不听听自己内心深处的话。后来，我在教区长的家里见到你们，还是这样的，到了今天下午，依然是这样的。所以——'因此我就吻了你'，并不是这本小说的内容让我这么做的，还有，希望我可以控制住自己最好了，不过我一点儿都不觉得羞愧，也不打算向你道歉。只是，刚才让你受了惊吓，而且你可能没有感觉到我很爱你。要不你不会让我走的，就这么轻易地处理了这样的大事。所以——所以我做出了决定，我要和他决斗。”

露西想到了一个巧妙的回答。

“埃莫森先生，你说维斯先生让我听他的。现在请你恕我直言，现在的你不也正是这样吗?”

他坦然接受了这个不高明的指责，并增加了一点点的自我想法，使它成了一段名言，他说：

“是的，我也是这样的。”他坐了下来，好像是突然感到了劳累。“如果从本质上来说，我也是这么的粗鲁。这种想要让女人听话的想法——完全是与生俱来的。但是，男人就应该和女人站在一起面对这些，这样才能进入伊甸园之中。而我是多么的爱你——我爱你的方式一定比他高明多了。”他想了想，又说，“真的——真的比他高明多了。就算我将你搂抱在怀里的时候，我还是想让你拥有自己的思想。”他向她张开了双臂。“露西，别再想了——现在咱们没有时间说这个——来我的身旁吧，就好像在春天的时候，以后有时间我会很耐心地向你解释这些。自从那人死了，我一直都很关心你，没有你，我就活不下去了。‘这是没有用的。’我想，‘她就要和别人结婚了。’但是，就在那个阳光灿烂，清流潺潺的水塘边，我又看到了你。你从树林里走了出来，那时我终于明白了，这个世界上除了你，其他的所有对于我来说都不重要，我禁不住喊了起来。我一定要活下去，我得到了获得幸福的机遇。”

“可是维斯先生怎么办?”露西说，她依然显得很镇定，这真叫人称赞。“他也没有关系吗?我很爱塞西尔，很快就要成为他的妻子了。这一点，我看也是不重要的吧?”

这时，他将双臂越过了桌子，伸向了她。

“我能问一下吗?你说这些话的意思究竟是什么呢?”

他说：“这是我们最后的一个机会了，我一定要抓紧它。”好像他已经在其他的地方用了许多力气，他将头转向了巴特利特小姐，看到她端坐在桌前，有一种不祥的预兆。她的背后是傍晚的天空。“如果你理解我，就不会再一次阻碍我们。”他说，“我以前经历过黑暗，现在就要回到黑暗之中去了，除非你很想理解我们。”

夏绿蒂细长的头一个劲儿向后仰过去，好像是在除掉某种看不到的障碍物。她没有说话。

“因为年轻的缘故。”他用很平静的口气说，然后捡起了地板上的网球拍，准备离开。“我相信露西也是爱着我的。因为爱情和青春与智慧是同等重要的。”

两位女士安静地望着他离开。她们知道他说的最后一句话其实就是在胡扯。可他会不会一直追求下去呢？他啊，真是个无赖、骗子，不知道以后还会不会有什么惊人的举动。不会吧？看上去他已经心得意满了。他走了，并小心地把前门掩上。她们从过道处的窗口望了过去，只见他沿着车道走着，慢慢地爬上了房屋后面长满羊齿草的坡地。她们终于开口说话了，好像舌头松了绑，忍不住将心中暗暗隐藏的喜悦表达出来。

“哎，露西——来我这里——哎，他真是个可怕的人！”

露西没有反应过来——大概是一时没有反应：“要说啊，我觉得他很有意思呢。”她说，“不是我疯掉了，就是他疯掉了，应该是后者吧。夏绿蒂，你的庸人自扰算是结束了，要谢谢你。我想这应该是最后一次了。我的这一位爱慕者，大概再也不会来纠缠我了。”

巴特利特小姐此时也尽量让自己变得调皮一些。

“亲爱的，不是谁都可以征服对方的心灵，对吧？说实话，我们不应该笑的。本来就是一件很严重的事情，但是你真的很懂事，也非常勇敢——一点也不像我年轻时候的那些姑娘。”

“我们下去找他们去吧。”

而她一走到室外，脚步就不知不觉停了下来。一种糅合着怜悯、害怕、爱恋等等的强烈情感，将她紧紧地包围，令她险些窒息。她感觉秋天来了。夏天就要过去了，傍晚的空气中带有落败的气味。让人只觉得伤感。因为联想起了春天。真的是有什么东西对于智慧是很重要的？一片颤抖的落叶从她的身旁飞过，但是，其他的树叶却在地上纹丝不动地躺在那里。大地迅速地走进了黑暗，松树的影子悄悄地笼罩了风角。

“嘿，露西，现在天还不算黑，还能打上一局，就是你们俩得走快一些啊。”

“埃莫森先生说他一定要走了。”

“真烦人！这样一来就要三缺一了。我说啊，塞西尔，你也来打吧。真的，来嘛来嘛。今天是弗洛伊德在这里的最后一天，你就陪我们打球吧！就这么一次，好吗？”

塞西尔的声音传了过来：“亲爱的弗雷迪，我一点都不懂运动，今天早上你说过：‘有的人除了读书，啥都不会。’我承认我就是这样的，所以不想强迫你们接受我。”

没想到阻挡在露西面前的障碍那么轻而易举地就破除了。她怎么可以容忍塞西尔，哪怕就是一时半刻？他实在是让人受不了。就在当晚，露西宣布解除了婚约。

他被弄得一头雾水，半天也没有说出话来。甚至都没有想到该发怒，只是呆呆地站着，双手紧握着一杯威士忌，使劲在想到底是什么原因让她做出这样的决定。

她特意选择在睡觉之前宣布了这个决定。按照中产阶级平时的习惯，这个时候她会把饮料分给男士们。弗雷迪和弗洛伊德先生端着酒杯回房睡觉去了，塞西尔经常会留下来，就在她锁上餐桌柜子的时候，他细细地品尝着那杯酒。

“很对不起。”她说，“我认真地考虑了，我们之间实在相差太大。我一定要请求你和我解除婚姻，并且请你一定要忘记有过我这个愚蠢无用的姑娘。”

她的这段话说得很得体，其实她的火气不小，完全超出了道歉的意思，这能从她的声音当中听出来。

"相差——怎么了——怎么了——"

"首先吧，我没有接受过良好的教育。"她仍然跪在餐柜旁边，继续讲，"意大利的旅行来得太晚了，所以我在那里学到的东西很快就忘了，我永远都不能和你的朋友们交流，我的行为举止无法达到做你的妻子应该达到的程度。"

"我不知道你说什么呢？你怎么和以前不一样了呢，露西，你是不是累了？"

"是的，很累！"她喊道，顿时激动了。"现在正是你的本来面目。你总是用自己的角度看事情，以为女人心口不一。"

"好了，看上去你就是很累，好像有什么心事，特别烦的样子。"

"就是如此又怎么样呢？它没有阻挡我看到事情的真相。我不可以和你结婚。以后有一天，你一定会感谢我今天这么讲。"

"昨天你的头是不是很疼——好吧。"——她刚才说的话是用很愤怒的语气大声说的——"我知道这不是说起来很简单的头疼的问题，但是，也请你给我一点时间来接受。"他把眼睛闭上了，"如果我因此说了一些很愚蠢的话，也请你原谅我吧，因为我的脑袋到现在一点儿也不管用了。它其中一部分像三分钟之前那样，那时我很有把握你是很爱我的，但其他的一部分呢，我觉得说不出口——我害怕说错了话。"

她觉得他的反应还算好，所以就越来越生气。她很希望与他来一次辩论，但不是讨论。为了达到自己的目的，她说："有的时候一个人看待问题是很清楚的。就像今天，就是这样的。事情的发展总是有一个转折的时候，正巧是今天就碰到了。要是你想知道什么原因的话，其实就是一件很小的事情，促使我和你说了这番话——那就是你不愿意陪弗雷迪打球。"

“我从来都不喜欢打球的。”塞西尔很苦恼地说，他觉得迷惑。“我一直都打不好啊。你这么说，我还是不明白呢。”

“但是在三缺一的时候，你上去一下不可以吗？我觉得你拒绝这么做，是很自私的行为。”

“好吧，我不对——好了，不说网球了。如果你当时觉得我做错了，干吗不警告我一下啊？吃午饭的时候，你还说起了我们的婚礼——是你让我聊起咱们的婚礼的。”

“我就知道你不会明白的。”露西十分的生气，“我早就该想到会有这样令人心烦的解释。肯定的，不只是因为打网球——只不过是最近一段时间以来的感觉，实在是难以承受了。那时在我还没有完全肯定，自然是选择不说了。”她继续阐述这个原因，“过去我经常在想是不是真的适合做你的妻子——比如说吧，在伦敦的时候，还想过你是否适合做我的丈夫呢？我觉得不合适。你不喜欢弗雷迪，同时也不喜欢我的母亲，这些都是对我们的婚约不利的因素。塞西尔，虽然我们的亲戚看上去都很高兴，我们也经常见面，所以呢——不用等到完全明白了，再说出不好的问题来。今天把事情都解决了。我已经看得明明白白，所以就想要说出来，就是这样吧。”

“我还是认为你说的并不对。”塞西尔用温柔的语气说，“我说不出来为什么，但是你说的话听上去似乎有些道理，而我仍然觉得你对我很不公平。这是很可怕的。”

“若咱们吵起来，有什么意思？”

“没有意思。但是，我至少有权利让你把话说得更加明白吧？”

他将手里的酒杯放在桌上，起身打开了窗户。她仍跪在那里，一串钥匙叮当作响，就从这个方向可以看到一道缝隙，他正在沉思的马脸通过这道缝隙向外张望着，仿佛黑夜可以把过程讲得清楚。

“别打开窗子，窗帘最好也拉上吧。弗雷迪或者别人有可能在外面。”他默默地听从了她的话。“好吧，我们还是回去睡觉吧，假如你并不在乎。我会讲出让我以后觉得难过的话，就像是你说的那样，这很可怕，所以，说出来一点好处都没有。”

但是，对于塞西尔来讲，由于马上就要失去她了，因此显得她越来越可爱。从订婚直到现在，第一次这么面对面打量她，而不是中间总隔着些杂七杂八的东西。她已经从一幅莱奥纳多的油画演化成活灵活现的女人，拥有她自己的奥秘和力量，有着甚至是艺术也难以体现出来的风格。他的思维猛然从震惊中跳脱出来，不由得真情流露，喊道：“但是我很爱你！我一直都爱你呀！并且以为你也是一直爱着我的！”

“我从来没爱过你。”她说，“开始我也以为自己爱你，但是，后来发现不是。对不起，最后的这次求婚我应该拒绝你。”

他不停地在屋子里走，他的举动又郑重又大方，让她觉得很烦恼。本来她以为他一定会发火，这样就会显得他的气量很小，那她就可以理直气壮了。而现在，他性情中较好的一面表现出来了，这一点真是太讽刺了。

“我知道你不爱我，我承认你不爱我，从道理来说是对的。但是，我要是可以知道原因，那么一定会好受一些的。”

“因为——”这时的她，突然想起了一句话，“因为你这样的人，不会与任何人发生亲密的关系。”

他的眼神流露出震惊的神情。

“我并不是刚才说的那个意思。虽然我让你别再问我，既然你使劲地问，我就再说几句吧。大概的意思就是这样的。我们那时还只是普通朋友时，我的行为受自己的指挥，但是到了现在，你一直要保护我。”说着，她的声音逐渐变得洪亮了起来。“我不需要别人的保护，我要自己去选择怎么做事。要别人的保护其实是一种侮辱。难道你觉得我不能自己面对真理吗？要一定通过你的转述来获得第二手的真理？女人也要有地位！你一直看不上我的妈妈——我知道，早就知道。因为她十分守旧，还经常关心布丁这样的小事。但是——”说到这里，她站了起来，“守旧，塞西尔，那个守旧的人就是你。虽然你懂得很多美丽的事物，但是你不知道怎么运用这些。你将自己深深地埋藏在艺术与书本之中，也妄想将我埋在里面。但我不想就此被窒息了，就算是在最辉煌灿烂的音乐里，因为只有人才更辉煌，你呢，就只想把我藏起来，与这些人分隔，这些就是我想与你解除婚约的原因。现在你知道了吧，要是你只和物件交流，是完全没问题的，可要是与人打交道——”她说到这里，停了下来。

这时，出现了短暂的停顿。然后，是塞西尔激动地大喊：“你说得太对了！”

“总的来说，是有一部分对的。”她纠正着他的话，心里有种隐隐的愧疚。

“每一句话都很对，对于我真是个启发，对，这就是我。”

“无论如何，我都不能成为你的妻子。”

他喃喃地重复：“‘……不会和任何人发生亲密的关系。’说得太好了，我们订婚的那一天，我就觉得不知如何是好。对待毕比和你弟弟的时候，我就像是个无赖。你现在比我想象中高大多了。”她向后退了一步。“我不想让你为难。你对待我已经非常的好了。这一生我都不会忘记你超凡的洞察力；

亲爱的，我只是埋怨你这一点：开始的时候，在你还没有觉得不想和我结婚的时候，就可以对我发出警告的。这样我还可以有一个改过的机会。今晚，到了现在我才真正地了解你。从前的我，其实一直在利用你，把你当作某种标志，来证明我的理论，女人应该是什么样子的想法。但是，到了今晚，一切都变得不同了：你有新的想法——就连声音都是新的——”

“你说新的是怎么回事？”她怒气冲冲地问。

“我是说似乎有个新人通过你来和我对话。”他说。

她差一点晕倒，嚷道：“如果你觉得我爱上别人了，那你就想错了！”

“我不会那么想啊，你当然不是那样的人，露西。”

“哦，不！可你就是这么想的、那是你惯常的想法，是一种让欧洲处于落后的想法，我是说男人们都会这样去看待女人。如果一个姑娘提出了解除婚约，那么大家都会议论说：‘她一定是爱上别人了，希望和那个人在一起。’这样说多恶心，多武断！一个姑娘难道不可以为了自由而解除婚约吗？”

他毕恭毕敬地回答说：“也许以前我会这么说。但是，从今天以后再也不会说出这样的话。是你教导了我，让我知道了好坏。”

她的脸忽地就红了，站起来装作检查窗户，看看关紧了没有。

“当然，没有什么‘另外一个’的问题，更不是‘甩掉了他’等这样恶心的说法。如果我的话里听上去有这样的意思，那我就向你诚恳地道歉，希望你原谅我。我是说在你身上有一股神奇的力量，而到了今天我才发现。”

“好了，塞西尔，不要向我道歉，已经可以了。本来也是我的错。”

“现在的问题关乎理想。你的理想还有我的理想——说的是纯粹的抽象的那种理想，相对我而言，你的比我的高尚许多。我被旧的传统观念束缚了，但你却是那么的新颖，充满了光彩。”他的声音突然间变了，“说实话，我今天非常的感谢你——是你让我清楚了自己是个什么样的人。我很郑重地向你道谢，你使我看到了一个真正的女人。你想和我握一下手吗？”

“当然可以。”露西说，她将另一只手卷进了窗帘里。“塞西尔，晚安。对这件事，我十分抱歉。很感谢你的宽容。”

“我帮你点燃蜡烛，好不好？”

他们走到了过道里。

“再一次感谢你，再一次祝你晚安。愿上帝永远保佑着你，露西！”

“塞西尔，再见。”

她看着他静静地走上了楼，楼梯两边的栏杆在烛光下闪动着黑影，这黑影好像是两道翅膀扑打着，掠过他的脸庞。他突然就在楼梯的平台上停住了脚步，努力地克制住自己的情绪，向她望过去，她很美丽，这一幕会让他终生难忘。塞西尔很有教养，在内心深处他是个禁欲主义者，与露西的这场恋爱，表现得最好的就是他的离去。

她不会结婚的。此时的她心烦意乱，而这一点是自己坚信的。塞西尔可以相信她，总有一天她自己也会相信。她一定会成为被自己称赞的那些女人中第一位，这些女人所关注的不是婚姻不是男人，而是自由；她一定要忘记乔治爱着她，忘记乔治的思想，使她很成功体面地将婚约解除了，忘记乔治已经走进了——是什么来着？——对，黑暗。

她将灯熄灭了。

怎么想都没有用，对于这件事，无论是哪种感受都是徒劳的。她不会再去努力想办法理解自己。而是走进了黑暗中，不受情感的支配，也不受理智的指引，而跟着流行的口号，向自己的命运走去。这里的人们大多是心怀虔诚的。但是他们却向唯一应该重视的敌人——自己内心的敌人投降。他们并不遵从内心的爱情和真理，那无论怎么追求美德也是无用的。随着时间的逝去，他们最终会受到指责。他们所谓的风趣和虔诚有了裂缝，机敏成了玩世不恭，无私演变成了伪善。不管他们走到哪里，都会感到很不舒服，也影响到别人，让人家不舒服。他们的做法，已经对爱神厄洛斯犯下了罪行，对帕拉斯·雅典娜犯下了罪行，众神早已结合了联盟，一定会寻机报复的。这不是上天的谴责，而是自然社会发展的过程而已。

露西假装向乔治说她不爱他，又向塞西尔装作没有爱上谁，她其实也走向了这一类人。黑夜已经容纳了她，就好像在三十年前容纳了巴特利特小姐一样的。

15. 向毕比先生、霍尼彻奇太太、弗雷迪和仆人说谎

风角不是在山脊的顶端，而是位于南坡向下数百英尺的位置。它伫立在一座雄伟的好似扶壁似的岩石旁边，这附近有许多的类似扶壁，将这座高山支撑着。风角的两边有长满了羊齿草与松树的浅山谷，顺着左边的浅谷往前，有一条通往维尔德地区的公路。

每当毕比先生走过山脊，见到这里磅礴的地势，而就在它的中央稳稳地蜷伏着风角的时候，总是会轻轻一笑。四周的环境中央的辉煌，而这所房子却是那么的平庸，先不用格格不入这个词吧。已经逝去的霍尼彻奇先生生前十分喜欢这所房子，它提供了他所花费的金钱能得到的最好的房屋。在他去世之后，他的太太只是建了一座看上去和犀牛角一样的小塔楼，下雨的时候，可以坐在那里惬意地观察路边来往的车辆。这所房子与周边的环境显得很不搭调——由于房子的

主人很喜欢周围的环境，这一带其他的房子都是由收费很贵的顶尖建筑师设计的，住在那里的人一直对其他的房子感到很不安，而这些都是偶然和暂时的，风角却好像是属于大自然创造出来作为丑陋而存在的，接近这栋房子你可能会觉得它很可笑，但绝对不会感到害怕。

星期一的下午，毕比先生骑车路过，顺便带来了一条新闻。他刚收到两位艾伦小姐的来信。信里说，由于不能来希西别墅居住，所以已经改变了原来的计划，她们准备去希腊。

“由于佛罗伦萨的旅行对我的姐姐很有好处，”凯瑟琳这样写道，“我们觉得没有理由今年不去雅典看看。当然，去雅典是个冒险的旅行，医生曾经叮嘱过她要吃一种容易消化的特殊面包；我们也可以随身带一些这样的面包，现在只是要先上船，然后再坐火车的问题。不过，不知道那里有没有英国教堂呢?”信里还写道：“我没有期望过会去比雅典更遥远的地方，但要是你知道君士坦丁堡有一家很舒适的膳宿公寓，我们会十分感激的。”

露西对这封信一定很感兴趣，所以毕比先生迎着风角而来的微笑就是冲着她的。她会发现与这件事有趣的某些方面，以及其中所蕴含的美，因为她肯定会的。虽然她对名画一点都不懂，她的服饰风格不断地变化，毫无定律——哎，昨天上午去教堂穿的那条樱桃红的裙子多么不符合她的审美啊——但她一定可以观察到生活中的美，要不怎么都不会把钢琴弹得那么动人心弦。——他有个想法，认为音乐家的内心相当复杂，复杂到普通人难以想象的地步，音乐家对于自己想要的以及自己是个什么样的人这一点，比起其他方面的艺术家要少许多许多；他们以为让朋友困惑了，也会让自己困惑；他们的心理状态是属于现代的新发展，到现在人们还不能理解这些。这种理论大概已经刚刚被证实了，但目前他自己还不知道。他对头一天发生的事情一点儿也不知晓。他骑车过来，只是想喝口茶，看看他的侄女，还想观察一下，霍尼彻奇小姐会不会在两位高龄女士去雅典旅行这件事上，发现什么美好的东西。

有辆马车停在风角的门外，他刚刚看到房子的时候，马车突然启动了，沿着车道向前飞奔，一直到路口才停了下来。肯定是那匹拉车的马儿的关系，它总希望乘车的人自己走上山，这样一来，它就不用太累了。车门轻轻地推开了，有两个男人从里面走了下来，毕比先生一眼认出是塞西尔和弗雷迪。他们两个一起坐在马车里，感觉怪怪的，接着，他看到马车夫的脚旁有一只大行李箱。塞西尔头戴着圆顶礼帽，看上去是想要离开此地。弗雷迪戴的是便帽——是送塞西尔去车站的。他们的步伐很快，抄的是近路，到了山顶以后，马车还在不断地拐弯。

他们分别默默地与教区长握手，谁都没有说话。

“维斯先生，你是要离开一段时间吗?”他问道。

塞西尔回答：“是的。”同时，弗雷迪斜侧着身体，慢慢地走开了。

“我是来给你们看看霍尼彻奇小姐的朋友，刚刚写来的很有趣的一封信。”他当即引用了一些信里的话。“这多么的有趣啊，是不是很浪漫？她们一定会去君士坦丁堡的。她们已经陷入了逃脱不掉的陷阱里，到最后，她们肯定会周游世界。”

塞西尔非常有礼貌地倾听着，最后说，露西肯定会感到很高兴，还会觉得十分有趣。

“浪漫精神不是很反复吗？我就没有在你们年轻人的身上

看到过浪漫主义精神。你们光在草地上打打网球，就说浪漫精神死了。可这两位艾伦小姐却用符合礼仪的方式与这个可怕的字眼做着斗争。‘君士坦丁堡里一家舒服的膳宿公寓！’她们只是出于礼节才这么说的，实际上她们想要的是一家有着大窗户的公寓，从窗口望出去，能够看到犹如寂寞仙境中惊涛拍浪的美妙奇景①！若是一般的美景，是不能吸引住两位艾伦小姐的，所以，她们点名要的是济慈公寓。”

“毕比先生，不好意思，打断你一下。”弗雷迪说，“请问你有没有带火柴？”

“我带了。”塞西尔说。毕比先生注意到他和弗雷迪说话的时候，比起原来好多了。

“你没见过这两位艾伦小姐是不是，维斯先生？”

“没有见过。”

“所以你就不懂她们的希腊之行有多奇妙了。我也没有去过希腊，也从没有想过要去，更想不到周围的朋友谁会想去。对于我们这样的小人物来说，希腊太大了啊，你不觉得吗？像意大利就正好，不大不小，我们去正合适。要是把意大利当作一位英雄，那么希腊就是天神或者是魔鬼——我不敢肯定是哪个，但肯定是其中一个，而不管是哪一个，都在我们这些乡下人的视野之外。好吧，弗雷迪——我这不是自作聪明，我发誓没有——我是转述了别人的话。你点完了火柴给我用用。”他点燃了一根香烟，继续说，“刚才我说啊，假如我们这些伦敦土生土长的人一定想要找到自己的根儿，就去意大利吧。说实话，其实意大利挺大的。我很喜欢西斯廷教

① 出自济慈的名作《夜莺颂》，毕比先生略作了些修改。——译者注

堂天花板的壁画。我的欣赏水平在那里正好够用。但是，我无法欣赏帕台农神庙，也怎么都欣赏不了菲迪亚斯[①]啊，看，马车过来了。”

“是这样的。”塞西尔说，“对于我们这样的小人物，并不适合希腊。”说完，他就上了马车。弗雷迪先是向教区长点了点头，随后也上了马车。他相信教区长并不是在嘲弄谁。马车走了才十几码，弗雷迪又从马车上跳了下来，跑到毕比先生的身边，取回了维斯的火柴盒，刚才忘记还给维斯了。他接过火柴后，说：“非常高兴刚才你只谈了书信的事，因为塞西尔刚刚遭受了沉痛的打击。露西和他解除婚约了。要是你刚才提到了露西，他一定会支撑不住的。”

“但是，这是什么时候——”

“昨天深夜，我得回去了。”

“现在那边会不会不欢迎我？”

“不会的——你去吧，再见！”

“感谢老天！”毕比先生自言自语地说，他使劲儿地拍了一下自行车的座位，表达了自己的兴奋心情。“这是她做的最愚蠢的事了。啊，太好了，总算解脱了！”他想了想，骑着车顺利地上了山坡，骑进了风角，心情很好。这所房子又一次恢复了以前的模样——将永远和塞西尔那样自以为是的人群断绝了往来。

他在花园里找到了明尼。

露西正在客厅弹奏一首莫扎特的奏鸣曲。毕比先生想了一下，后来还是去了花园。到了那里，他看到每个人都愁眉

---

① 雅典卫城供奉雅典娜女神的主神庙，建于公元前5世纪。——译者注

苦脸的。当天正刮着大风，把大丽花刮得花枝乱颤。霍尼彻奇太太看上去很不高兴，正在那里扎花枝。巴特利特小姐穿的衣服很不适合在花园，却一再地提出来帮忙扎花，其实在那里就是碍手碍脚的。略远一点的地方，明尼与一位“花童”站在那里，“花童”是个外国来的小孩子，他们手里各自拿着一根长椴木条。

“毕比先生来了，你好啊。哎，做什么都是乱糟糟的。你看我这些猩红色的大丽花——哎，你们的裙子被风刮起来了，还有你看这块地多硬，一根木条都插不进去，再说了，马车一定得出去，我本来想让鲍威尔——说句实话啊——他扎的大丽花真是挺好的。”

看上去，霍尼彻奇太太的神经已经快要崩溃了。

“你好。”巴特利特小姐说，接着她瞅了一眼，目光中满含暗示，好像是在说被秋风摧残了的不只有大丽花。

“莱尼，把椴木条拿过来。”霍尼彻奇太太喊道，可花童并不知道什么是椴木条，听到霍尼彻奇太太的声音，他站在小路上，吓得一动都不敢动。明尼悄悄走到伯父跟前，小声地说今天大家都在发脾气，还说扎大丽花的绳子是被风吹坏的，不是被折断的，和她没有关系。

“咱们一起散步去吧。”他对明尼说，“你已经够给她们添麻烦的了。霍尼彻奇太太，我就是来瞧瞧，没有什么事。要是可以，我就带着明尼去蜂窝旅馆喝茶去。”

“哦，你很想去吗？好吧——谢谢你，夏绿蒂，我不要剪刀，我的双手拿满了东西——我能够很肯定地说，没等我扎到和仙人掌似的大丽花，它就早倒下去了。”

毕比先生非常会解围，他邀请巴特利特小姐一起去和他们喝茶。

“行，夏绿蒂，我也不需要你——你去吧。没有什么需要你留下来的，不管是屋里还是屋外。”

巴特利特小姐说她需要负责大礼花坛，她的话让在场的所有人（除了明尼之外）都很生气，于是，她又赶紧接受了邀请。而这样又让明尼很生气。当他们走向花园的上方，只见殷红的大丽花倒了下来。毕比先生看到的最后景象是花童就如同情人似的拥抱着它，满头的黑发埋在花朵里。

“花儿遭到这样的劫难实在是太可怕了。”他说。

“几个月的期盼就毁于一旦了，哎。”巴特利特小姐感慨道。

“我们是不是该把霍尼彻奇小姐送到她妈妈那里去啊？要不，让她和咱们一起去？”

“我觉得还是让露西自己待着，她想干什么就干什么。”

“她们都在生霍尼彻奇小姐的气，因为她早饭时去晚了。”明尼低低地说，“而且弗洛伊德先生走了，维斯先生也跟着走了，弗雷迪都不和我玩。亚瑟伯伯，家里和昨天一点都不一样了。”

“别说这些一本正经的话了。”她的亚瑟伯伯笑眯眯地说，“把你的靴子给穿上。”

毕比先生走进了客厅，露西还在全神贯注地弹奏着莫扎特的奏鸣曲。他走进房间时，她就停下了。

“你好。巴特利特小姐还有明尼准备和我一起去蜂窝旅馆喝茶，你去吗？”

“谢谢你的邀请，我不想去。”

“不去也好，我猜你也不想去的。”

露西将身子转了过去，脸对着钢琴，用力地弹了数个和音。

“奏鸣曲多么动听啊!”毕比先生说，其实他认为这些曲子十分无聊。

露西又开始弹奏舒曼的音乐。

“霍尼彻奇小姐!”

“哦。”

“我在山上看到了他们，你弟弟都告诉我了。”

“哦，是吗?”听上去她有些生气。毕比先生觉得很受伤，他以为她很想让自己知道呢。

“需不需要我说：‘我不会告诉别人的’。”

“妈妈、夏绿蒂、塞西尔、弗雷迪，还有你——”露西边说边把每个知道情况的人在钢琴上弹了一个音，紧接着她又弹了一个音。

“我很高兴，如果你愿意我说这样的话，我完全相信你做得很对。”

“但愿别人也这么想就好了，但是他们好像并不是这么想的。”

“我也看出来了，巴特利特小姐觉得这样做不合适。”

“妈妈也是，她很介意。”

“我也觉得很遗憾。”毕比先生动情地说。

霍尼彻奇太太很不喜欢改变，所以她非常介意，但是完全没有达到女儿说的那种程度，并且很快就过去了。实际上，是露西在为自己的失望做辩解——她根本没有意识到自己在辩解，因为她正在踏着黑暗大步地往前走。

“另外，弗雷迪也非常介意。”

“其实，弗雷迪与维斯一直都合不来，对不对?在我的印象中，他根本不喜欢这个婚约，总觉得它会将你和他分开。”

“男孩子就是这么奇怪。”

楼下传来明尼与巴特利特小姐的争论声。显然，要是去蜂窝旅馆喝茶的话，是一定要重新打扮的。毕比先生注意到露西并不想议论自己的事情，对于这一点，他觉得露西做得很对，所以在表达了同情的想法之后，他说："我收到了艾伦小姐的一封信，很荒唐，我到风角来，就是为了这封信，我还以为大家都会很感兴趣的呢。"

"那真是很有意思。"露西用很呆板的声音回答。

毕比先生为了打发时间，就给她念起了信。露西听了几句，眼睛立刻多了几分神采，很快打断他问道："去海外？她们什么时候走？"

"我想应该是下个星期。"

"弗雷迪有没有说他会直接坐车回来？"

"他没有说。"

"我的确是不想他到处去说。"

现在看上去，她是想要谈谈解除婚约的事情了。毕比先生的为人一直都很随和，于是就把信收了起来。但她却大声地说："行啊，请你多讲一讲两位艾伦小姐的事！她们要去海外，多好的事儿啊！"

"我会让她们从威尼斯开始走，一直坐货轮到伊利里亚海岸！"她开心地笑着，"真有意思呀，但愿她们愿意带我一起去。"

"是意大利让你得上旅游病了吗？或许乔治·埃莫森说得有道理，意大利只是命运的代名词而已。"

"不是意大利呀，是君士坦丁堡。我一直很想去君士坦丁堡的。它是亚洲的，对不对？"

毕比先生提醒她说去君士坦丁堡的可能性极小，两位艾伦小姐的目的是雅典。“也许她们想去特尔斐[1]啊，要是路上安全的话。”这么说一点也没有影响到她的热情。看起来她更想去希腊。让他感到惊讶的是，她看上去一点都不像是在开玩笑。

“没想到发生了希西别墅事件以后，你和两位艾伦小姐还是好朋友。”

“哦，和那事没关系。我向你保证希西别墅的事对我来说是没什么的，我很愿意付出任何代价和她们一起去。”

“你母亲能同意吗？你从意大利回来还不到三个月呢。”

“她肯定会让我离开的！”露西激动地说，“坦白地说，我一定要走！非走不可！”她发狂般地用手指搔了搔头发，“难道你不知道我为什么一定要走吗？一开始我没有想到——其实是理所当然的，我很想去——君士坦丁堡。”

“你的意思是，从解除了婚约以后吗？”

“是的，就是这个意思，我知道你会明白的。”

其实，毕比先生并不算明白。霍尼彻奇小姐为什么不在家里好好待着？显然塞西尔保持了自己和露西的尊严，以后不会来烦她的。这时，他突然明白了，是她的家庭让她感到烦恼。他便向她暗示了这一点，她很痛快地接受了这个暗示。

“对呀，到君士坦丁堡，一直到他们愿意接受为止，那时候一切就都平静了。”

“我担心这也是件挺麻烦的事。”他用温和的口气说。

“一点也不麻烦呀，塞西尔的表现很好，只是——既然你听到了一些话，我就把全部的情况都告诉你吧——他实在是太独断专行了，他根本就不让我按自己的想法做事，总是想

---

① 古希腊城市，因有阿波罗的神庙而闻名。——译者注

要改造我，但有些地方，无论怎么做，都是不可能改变的。塞西尔不愿意让女人做出决定——实质上，他不敢让女人这么做。天啊，我在胡说八道什么啊！不过，就是为了这些事情吧。”

“你说的也是我通过观察维斯先生而得出的印象——也是我对你了解之后得到的全部印象。我很同情你的遭遇，也很同意你的想法。既然我已经完全地同意你了，你能不能听我提出小小的疑问呢：难道你真的很想这么匆匆地跑到希腊吗?”

“但是总得去个地方吧!”她喊道，“整个早上都在担心，这封信来得正合适!”她将拳头握得紧紧的，敲着自己的膝盖，又说，“我一定要走！只要想想我和妈妈一起过的日子，还有今年春天为我花的那些钱，你们将我捧得太高了！很希望你们别对我这么好。”就在这时，巴特利特小姐走了进来，露西比刚才还要紧张，“我一定要走，走到很远很远的地方，我一定要弄清楚自己在想什么，自己想去哪里。”

“走吧！走，去喝茶，走吧。”毕比先生一边说着，一边把他们都推出了大门。由于他匆忙地将他们赶出去了，连自己的帽子都忘记了拿。等他再回来取那顶帽子的时候，他听到了莫扎特奏鸣曲叮叮咚咚的钢琴声，只觉得又是惊讶又是欣慰。

“她又去弹琴了。”他对巴特利特小姐说。

“她什么时候都可以弹。”巴特利特小姐的话里冒着酸气。

“感谢上天让她可以有所排遣。谁都看得出来她很烦。当然，这个时候肯定是很烦的。我已经知道了事情的经过。婚期慢慢近了，要不是经过了激烈的思想斗争，她不会轻易提出来的。”

巴特利特小姐动了动身体，他做好准备和她辩论。他从来都不了解巴特利特小姐。在佛罗伦萨的时候，就对自己说过：“很可能她是故意表现出内心冷漠的一面，但未必是有什么确切的意思。”她是那么缺少同情心，所以一定很可靠。所有这些都是他自己想象出来的，所以很想和她谈一谈露西。非常幸运，正好这会儿明尼在采羊齿植物。

谈论开始了，巴特利特小姐说：“我们还是不要说这个吧。”

“我不明白。”

“现在最主要的是不要让闲话在夏街传来传去的。将维斯先生给打发走了这事，要是传来传去的那不是要把人往绝路上逼吗？”

毕比先生听了一怔，眉毛往上扬了扬，往绝路上逼这句话的语气实在太重了——是的，太重了，本来也不是什么悲剧呀。他说，“霍尼彻奇小姐会在她觉得合适的时间里，用自己的方式宣布这件事的，弗雷迪把事情告诉我了，他是知道露西不会在意的。”

“我懂。”巴特利特小姐礼貌地说，“但是其实弗雷迪根本应该连你也不要说。再怎么小心，都是不过分的。”

“是这样的。”

“我真心劝告你一定要守住这个秘密。就算是偶然和一位爱说话的朋友说了，结果——”

“你说得有道理。”他对这些表现出神经质的老小姐还有她们喜欢把一些话看得太重的做派，早就习惯。一位教区长本身就是生活在小秘密、悄悄话和告诫编织而成的网里。他越是对这些不加注意，就是越聪明。他会及时转换话题，比如现在，毕比先生就是这么做的。他充满了兴致地问：“你最近有没有收过在贝尔托里尼公寓时遇到的人来的信吗？我猜你和拉维西小姐一直都在保持联系。奇怪，我们这些住过那家公寓的人，本来是萍水相逢，没想到却走进了彼此的生活。两个、三个、四个、五个、六个——对了，是八个，我把埃莫森父子俩给忘了——他们或多或少也都保持联系呢。我们真该给房东太太送一封表扬信。”

巴特利特小姐对他的计划并不赞同，他们默默地继续往前走。偶尔在教区长说出一些羊齿植物的时候，才将沉默打破。他们走到山顶的时候，停下了脚步。与他一小时之前站在那里相比，天空比刚才要奔放一些，大地增添了几分悲壮，在萨里这样的天气极为少见。灰蒙蒙的云朵在白色的云端疾速驰骋，而白云则慢吞吞地移动着，渐渐撕裂成小块、碎片。最终，在层层乌云之中，闪过几片即将消失的蓝天。夏天就要过去了，风在怒吼，树木在猛烈地摇晃着，但是这些声响与天空中的动荡相比是微不足道的。天气变化得很快，说变立刻就变了，天像是就要塌下来似的。

与其说是超自然的能力在这个危急的时刻配给了天使的炮团而射出的阵阵轰雷，还不如说是唾骂之间默契的配合。毕比先生的眼睛紧紧地盯着风角，露西仍坐在客厅弹奏着莫扎特的乐曲。他的脸色是严肃的，再一次换了话题，“不会下雨的，不过天就要黑了，咱们还是赶紧往前走吧，天黑真可怕。”

他们到蜂窝旅馆时已经快要五点了，这家招人喜欢的旅馆有一个露台，年轻人和一些不知好歹的人都爱坐在那里，而年纪大一些的人会找一间合心意的、地上铺着沙子的房间，舒服地坐在桌旁喝茶。毕比先生想要是让巴特利特小姐坐到外边，一定会觉得很冷，可要是让明尼坐到里面去，她又会觉得很没劲儿。所以，他建议分成两部分。他们把食物从窗口递给明尼，这样，他们还可以继续讨论一下露西的命运。

“我一直想，巴特利特小姐。”他说，“除非你很反对，我还是想谈谈刚才的话题。”

她向他鞠了一躬。“我不想谈过去发生的事情，对于过去，我了解很少，也不关心。我可以肯定这件事多亏了你的表妹。她做的事又高尚又正确，她说我们捧得她太高了，这么说，完全符合她谦和的性格。”

“但是，以后怎么办呢？说实话，你对她计划出游希腊怎么看？”他抽出了那封信。“不知道你是否听到了我们的谈话。露西真的很想参与两位艾伦小姐那个疯狂的计划。这个是完全——我也说不好——这是不对的，应该。”

巴特利特小姐读完了信，默默地放下，犹豫了一会儿，又重新读了一遍。

“我一点儿看不出来她为什么会这么做。”

毕比先生很惊讶她这么说：“这个我也不能同意。但我看出来这样做可以解救露西。”

“真的？那为什么呢？”

“她很想离开风角啊。”

“我知道这个——但是很奇怪，一点都不像她的个性，太像——我想说，这么做太自私了。”

“是的，无须怀疑——她经历了这样痛苦的事情——一定是想换换环境。”

在某些问题上，男人的判断力往往是失败的，显然，这一次就是这样的。毕比先生喊道：“她自己也是这么说的。既然你和她的想法一样，我承认现在有几分被你们说服了。也许她是需要换个环境。我没有姐妹——所以对你们的想法不大理解。但是，她为什么要跑到希腊去呢？”

“你问得很好。”巴特利特小姐说，她也很感兴趣，此时的她已经完全不像刚才那样躲躲闪闪。“为什么要去希腊？（要什么明尼？亲爱的——哦，是果酱？）为什么不去顿桥井？毕比先生啊，我和亲爱的露西在今天早上有过一次很长时间但是很让人失望的谈话。我根本帮不上她，也不想多聊，只怕我说得太多了。我并不想说——让露西感到愤慨的事情。我不想说。我曾经要求她陪我到顿桥井去住半年，但被她拒绝了。”

毕比先生用刀轻轻拨弄着一块面包的残渣。

“当然，我的感觉无所谓的。我完全知道我的存在让露西很不舒服。我们一起旅行的那次，十分失败。当时她想离开佛罗伦萨，可当我们到了罗马，她又不想在罗马待了，从头到尾我都觉得是在浪费她母亲的钱。”

“我们还是谈谈未来吧。”毕比先生将她的话题打断，“我想听听你的意见。”

“好啊。”夏绿蒂说，她突然不知道说什么，对于毕比先生来说很是意外，而这种情况露西却是十分熟悉。“我愿意帮助她去希腊，你呢？”

毕比先生在思考。

“这是一定需要的。”她将面纱放了下来，隔着纱幕，压低嗓子说，声音满是强烈的激情。毕比先生不由得吃惊不已。“我是知道的——知道的。”这个时候，天已经黑了下来，他感觉到这个奇怪的女人的确是知情的人。“她一分钟都不能留在这里，一直到她离开，我们都应该保守秘密。相信仆人们也不知道。至于以后——我大概说得有点多了。这么说吧，单单依靠我和露西来对付霍尼彻奇太太是远远不够的，要是你愿意帮忙，我们应该可以成功的。要不然——”

“不然——？”

“不然，”她重复了这个词，好像它可以起到决定作用似的。

“好的，我很愿意帮助她。”教区长说，嘴巴紧紧地抿着，“现在我们就回去，把整件事情处理完。”

巴特利特小姐说了一大堆的感谢话。就在她向他表示感谢的时候，旅馆的招牌——一个大的蜂窝——挂在室外被风吹得发出“吱吱”的声响。毕比先生并不了解情况，而他也不想了解，更不想随便就下了结论，说露西是“移情别恋”，只有粗俗的人才会那么猜测。他只是觉得巴特利特小姐懂得那个小姑娘很想从一种影响中跳出来，而这个影响一定是某个人。因为他所感到的影响是隐约的，所以他绝对帮助她。他一直信奉的是独身主义，平常不轻易表现出来，被良好的修养和宽厚的个性巧妙地掩盖了。而此时，却悄悄地出现了，就好像是一朵娇艳的花朵，伺机开放了。“结婚当然是好，但是克制自己不结婚更好。”这是他历来的信仰。所以，每当听说谁解除了婚约，都感到十分高兴。就拿露西这件事来说，本来他就很讨厌塞西尔，所以更为高兴。现在，他想走得更深入一些——把她放在远离危险的地方，一直到她坚定了永远不结婚的决心。他的这种感情很微妙，但是绝不是教条主义，他从来没有向任何人说过自己的这种思想。但是它一直存在着。他的这种思想给未来他的行为做出了很好的解释，也对其他的人产生了一定的影响。他和巴特利特小姐签订的协议不仅仅帮助了露西，也帮助了宗教。

他们急急忙忙地在黑暗中赶回了家。他讲了一些不要紧的话题“比如说埃莫森父子俩需要一个管家、仆人——意大利的仆人、意大利的小说、目的很明确的小说。文学可以对人们的生活产生影响吗？渐渐地，风角近了，能够看到灯光在闪烁。花园里面，霍尼彻奇太太依然在忙碌着抢救大丽花，弗雷迪站在一边帮忙。

“天太黑了，”她无奈地说，“都怪太拖拉了。早就该知道会变天，露西又说想去希腊。真不知道以后世界会变成什么样子。”

“霍尼彻奇太太，”他说，“进屋吧，咱们聊一聊。她一定要去希腊的。先说说，她和维斯分手了，你介意吗？”

“毕比先生，我觉得十分欣慰——就是很欣慰。”

“我觉得也是。”弗雷迪插话说。

“好吧，现在咱们进屋说话。”

他们坐在餐厅里，说了半个小时。

露西绝对不可能自己一个人去希腊的。这次出去旅游又花钱还具有戏剧性——就这两点足以让母亲感到厌恶，夏绿蒂说话也没有用。这一天毕比先生的功劳很大。正是他的通情达理还有机智圆滑的说服，再加上作为神职人员的影响——只要这位神职人员不是个傻子，霍尼彻奇太太一定会相信他的——最终，她听从了他的建议。

“我真的无法明白她为什么一定要去希腊。”她说，“不过既然你们都赞成，那也无妨。去就去吧。这里面一定有我无法理解的原因。露西，我们去告诉她吧，露西！”

“她在弹琴呢。”毕比先生说，他把房门打开，听到一首歌：“看着那如花般的美眷，不要动情——”① “没想到霍尼彻奇小姐还会唱歌呢。”“君王兴兵动干戈，要稳坐而不心惊，

① 出自英国作家司各特的小说《拉默摩的新娘》。——译者注

对着晶莹的美酒啊，先莫开怀畅饮——”

“这是塞西尔教给她的歌，真是奇怪啊!”

“怎么了?”露西停止了唱歌，喊起来。

“亲爱的，没有什么。”霍尼彻奇太太亲切地说。她走进了客厅，毕比先生听到她上前亲吻了露西说，“很不好意思，关于你去希腊的事，刚才我太粗暴了，但你也知道，这是大丽花全都倒下了，我很焦急的缘故。”

一个很生硬的声音回答：“谢谢妈妈，没有关系的。”

“你说得对——去希腊也没什么不好的，要是两位艾伦小姐愿意和你一起，你可以去。”

“啊，太好了！谢谢妈妈!”

毕比先生跟了进来，露西仍然坐在钢琴前，双手按在琴键上，她非常的高兴，而他期望她能够显得更加高兴。她的母亲弯着腰，面对着她。弗雷迪斜斜地躺在地上，他将头靠在她的身上，嘴里叼着一支没有点着的烟斗，露西刚才就是唱歌给他听的。很是奇怪，这一幕看上去很美。毕比先生喜欢旧艺术，这个时候想起来一个喜欢的主题，“神圣的交谈”①，画面上有一群相亲相爱的人聚在一起，谈论着高尚的话题——这一主题由于不能刺激感官，也不危言耸听，所以被先生们的艺术界抛弃了。既然露西家里这么的美好，她为什么要出嫁呢?“对着晶莹的美酒，先不要开怀畅饮，众耳恭听的时候，不要出声。”她继续唱着。

“毕比先生来了啊。”弗雷迪说。

“毕比先生不会在意的。”

---

① “神圣的交谈”原是描绘圣母与一群服侍他的圣徒在一起的场面，用在这里为引申意。——译者注

“这首歌真美，很富有哲理。”他说，“你继续唱。”

“不怎么好听。”她一副无精打采的样子，“我记不清——为什么是和声还是什么。”

“我觉得它没有书卷气，这歌真美啊。”

“你净说蠢话!”他姐姐说，“神圣的交谈”消失了。

没有什么理由一定要露西来谈希腊之行，或者由于是能说服了她的母亲，一定要让她表示感谢吗？于是，毕比先生离开了。

弗雷迪在门廊帮他把自行车点上了灯。他一直都是妙语连珠，这会儿说：“今天过了有一天半。”

“有人在唱歌，先别听——”

“等等，她马上就唱完了。”

“闪亮的金子不要拿。心灵、双手，还有眼睛，三大皆空，活着时轻松一些，死时安宁一些。”

“我很喜欢现在的天气。”弗雷迪说。

毕比先生已经消失在暮色中。

现在有两点是清楚的。露西的表现很好，再加上毕比先生帮了些忙。她的生活现在发生了这么大的变化，他不可能完全了解其中的细节。假如他偶尔觉得不很满意，也要接受这些；她在努力选择好的角色。“心灵、双手，还有眼睛，三大皆空——”这首歌大概强调的是“比较好的角色”，他可以想象到高亢的伴奏声——即使是在号叫的风中也可以听清——这些正与弗雷迪的见解相符。他委婉地批评这个歌词“心灵，双手，还有眼睛，三大皆空，活着时轻松一点，死时安宁一些。”而风角仍然安静地卧在下面——这个时候，是为潮水般的黑暗中的一座灯塔而存在的。

16. 她对埃莫森先生说谎

两位艾伦小姐住在布鲁姆斯伯里附近的一家旅馆里，这家旅馆不出售酒，深得她们的喜爱——由于这里干净，也不通风，所以一些英国的乡村人家经常光顾。漂洋过海之前，她们总是会来这里住上一两个星期，耐心地买些衣服啦，旅游手册啦，还有防潮胶布啦，帮助消化的面包等所有旅行需要携带的物品。她们从来就没有想过，到了海外，即使是希腊，也有的是商店。她们将旅行看成是战士的出征，只有在干草市场里那些装备整齐的人才能去。她们相信霍尼彻奇小姐也和她们一样的，做好了充分的准备。这会儿奎宁片也买了，在火车上洗脸，用肥皂纸片也不错。露西答应去准备这些，看上去她的神情有些忧郁。

"这些事你应该都知道的，还有维斯先生也会帮助你的。男士是最可靠的后盾。"

霍尼彻奇太太和女儿一起来的，这时，她有些紧张地敲打着她的名片盒子。

“维斯先生愿意让你自己去？这太好了。”凯瑟琳小姐还在说，“不是每个男人都能做到这一点。不过，以后他也许会赶过去找你吧？”

“是不是伦敦的工作走不开？”特丽莎继续问，在两位姐妹当中，她说话比较不客气。

“他送你走时，不管怎么说，我们会看到他，我很想见到他的。”

“不会有人来送露西。”霍尼彻奇太太说，“她不喜欢别人送行。”

“是的，我很讨厌。”露西说。

“是吗？真有意思啊！我还以为——”

“哦，霍尼彻奇太太，你不一起去吗？今天看到你真的很高兴！”

她们终于逃离了，露西松了口气：“好了，我们渡过了难关。”

而她的母亲却觉得很生气：“亲爱的，人家肯定对我的印象不好。但我不明白，你为什么不告诉朋友们你已经和塞西尔分手了？这样就能把事情了结了。而今晚我们不得不花那么多时间，躲着人家，就差要撒谎了。这太令人不痛快了。”

露西说了很多话来解释。她大肆描绘了一番两位艾伦小姐的性格：她们很喜欢传闲话，要是和她们说了，很快消息就会被传遍了。

“为什么不能传遍了呢？”

“我和塞西尔商量好了，在我离开英国以后再宣布这个消息。到那会儿我再和她们说，这样大家都会愉快。雨下得可真大啊！我们从这里拐弯吧。”

“这里”指的是不列颠博物馆。霍尼彻奇太太不想去，要是她们想避雨，不如到店里去。露西不同意这个安排，她正准备研究希腊雕刻，从毕比先生那里借了一本《神话词典》，这样就可以熟记那些男神女神的名字了。

“那好，我们就去店里。我们去穆迪①吧，我想买一本旅行手册。”

“露西，你知道吗？你和夏绿蒂还有毕比先生都说我很愚蠢，所以我自己也觉得我很愚蠢，要不我怎么就是不能明白你干吗偷偷摸摸的呢。你现在已经把塞西尔摆脱了——这不是很好的事情吗？他走了我特别高兴，虽然当时有点突然觉得挺生气的。可是你为什么不告诉大家，为什么要一直瞒着呢？”

“就是几天而已。”

“可这是为什么呢？”

露西不再说话。她的头脑已经从母亲的身边走开了，很想说“因为乔治·埃莫森，他一直都在捣乱，要是他知道我抛弃了塞西尔，很可能又会跑来纠缠”很可能这样——非常可能，当然这就是事实，但她不能说呀，她不喜欢把什么都告诉妈妈。因为说心里话会让一个人认识自己，会让最可怕的事曝光。自从在佛罗伦萨最后的一夜到现在，她始终觉得对人说心里话是非常不明智的。

霍尼彻奇太太也不说话，她心里想：“女儿不愿意告诉我，她宁愿和那些喜欢议论别人的老处女在一起，也不愿意和我还有费雷迪一起。看样子，只要是离开家，和谁在一起都行。”她这个人心里有话藏不住，所以马上就说了：“你是

① 牛津街上的穆迪图书馆。——译者注

不是不喜欢风角了？”

这倒是真的。自从与塞西尔分开之后，就想留在风角。但是她发现这个家已经变样了。对于弗雷迪这个生活和思想很普通的人来说，这个家还是和过去一样，但是对一个故意将自己的思想弄歪了的人来说，这个家已经变了。而她并不想承认自己思想歪了，因为要是承认，是需要让头脑来协调的，而她的大脑正处于混乱当中。她在想：“我并不爱乔治，我解除婚约和乔治没有关系；我一定要去希腊就是因为不爱乔治；我翻词典找男神女神的名字比帮助妈做事更重要；所有的人他们的行为都糟透了。”她觉得很烦闷，很想发火，很想做别人不同意她做的事。就带着这样的心情，她继续和母亲说话。

“哎，妈妈，你瞎说什么呀！我当然很喜欢风角了啊。”

“那你为什么想那么半天不直接说呢？”

“也只有半分钟。”

“你是不是就想离开家？”

“妈妈，声音小一点，会被人家听到的。”现在，她们已经进了穆迪。她买好了旅行手册，接着说，“我当然想在家了，不过既然咱们说到这里了，我就说开了吧。以后我想多出去走走。你知道，明年我就自己挣钱了。”

她的母亲哭了。

露西的心很乱。在年纪大的人身上，这个大概可以叫作“怪癖”。带着这样的情绪，她决心要将话说清楚了，“我得多见见世面了——去意大利的时候，我很不适应，见识太少了；就应该多上伦敦来走走——而不是像今天这样，买了一张廉价的车票走一走，而是在这里多住几天。我还可以和别的姑娘一起合租一套公寓。”

“然后就整天和打字机弹簧锁钥匙这些东西打交道。”霍尼彻奇太太生气了，“还去参加鼓动活动，大喊大叫的①，然后蹬着脚让警察给带走。你可以叫它是慈善运动——但是，并不需要你去做！你可以称它是责任——但是这代表着你连家都不要了！你要是叫它是工作——你看看现在的竞争有多激烈，连男人都找不到工作！现在，你为了这些正在做准备，马上想和两位走路打战的老太太，一起到外国去！”

“我只是想有更多的独立。”露西疲倦地说。她知道，她需要的是某些东西，而用独立来表达她的意思，只是个借口、口号而已。无论什么时候我们都能说没有得到独立。她想办法回忆当时在佛罗伦萨时的情绪：那是很真实的，给人的启发绝对不是什么短裙还有弹簧锁钥匙。只有独立这一点激发了她的情绪。

“好了，你就带着你的独立离开家吧。走远一点，去世界各地，回来时就瘦成骨头！你看不上你爸爸建的房子和花园，还有我们的风景——去和别的人合住一套房子。”

露西把嘴巴撅得高高的：“我可能说得过火了。”

“哦，天！”她的妈妈突然喊了起来，“你让我想起夏绿蒂·巴特利特了！”

“夏绿蒂？”露西随着大喊，显然她被这个名字刺激到了。

“你让我越来越多地想起她。”

“我不明白你的意思，我和夏绿蒂一点都不像啊，妈妈。”

“我觉得非常像。你看，你们一样心事重重的，都是说了话又要收回。昨晚你和夏绿蒂还想把两只苹果分给三个人来吃，这还不像吗？”

---

① 指的是参加竞选妇女参政权的运动时举办的活动。——译者注

“你说什么呀！还有啊，你既然不喜欢夏绿蒂，那为什么请她来家里住？真是很遗憾！她这个人，当时我就警告过你，求你不要让她来，但你并不听我的啊。”

“你怎么又提这个。”

“请你再说一遍。”

“看看，和夏绿蒂一样。亲爱的，她也是用的这些字句。”

露西咬咬下唇：“我说的是你不该请夏绿蒂来咱们家。希望你别打岔。”在争吵中，谈话结束了。

买东西的时候，她和母亲都没有说话，在火车上也几乎不说话。再后来到了多金车站，马车前来接她们，上了马车，还是不怎么说话。由于下了一整天的大雨，马车慢悠悠地穿过萨里郡的深巷子，雨水从垂下的山毛榉树枝哗哗地落在车篷顶上。露西发牢骚说车篷里实在是闷热难耐。她弯着腰，向车外眺望，看见冒着水蒸气的暮色里，马车就像是一盏探照灯，在泥泞的路上飞驰，没有一点美感。“等夏绿蒂再上车，一定更挤了。”她说。她们接下来要去夏街接巴特利特小姐，马车去车站接她们时，先让夏绿蒂在夏街下了车去探望毕比先生的母亲去了。“咱们都得坐在一边，要不雨水会从树上掉下来，虽然现在不下雨了，哎，要是能透透气就好了。”后来，她仔细聆听着马蹄的声音——好像是在说“他没有讲啊——他没有讲啊——”这个声音因为道路泥泞而变得模糊。“我们能不能把车篷拉下来？”她责问母亲。她的妈妈突然语气柔和地说：“可以的，女儿，让车停下来吧。”于是，马车就停了下来，露西和鲍威尔一起使劲儿将车篷拉了下来，雨水顺势而下，直接喷在霍尼彻奇太太的头上。待车篷完全拉了下来，她看到了一些不应该看到的东西——希西别墅的窗子黑糊糊的，没有灯光，而花园的门上好像看到一把锁。

“鲍威尔，那所房子是要出租吗？”她大声地问。

“小姐，是的。”鲍威尔回答。

“他们已经走了吗？”

“是的。那位年轻人说，这里距离城市太远了，他的父亲风湿病又发作了，不能自己住在这里，所以他们就带着家具出租了。”

“那么他们已经走了？”

“已经走了，小姐。”

露西歪斜在车座上。马车在教区长的门前停了下来。她下车去找巴特利特小姐。埃莫森父子已经走了。那么，有关希腊之行的事都是多余的。白费精力了！“白费”这个词似乎占据了她的整个生活。白费计划了、钱也白花了、爱也白费了，现在因此还伤害了母亲。是她做错了，把一切都搅乱了，是吗？也许是这样。别人也这样搅乱过。当女仆打开门的时候，她发着呆向门厅里看去，连话都讲不出来。

巴特利特小姐连忙迎了出来，说了一段开场白之后，提出了一个特别的请求：可不可以让她去教堂？毕比先生和他的母亲先去了，她不想和他们一起走，要取得女主人同意才行。而这个请求意味着马车要多等十分钟。

“可以。”女主人很疲倦地说，“我把今天是星期五给忘了，我们大家都一起去吧。鲍威尔去马厩转一转。”

“亲爱的露西——”

“谢谢，我不想去教堂。”

随着一声叹息，她们出发了。看不到教堂，可以看到黑暗之中的左边好像有点光亮。是一扇彩色的玻璃窗，透过窗户可以看到里面微弱的灯光。待大门打开，露西听到了毕比先生正在对不多的教徒念祷文。这个十字形的教堂很巧妙地建在山坡上，美丽的耳堂比建筑的其他部分略高，尖顶上面覆盖着银闪闪的木瓦——他们这个教堂慢慢地失去了从前的魅力；此外，大家很少去谈论的话题，比如——宗教——也渐渐地和其他的东西一同消失了。

她跟在女仆后，走了进去。

她要不要在毕比先生的书房里坐一坐？只有那间房里才有火。

她愿意。

已经有人先在那里了。她听到女仆说："先生，有一位小姐也想在这里坐坐。"

是老埃莫森坐在火炉边，他的一只脚搁在专门为痛风病人准备的小凳子上。

"啊呀，是霍尼彻奇小姐，怎么是你来了！"他的声音充满了颤抖。露西见到自从上周以来他发生的变化。

她说不出话。若她和乔治面对着面说话，再说一次也无妨，但是，与他的父亲对话，却是不知怎么是好。

"霍尼彻奇小姐，亲爱的，很对不起！乔治很难过！他觉得自己应该尝试一下。我不能怪他，但他还是先问过我就好了。他的确应该尝试一下，可开始我都不知道。"

她要是能记得怎么做就好了！

他将一只手举了起来："你一定不要责怪他。"

露西将身体转了过去，开始看毕比先生的藏书。

"我和他说过，一定要相信爱情。"他的声音发着抖，"我说：'当爱情来临的时候，就是现实。'我还说：'爱情的热度并不是盲目的。有热度的爱情很健康，你爱她，她就是唯一能真正理解你的人。'"他叹口气，然后继续说，"那是真实存在的，永远都很真实。虽然属于我的时代已经消失了，但结果都是一样的。可怜的孩子，他真的十分难过。他说你把表姐带过来，就知道事情糟了；不管你怎么想，他绝对不是故意这么做的。但是——”他的声音铿锵有力，他这么问，就是想将事情弄明白——“霍尼彻奇小姐，意大利的事你还记得吗?”

露西从中挑出一本书——《〈旧约〉评注集》。她用书将自己的眼睛挡住了，说：“我不想说与意大利还有你儿子有关的任何话题。”

“但是，你是记得意大利的?”

“他开始做得就不对。”

“上个星期他才告诉我说他爱你。我不会去评断一个人的行为好与坏。我只是——只是想说——他做得不够稳妥。”

露西很镇定地把书放回原处，转过身体，面对着他。他的脸下垂得厉害，有些臃肿，而他的眼睛，虽然是深陷了进去，但十分明亮，闪耀着天真的光芒。

“他的行为相当的无礼。”她说，“他能感到难过，我很高兴。你知道他做了什么吗?”

“也不能说是相当无礼吧。”他很和气地纠正着她的话，“他在不该尝试的时候尝试了，霍尼彻奇小姐，你要的都已经有了，将会与自己爱的人结婚。当你从乔治的生活中走出来后，请不要说他是无礼的。”

“是吗?好吧，不能说。”露西说。当他提到了塞西尔，她觉得十分羞愧。“非常无礼的确是太严重了。很不好意思，对你的儿子这么说话。我想，我还是去教堂吧，我妈妈和表姐都去了，我应该早点过去——”

“尤其是他完全垮了下来。”他用很平静的语气说。

“你说的是什么意思?”

“他很自然地就垮下来了。”他慢慢地拍着手，头一直垂到了胸前。

“我听不懂。”

“就好像是他母亲当年那样。”

“但是，埃莫森先生——埃莫森先生——你说的是什么意思啊?”

“是我不让乔治洗礼的。”他继续说。

露西感到特别害怕。

“当时她也说洗礼并不重要，但是，当他到了十二岁，那天发了高烧，她就突然变了，认为这是报应。”他浑身都在颤抖。“哎，真是太可怕了。当时我们已经抛弃了旧有的观念，还与她的父母不再往来。但是，太可怕了——当在荒野中开垦了一小块土地的时候，并且在上面种满了花草与树木，让阳光照进你的花园。就在这个时候，野草偷偷地蔓延了。这是多么可怕的事情——比死亡还令人可怕！报应！我们的儿子得了伤寒，就是由于没有让牧师在教堂往他的身体上洒水！霍尼彻奇小姐，你觉得这真实吗？难道他们又要回到黑暗之中吗?”

“我也不知道。”露西急切地喘着粗气，“我搞不明白这样的事。我注定无法搞明白。”

“而伊格先生——我不在家的时候，他来了。按照他的想法做事。我不去怪他，谁都不怪——但是，等乔治的病好了，她又病倒了。是伊格先生引导她去想有关罪孽的事，她不停地来回思考，慢慢地就垮了。”

就是这样，在上帝的眼里，是埃莫森先生谋杀了他自己的妻子。

“天哪！这太可怕了！”露西说，现在她忘记了自己的苦恼。

“就因为他没有受礼。”他说，“那时我的态度很坚决。”他用坚定的目光望着眼前一排排的书籍，好像是他付出了高昂的代价——终于才将它们战胜。“我的孩子，会好好地回到大地。”

她轻声地问小埃莫森先生是不是病了。

“哦——就在上个星期天。”他回到了现实，“上个星期天，乔治——他没有生病，是垮了下来，他从来都不生病的。但他是母亲的儿子啊，那双眼睛和母亲一模一样的。她还有一个我觉得特别好看的额头。他认为活下去一点意思都没有。情况总是难以预料的。他一定会活下去的！只是，他觉得没有意思，不想活下去了。他会一直这么觉得，永远都觉得没有意思。你还记得当时佛罗伦萨的教堂吗?”

露西记得十分清楚，她还说让乔治收集邮票。

“你离开了佛罗伦萨之后——实在是太可怕了。我们租下了这里的房子，他和你的弟弟一起游泳去了，然后就好些了。你见到他去游泳吗?”

“我感到很难过，但是现在讨论这些没有什么意义。这件事我的确觉得很难过。”

“后来又有一本什么小说。我没听明白。只知道一点，他十分介意，却不想告诉我。他觉得我很老。好吧，人是有缺点的。乔治明天过来，我们一起去伦敦。住在这里，他很难受。他去哪里，我就去哪里。”

“埃莫森先生，”她说，“你不要离开——至少不要因为我而离开。我就要去希腊了，别离开这个舒适的家。”

她的声音突然变得温柔，他微微地一笑，说：“你们大家都非常好！毕比先生——他早上到我家里，一听说我要走——就说要收留我！你看，这里有火，多舒服呀！”

“但是，你还去不去伦敦呢？这真是荒唐极了！”

“我一定要和乔治在一起生活。我要想办法让他活下来，要是我在这里，他就活不下去了。他说只要是一见到你或者听到和你有关的事情——我不是在替他说话，只是把事实讲出来而已。”

“埃莫森先生，”她上去一把拉住他的手——“你不要离开这里！到现在为止，是我给这个世界增添了太多的麻烦。我一定不能让你因为我离开自己喜欢的房子，还让你蒙受经济上的损失。你一定不要走！我本来正要去希腊。”

“为什么要去希腊？”

她的态度缓和多了。

“去希腊吗？”

“所以请你别走，我知道你不会说出去的。我很相信你们。”

“你肯定相信我们的。我们要不就是把你接纳进我们的生活里，要不就是让你过自己选择的生活。”

“我不应该想——”

“维斯先生很生乔治的气吧？乔治是不该尝试的，他错了。我们对自己的观念太推崇了，是我们咎由自取的。”

他又向那些书看过去——有黑色的、棕色的还有颜色鲜艳的蓝色神学书籍。这些书籍将两位客人围在中间；桌子上还有一沓沓的书籍，另外一些直接堆积到了天花板上。埃莫森是个很虔诚的人，他与毕比先生的区别是他在意人的热情，但是露西看不出来——她觉得在心情难过的时候进了这样一个书房，依靠的是神职人员的关系，真的是很可怕。

埃莫森先生以为她累了，就要将自己的椅子让给她。

“不要，请你坐着不要动，我要是觉得累，可以去马车上坐着。”

“霍尼彻奇小姐，看上去你很累。”

“不，我不累。”露西的嘴角在微微颤抖。

“看上去你很累了，而且有着和乔治一样的神情。出国旅行，是怎么回事？”

她保持沉默。

“希腊？”——她可以看出他在思考——“希腊，我还以为你会打算今年结婚。”

“不，是要到一月份。”露西说。她的双手交叉着。到了这时，她还在撒谎？

“你是和维斯先生一起去的吧？我希望——不是由于乔治的关系你们才去的？”

“不是。”

“祝你和维斯先生在希腊玩得开心。”

“谢谢。”

这个时候，毕比先生从教堂回来了，黑色法衣被雨水打湿了。

“没有关系的。”他亲切地说，“我能猜到你俩在做伴。雨下得更大了，所有听布道的教徒，你表姐、你妈妈，还有我妈妈，他们全都站在教堂那等着马车呢。鲍威尔在哪儿呢？”

“他大概来了，我去瞧瞧。”

“不要——应该我去瞧，两位艾伦小姐怎么样？”

“她们很好，谢谢你。”

“你的希腊之行对埃莫森先生说了吗？”

“说了——”

“埃莫森先生，她要保护两位艾伦小姐，你说是不是很有勇气啊？好了，霍尼彻奇小姐，你快回去吧——要穿暖和了，三个人出去玩，我觉得这个‘三’字就代表着勇敢。”说完，他急急忙忙去马厩了。

“他不去。”她的声音听上去很沙哑，“我刚才说得不对，维斯先生不去。”不知道为什么，想要欺骗这位老人很难做到。若是换作乔治或者塞西尔，她肯定会再编一次谎话；这个时候，老人好像已经渐渐地接近真相了。他对鸿沟有自己的看法，谈话的方式带着自尊。而周围将他团团围住的书籍说明了另一种看法；他对自己的经历已经可以平和对待了，这唤起了内心深处的崇高品格——不是旧有的对异性献殷勤，而是年轻人应该对老人尊敬的品格——她便冒着风险，对他讲明白与她一起去希腊的不是塞西尔。因为她说的时候一本正经，自然会给她带来危险。

于是，他望着她问：“你是要离开他吗？你最心爱的人。”

“我——必须要这么做。”

“但是为了什么呢？”

恐怖向露西袭来。她又说谎了，说了当初对毕比先生说的那些话，这些话很长，也极有说服力。她想等宣布了婚约无效之后，再重复一遍。他沉默着，听她讲完了，这才说：“亲爱的，我很担心你——”他的声音十分柔和，好像在梦中一样的，她没有感觉到慌张——“你的思想很乱。”

她摇摇脑袋。

“就听我的话吧，一个人最可怕的就是面对自己混乱的思维，无论是死亡还是厄运，那些听上去很可怕的事情其实很容易度过的。我在想我以前有过的混乱——有些原本可以避免，现在想起来还是很后怕。我们能够给予别人的帮助是很有限的。过去我还以为自己可以指导年轻人，现在终于明白了，我给乔治的教育，可以总结为一句话：小心行事，不要让思想糊涂。你还记得在佛罗伦萨的教堂，你假装生气了，但是根本没有生气，还有以前你怎么都不愿意接受的看得见风景的房间——这些都是思想糊涂的表现——虽然是小事情，但是情况不妙啊——我很担心你的思想又糊涂了。”她默默听着。“请你相信我说的话，霍尼彻奇小姐，虽然生活很美好，但同时也很艰苦。”她还是默默听着。

“我的朋友这么说：‘生活就像是在公众场所演奏小提琴，一定要不停地拉琴，才能掌握好节奏。’我觉得他说得不错，一个人一定要经历过一些事情才能学到如何运用各种功能——比如像爱的功能。”他越说越兴奋，这会儿大声喊道：“就是这样的，我就是想说这个。你是爱乔治的！”然后他开始长篇大论地谈起来。这几个字好像是大海上汹涌的波浪，猛烈地将露西扑倒……

“但是，你就是爱他。”他不管露西的反应，继续说，“你很明白、很纯粹，并且全身心地爱着他，和他爱你是一样的。除了爱，其他无论什么词汇都无法表达。也是因为他，你才解除了婚约。”

“你在胡说！”露西心虚地大喊，耳畔全是汹涌的波浪发出的声音，“哦，真是男人说出的话啊——我是说，你以为所有的女人都会想男人吗？”

“那你在想什么呢？”

露西竭力表现出来很厌恶的表情。

“你觉得意外吧？我就是想让你意外的。某些时候，这是唯一的期盼了。我别无他法来激怒你的情绪。你必须要结婚的，要不就将生命浪费了。你现在走得很远，不会也不能走回头的路。我没有工夫和你讲什么友情、温情和诗情，因为还有其他更重要的。你想要结婚不也是为了这些吗？你和乔治在一起的话，就可以得到这些了，并且你一直都爱他。做他的妻子吧！他会成为你的一部分。就算你跑到希腊或者别的什么地方，永远看不到他，甚至将他的名字都忘掉了，但他还是会活在你的心里，一直到你离开这个世界。爱情是割不断、斩不完的。你现在希望将它剪断了，但是它会发生变化，会被你忽视，弄得很乱，但它永远都不会从你的心里消失。诗人说得很对：最永恒的东西就是爱情。”

露西气得几乎哭了出来，但她的气愤情绪很快就不见了，只有眼泪仍在眼眶中打转。

“希望诗人也这么说：爱情是肉体的。但它并不是肉体，而属于肉体。要是我们能够面对这个问题，那要抛掉多少烦恼。哎，就差那么一点坦率，灵魂便能够得到自由了！你的灵魂啊，露西！现在的我很讨厌这个说法，就因为迷信利用这些时髦的名词包装起来。虽然谁都说不清楚灵魂从何而来，又到何处去。但我们就是有灵魂的！现在，我亲眼看到你在摧残着自己的灵魂！我无法忍受。黑暗已经悄悄地回来了，啊，这不就是地狱吗？”突然间，他停住不说话了。“我都讲的是什么啊，乱七八糟的——太抽象了，又很迷茫，还有，是我把你给弄哭了。亲爱的姑娘啊，请你原谅我的话太枯燥了，嫁给我的儿子吧！当想起生命的意义，想起用爱情来回馈爱情，是多么幸福的事情——嫁给他吧！世界就是为重要的时刻而建造的。此刻，就是一个很重要的时刻。”

她一直不知他在说着什么，他的话太难以听懂。而在他说话时，她感到黑暗渐渐地离开，一层层地褪去。而她的灵魂，悄悄地展现了出来。

“露西——”

“你让我感到害怕。”她带着痛苦的呻吟说，“塞西尔——毕比先生——火车票都已经买好了，所有的事情都订好了。”她跌倒在椅子上抽泣。“我走进了一片麻烦里，我一定要离开他，继续忍受着痛苦，然后变成一个老太太。我不想因为他而改变自己的生活。他们都很信赖我——”

这时，一辆马车停在了门前。

“请你向乔治转达我对他的问候吧——只有这一次，请你告诉他这是一件‘很糊涂的事’。”说着，她将面纱整理了一下，只见泪水就像窗外的雨水一样快速流淌。

“露西——”

“别——他们到过道了——请你别说了，埃莫森先生——他们很相信我——”

“但是，你已经欺骗了他们，为什么他们还要相信你呢?”

“我妈妈到了。”毕比先生打开了门，走了进来。

“你并不值得他们相信。”

“你说什么?”毕比先生很不高兴地问。

“我是说，她把你们给欺骗了，你们为什么还要相信她?”

“妈妈，等一下。”毕比先生走到房间里，然后将门关上了。

“埃莫森先生，我不知道你在说什么，你说的是谁? 相信谁?”

“我是说，她骗过你，说她并不爱乔治，其实他们一直都在相爱。”

毕比先生看到正在哭泣的姑娘。他看上去很镇定，那张脸很苍白，映衬着泛红的络腮胡须，顿时显得缺少一点人情味。他就像一根高高的黑柱子，立在房间的一角，静静等待着她的答案。

“我不会嫁给他的!”露西用发颤的声音说。

他的脸上显露出轻蔑的神色,“那是为了什么呢?”

“毕比先生——我——我曾经让你误会——我让自己误会——”

“别扯了,霍尼彻奇小姐!”

“这不是扯!”老人大声地辩解,“这就是你无法理解的某个人的某一方面。”

毕比先生兴高采烈地将双手放在老人的肩膀上。

“露西!露西!”马车里的人在喊。

“毕比先生,你可以帮助我吗?”

他对露西的话感到诧异,很严肃地说:“我感觉很悲恸。真令人悲伤——难以置信啊!”

“他到底哪里不好?”老人质疑地问,非常的激动。

“不是不好,埃莫森先生,我只是对他不感兴趣罢了,霍尼彻奇小姐,去和你的乔治一起吧!他这个人很不错的。”

说完,毕比先生走出了房间,仍然留下他们两个。接着,他们听到了他将自己的母亲领上了楼。

“露西!”马车里的人又在呼唤她。

她带着失望的疲倦将身体转向埃莫森先生。而他的脸色让她受到了鼓励。这是一个十分理解别人的圣徒的脸。

“天已经黑透了,而今看来,美与热情似乎从来都没有存在。我知道,原本是这样的。但是请你记住佛罗伦萨连绵的山脉,还有迷人的景色,啊,亲爱的露西,我要是乔治的话,可以亲吻你一下,一定会让你变得勇敢。而现在的你不得不带着冷冰冰的盔甲,参加一场需要激情的战争,不得不这么做,走进由你自己创造的糊涂中。你的母亲还有你的朋友都会看不起你。哎,亲爱的露西,若是看不起别人是对的话,那么他们无疑做对了。至今乔治依然在黑暗的痛苦中挣扎，凄凉极了。但他什么都不说。我这样讲，你说有道理吗?”他的眼里满是泪花，随之流淌而出。“是的，因为我们战斗的不仅仅是爱情或者快乐，此外还有真理。最重要的是真理，对于真理的追求，才是最重要的。”

“请你吻我一下。”女孩说，“请你吻我一下，给我力量。”

他带给她一种这样的感觉：所有的神都原谅了她。还有，当她得到了爱人，同时为世界争取到某些东西。回家的路上，在满是泥泞的道路上，马车慢慢地行驶着——她像平常一样说话顺畅了——老人执意与她站立在一起。将她身上的污垢清洗得很干净，让所有的嘲弄变得微不足道。他让她感觉到袒露的情感是纯洁无瑕的。即使是许多年之后，她还依然经常说起她“始终没有想明白老人是怎么让她变得坚强，似乎他在那个时间内，让她看清了所有的事情。”

17. 结束了的中世纪

最终，两位艾伦小姐还是去了希腊，但她们并没有带露西。这支只有她们两人的小队伍绕过了玛丽埃[1]，在萨罗尼克湾[2]中行进。她们俩单独游览了雅典和特尔斐，还有智慧之歌的神庙——建筑在雅典卫城上，被奇妙的湛蓝色海水所包围；还有一座在帕纳塞斯山脚下[3]，有老鹰在山顶筑巢，勇敢的青铜战士驾驶着青铜色的战车雄伟地挺立着。两位小姐摇摇晃晃的，带着激动的心情和相当多的易消化面包，的确是去了君士坦丁堡，她们做到了周游世界。而其他的人士对于一个美好的而且不算费力就可以到达的目标感到很满意。

---

① 即玛丽埃海角，位于希腊南部的伯罗奔尼策半岛的东南部。——译者注

② 位于希腊东南部地区，北部为雅典。——译者注

③ 指希腊总部帕纳塞斯山下面的太阳神阿波罗和文艺女神灵地的遗址，那有一个战士驾战车的青铜像。——译者注

走，我们去意大利吧。我们又去了原来的贝尔托里尼公寓。

乔治说，这间房间就是他过去居住过的。

“不，才不是呢。”露西忙说，“这间房间是我居住的，而我住的是爸爸的房间，我忘记是什么原因，反正是夏绿蒂由于什么缘故她就让我来住这间了。”

他跪在了砖地上，将脸藏进她的裙摆里。

“亲爱的小宝贝，乔治，你赶紧起来。”

“我为什么就是一个小宝贝呢？”乔治喃喃地自语道。

她没法回答他，就将手里正在缝补的他的袜子放了下来，朝窗外望过去，已经是黄昏，啊，又是一个春天。

“哎，怎么又是夏绿蒂，真烦人。”她沉思片刻后说，“真不知道她是用什么东西做的。”

“是用做牧师的东西做的。”

“瞎说！”

“你说得太对了，是瞎说。”

“赶紧从地上起来，要不该得风湿了，不许再笑，别这么傻乎乎的。”

“我为什么不能笑呢？”他问道，用两肘紧紧地夹住了她，让她丝毫动弹不得，然后将脸凑到她面前，“有什么好喊的，来，亲亲我这里。”他抬起想让她亲吻的地方。

他还是个孩子。到了这时，她想起了过去的那些事，是她让他承受了这么大的痛苦，她非常清楚去年是谁住在这间房间的。他有时候会弄错，真的很奇怪。就是这一点，让她更加爱他了。

“有没有来信？”他问道。

“有一封弗雷迪的。”

“快来亲这里，还有这里。”

他又一次被警告会得风湿的。他便走到了窗前，将窗户打开，探出了头。往前就是护墙，那条河流，左边就是重重山脉的起端。马车夫嘴里发出蛇一样的声音，和他打招呼。他大概就是一年前推动幸福之轮的法厄同。满腔的感激之情——到了南方，所有的情感都变得无比的热情——就在这位丈夫的心中悄然升腾。为那些为了他这个傻瓜费了那么多的心血的人和物祝福。他当时是多么的愚蠢。最重要的那部分都是别人——意大利、他的父亲，还有他的妻子一起完成的。

“露西，快过来看这些柏树，还可以看到教堂！不管它叫什么。”

“它叫圣米尼亚托。我马上就补好你的袜子了。”

“先生，明天要不要去兜风[①]？”马车夫大声地问，声音听上去很动人。

乔治说你打错算盘了，他们可不想把钱用在无聊的兜风上。

对了，还有那些本来不打算帮助他们的人——像是拉维西小姐们、塞西尔们、巴特利特小姐们！乔治最喜欢将命运所起到的作用夸大。这个时候就在统计让他现在感到心满意足的状态的各种人来。

“弗雷迪在信中说了什么？”

“还没拆开看呢。”

他对一切都很满意。露西的满意之中带着遗憾还有微微的苦闷。直到现在，霍尼彻奇母子都没有原谅她的行为，他们很生气她的虚伪。而今的她，与风角有了一些隔阂，也许

① 此句以及后面露西与他的对话都为意大利语。——译者注

这种隔阂，一生都无法消除了。

“他都写什么了?”

“哎，真是个傻小子！他还以为自己多么崇高。明明知道咱们会在春天出来玩——半年前他就知道了——他也知道就是妈妈不会同意，咱们也会来的。咱们已经给了足够多的暗示啊，他却称为私奔。真是太可气了——”

“先生，明天我们会去兜风——”

“当然，最后一切都会好起来的。他一定要重新整理咱们的信誉。但我真的很希望塞西尔不要对女人那么的玩世不恭。现在已经是他的第二次改变了，变化可真是大。为什么男人对女人会有那么多的看法？我怎么对男人没有，我也很盼望毕比先生——”

“你可以有这样的想法。”

“他不会原谅我们了——换句话说，他不会再对我们关心了。如果在风角他没有那么大的影响力该有多好。但是只要我们充满了真情，那么爱我们的人一定会回到我们的身边。”

“说的是。”他用很温柔的口气说，“哦，当时我就是充满了温情——这可能是我唯一做到的——所以，最后你终于回到了我的身边。嗯，所以你懂得这些。”他将身体转了回来，回到了房间。“别缝袜子了。”他将她抱到了窗前，让她看窗外的景色。他们跪在那里，就为了不让窗外的行人看到自己。然后轻声地呼唤着彼此的名字。啊，真是美妙：这不就是他们一直以来所期待的最为美好最为充足的幸福吗？也是他们从来都不敢梦想的快乐。他们突然沉默了。

“先生，我们明天就去——”

“这个人真是烦人啊!”

而露西回忆起了卖画片的小商贩，就说：“别，别对他那么不客气。”

之后，她屏住呼吸，小声地说：“伊格先生，还有夏绿蒂，那个可怕的和僵尸一样的夏绿蒂！她对这样的人是很冷酷的！”

“你看，桥的那边有一排灯光。”

“这个房间让我想起了夏绿蒂。像她那样一直活到老，是多么的可怕！在教区长的那个夜晚，她居然不知道你爸爸也在房间里，要不她肯定不让我进去的。而他是唯一可以让我明白道理的人，连你都做不到，我感到十分幸福——”她吻了他——“我忘不了这一切来得多么危险！如果当时夏绿蒂知道，肯定不会让我进去的。那我就会跑到希腊去了，我的一生就完全不一样了。”

“但她是知道的啊。”乔治说，“她肯定看到我爸爸了，他这么说的。”

乔治依然坚持己见。“我爸爸说看到她了，我非常相信他说的。当时，他正坐在书房的火炉前打盹。睁开眼睛的时候，正看到巴特利特小姐站在跟前。这些就发生在你走进去的几分钟以前。当他醒了过来，她就转身离开了。他们之间没有说话。”

接下来，他们又聊了其他的事情——聊到哪里是哪里，和那些经过了痛苦的努力奋斗得到对方的人一样，他们得到的就是将彼此紧紧拥在怀里。过了好久好久，他们才又回到了巴特利特小姐的话题上面，在他们说起她的时候，她的作为似乎比起刚才更加引起注意了。乔治喜欢直截了当地说话，他说：“事情摆在那儿，她都知道。可是，她为什么冒着风险让你们见面？她明明是知道爸爸在里面的，而她却去了教堂。”

他们努力将事实拼凑起来。

说着说着，露西的脑海里闪过一个让她无法相信的事实。她不想接受这个事实："夏绿蒂这个人就这样的，到最后思想有点糊涂了，所以导致功亏一篑。"但是，就在即将要消失的黄昏中，伴着滔滔的江水声，还有他们的拥抱里，似乎都有一个声音在告诉他们，她说的话缺乏可信度。乔治压低了声音说："难道她是故意这样做的?"

"故意怎么做?"

"我们明天会去兜风的，先生——"

露西向前俯去，用温柔的声音说道："请你走吧，我们已经结婚了。"

"太太，对不起。"那人用同样柔和的声音回答她，随后挥起鞭子，抽打着马的身体。

"谢谢，晚安。"

"不用谢。"

马车夫唱着快乐的歌曲离开了。

"乔治，你说故意怎么做?"

他低低地说："难道真的是这样的吗？可能吗？我给你分析一下这个奇迹吧。从一开始，你的表姐就在盼望，就从我们刚刚见面开始。她就在盼望我们会像现在这样——是，她从内心深处就是这样渴望的。表面上她在和我们作对呢，但是内心是这样盼望的。要不是这样，我们就没法解释她的所作所为了。你能解释？就看看整个夏天以来，她是这么让我留在你的心里。她让你心神不宁，一月又一月地过去了，她越来越奇怪，越来越不稳妥了。我们的事情在她的脑海里盘旋——要不她不会把我们的事告诉朋友的。有些细节——很热烈的那一部分，我之后读了那本书，她不是僵尸，露西，她是拆散了我们两次，但是，就在那天晚上，在教区长的家里。是她给了我们获得幸福的机会。而我们永远都没法向她道谢，不可能交朋友。我能相信，在她的内心深处，所有的语言和行动的后面，她是愉悦的。”

“但这太不可能了。”露西喃喃地说着，然后想起了她自己的心理变化，又说，“对——这的确是完全可能发生的。”

青春笼罩在他们的头顶：法厄同所唱的歌曲得到了回报，他们已经得到了爱情。而现在的他们，感受到一种更加神秘的爱情。歌声慢慢地消失了；他们听到了流水的声音，是河水将冬季的积雪悄悄地冲到了地中海里。

作者手记：看得见的风景，找不到的房间

《看得见风景的房间》一书出版于1908年。现在已经是1958年了，我忽然有了一个念头：不知道在这50年中，小说里的人物都在干什么？他们是我在1908年以前就塑造完毕的。写意大利的那部分可以说是我在小说创作中的处女作。我把它先放到了一边，写作并且出版了另外两部长篇小说，之后才回来补写后面英国的那部分。我并不很喜欢这部小说——最喜欢《最长的旅程》——那是最美妙的小说。它有一位男主人公和女主人公，都被认为是个好人，相貌美丽俊俏，正在热恋之中——他们都是有希望获得幸福的。他们最后得到了吗？

我先想一想。

露西（乔治·埃莫森太太）现在都已经六十七八岁了吧，乔治有七十出头的样子——这个年龄是很成熟的，当然还是

没有我成熟[①]。他们依然很有风度，相互疼爱对方，还有他们的孩子以及孙儿们。但是，他们现在住在哪里呢？这倒是个难题，也就是我为什么用《看得见的风景，找不到的房间》做文章的题目的原因了，我想不出来乔治和露西现在住在哪里。

当他们在佛罗伦萨度过了蜜月，大概会在汉普斯特德那里住下来。不——应该是在海格特[②]。这是很明白的，之后的六年中，以生活的舒适度来说，是他们一生中最为美好的日子。后来，乔治从铁路局离开了，在某个政府部门找谋得了一个收入极高的职位。露西还带来了一份丰厚的嫁妆，而他们明白，绝对不会拒绝使用它。另外，还有巴特利特小姐所称的她的小家当也留给他们了。(谁想到夏绿蒂表姐会有这样的举动？而我一直都认为她会这么做)，他们雇用了一位在家过夜的仆人，眼看着就成了有钱人，但是，此时发生了第一次世界大战——一场以消灭战争而发起的战争，它破坏了所有的一切。

乔治由于反对战争，而成了拒绝服兵役的人。他接受了不服兵役而派的其他服务，没有因此坐牢。但那时，他失去了在政府机构上班的好职位。在恢复和平之后，也没有资格参加“英雄之家”，霍尼彻奇太太很恼火她女婿的行为。

露西很高调地宣布自己是个反对战争、拒绝服兵役的人。她继续弹奏着贝多芬的曲子，而因此冒着巨大风险。德国人的曲子啊！当有人听到她在弹奏，就向警察汇报，然后警察

---

① 作者此时有 79 岁。——译者注

② 位于伦敦的郊区，是个高级住宅区，有济慈故居以及博物馆。海格特就在伦敦郊区的高地上。——译者注

来到了他们家。此时，老埃莫森先生和他们住在一起，就不停地向警察解释。警察告诫他们要小心一点儿。过了一段时间，老埃莫森先生就死去了，但仍然深深相信只有爱和真理才能帮助人渡过难关。

爱和真理帮助了他们一家渡过了难关，这是很值得欣慰的。没有一个政府承认或者会承认爱和真理有多权威，但是，这次正是爱和真理起了作用，他们很不光明地从海格特搬到卡西阿尔顿去了，乔治·埃莫森夫妇两人有两个女孩和一个男孩，觉得需要一个真正的家庭——就来到了一处乡村，在那里扎了根，默默地建立着自己的家园，但是，文明病没有向那里行进。在我的其他小说里，也有的人物经历着类似的烦恼。《霍华兹庄园》写的就是在寻找一个家。印度对印度人和英国人而言，同样是一段旅程，都不是归宿。

在某段时间里，风角的产权迟迟不能解决，他们还存着幻想。霍尼彻奇太太离世之后，只有将它出售了，用来换取家用。弗雷迪的孩子太多了，而他行医并不顺利，所以只好将房子给卖了，没有别的办法。风角没了，花园也重新修建了，在萨里郡地区，再也没有霍尼彻奇这个姓氏了。

第二次世界大战——一次打破长久的和平的战争——还是爆发了。乔治马上报了名。他不仅有知识，还充满了激情。这时他有五十岁了，可以看出希特勒是个富有理智的敌人，他还是个满怀浪漫情感的敌人。他注意到希特勒很喜欢打仗，就是因为没有仗可打，而充满了饥渴的欲望。他还发现，当他离开了妻子，没能保持住贞洁。

对于露西，战争带来的变化很少。她在教钢琴课，放一些贝多芬的曲子。现在贝多芬没有惹麻烦。而沃特福德的公寓在轰炸中被摧毁了，就在那里，她苦苦地等待着乔治的归来。这一下，所有的财产还有纪念品全部没了，而他们住在纽伊顿已经出嫁的女儿，也在此时蒙受了不幸。

乔治在战场被提升为下士，在非洲的时候，由于受伤而被俘，囚禁到墨索里尼所在的意大利。就在那里，他发现意大利人就像是他在旅行时遇到的意大利人一样，富有同情心。当然，有的时候同情心就少一些。

意大利完蛋时，他向北部走，走过了一片残缺的地区，向佛罗伦萨而去。这个被大家热爱的城市变得千疮百孔，但还是被他认出来了。那座三位一体的大桥被炸毁了，韦基奥大桥的两边七零八落的。而主权广场倒是还好，就是在那里，发生过一起谋杀案。同样还不错的是曾经生意相当好的贝尔托里尼公寓——一点儿都没有受到破坏。

乔治在找一栋特别的房子，好像几年后的我，前去寻找家园时的心情相似。但是他失败了，虽然那里没有什么破坏，但是已经完全不一样了。河滨大道的房屋全都更换了门牌号码，还装修过，就像是重新建造过的。有些门面扩大了，有的变窄了。要去判断五十年前哪个房间发生过浪漫的故事，是完全不可能的。乔治只能对露西说，封疆还在，房间就一定还在，只是没有找到。她听到之后，十分兴奋。虽然，这个时候的她已经无家可归。能够将风景保留下来，也是值得安慰的。只要他们一直相爱下去，乔治和露西抱着对风景的记忆和他们的爱情，心里就很踏实，然后等待着第三次世界大战的发生——当一次战争结束，就意味着下一次战争即将来临。

在这些想象未来的回忆中，一定不能落下塞西尔·维斯。他从埃莫森夫妇的社交圈子中离开，却并没有和周围的人断绝往来。他的性格正直而聪明，注定要做情报的工作。1914

年，他调到了情报部或是别的什么部门工作。我可以拿出他在亚历山大港做宣传时的例子，那个例子非常受到欢迎。在那里的郊区，曾经有过一次小小的聚会。在聚会上，有人提出了想听贝多芬。女主人就犹豫不决，担心听德国人的音乐会连累自己。这时，有个年轻的军官痛快地说："没事。我听过一位内部人士提出，贝多芬是个比利时人。"

他说的那个内部人士肯定是塞西尔。这个爱搞恶作剧，并且有文化素养的男人，是不会被认错的。女主人因此放心了，禁令就此解除，《月光奏鸣曲》的音乐声，就在沙漠里荡漾开来。